人《じん》狼《ろう》サバイバル

大胆《だいたん》不《ふ》敵《てき》！　遊覧列車《ゆうらんれっしゃ》の人狼《じんろう》ゲーム

甘雪《あまゆき》こおり／作　himesuz《ひめすず》／絵

講談社 青い鳥文庫

もくじ

人狼《じんろう》サバイバル 大胆不敵《だいたんふてき》！ 遊覧列車《ゆうらんれっしゃ》の人狼《じんろう》ゲーム

登場人物紹介《とうじょうじんぶつしょうかい》

参加《さんか》メンバー

氷霜院《ひょうそういん》リュウオウ

竜興《りゅうこう》ファイナンスの御曹司《おんぞうし》。
竜陣学園《りゅうじんがくえん》の生徒《せいと》。

灰払《はいばら》ヒョウ

飄々《ひょうひょう》として何《なに》を考《かんが》えているかわからない。
椿《つばき》が丘中学《おかちゅうがく》の生徒《せいと》。

闇夜院《やみよいん》メイリュウ

竜興《りゅうこう》バイオテックの跡取《あとと》り。ちょっとわがまま。竜陣学園《りゅうじんがくえん》の生徒《せいと》。

早緑《さみどり》キツネ

ハヤトとウサギの同級生《どうきゅうせい》。あわてん坊《ぼう》。
椿《つばき》が丘中学《おかちゅうがく》の生徒《せいと》。

銀条《ぎんじょう》シャチ

武道《ぶどう》を習《なら》っていて、身長《しんちょう》が高《たか》い。
椿《つばき》が丘中学《おかちゅうがく》の生徒《せいと》。

山吹《やまぶき》クジャク

音楽《おんがく》ゲームのプレイヤー。
『プレアデス』のメンバー。

血霞《ちがすみ》ラブカ

白衣《はくい》を着《き》た髪《かみ》の長《なが》い男《おとこ》の子《こ》。
月影館中学《げつえいかんちゅうがく》の生徒《せいと》。

真珠ヶ淵《しんじゅがふち》マシラ

猿《さる》の柄《がら》をあしらった派手《はで》な着物《きもの》を着《き》ている。汐浜中学《しおはまちゅうがく》の生徒《せいと》。

御影《みかげ》コウモリ

首《くび》に太《ふと》いチョーカーを巻《ま》いている。砂夜中学《すなよちゅうがく》の生徒《せいと》。

審判《しんぱん》

伯爵《はくしゃく》

あらゆるゲームの達人《たつじん》。「人狼《じんろう》サバイバル」の主催者《しゅさいしゃ》。

序章《じょしょう》

昔々《むかしむかし》、あるところに小《ちい》さな村《むら》がありました。

村人《むらびと》は平和《へいわ》に暮《く》らしていましたが、ある日《ひ》、1人《ひとり》が服《ふく》だけを残《のこ》して消《き》えてしまいます。

服《ふく》は大《おお》きな爪《つめ》で引《ひ》き裂《さ》かれ、血《ち》がべっとりとついていました。

狼《おおかみ》ではありません。狼《おおかみ》は人間《にんげん》を丸呑《まるの》みになんてできないからです。

熊《くま》ではありません。大《おお》きな熊《くま》が出《で》たらだれかが気《き》づくからです。

人《ひと》ではありません。人《ひと》には人《ひと》を引《ひ》き裂《さ》く爪《つめ》なんてないからです。

それは人狼《じんろう》のしわざでした。

人狼《じんろう》は人《ひと》に化《ば》ける怪物《かいぶつ》です。大《おお》きな爪《つめ》で人《ひと》を引《ひ》き裂《さ》き、大《おお》きな口《くち》で人《ひと》を食《た》べる、おそろしい生《い》き物《もの》です。仲間《なかま》に化《ば》けた人狼《じんろう》が、こっそり村人《むらびと》を食《た》べていたのです。

村人《むらびと》たちは広場《ひろば》に集《あつ》まり、輪《わ》になりました。そして仲間《なかま》になりすました人狼《じんろう》を見《み》つけ出《だ》すことにします。

人狼《じんろう》は姿形《すがたかたち》をまねているだけです。話《はな》し合《あ》いを続《つづ》ければ必《かなら》ずどこかで嘘《うそ》をつきます。

村人《むらびと》は話《はな》し合《あ》います。嘘《うそ》をついているのはだれか。

村人《むらびと》は話《はな》し合《あ》います。怪《あや》しいのはだれか。

村人《むらびと》は話《はな》し合《あ》います。仲間《なかま》でないのはだれか。

証拠《しょうこ》なんてありません。お互《たが》いの顔《かお》を見《み》て、声《こえ》を聞《き》いて、身振《みぶ》り手振《てぶ》りや言葉《ことば》に注意《ちゅうい》して、怪《あや》しいと思《おも》う者《もの》を選《えら》ぶしかないのです。村人《むらびと》たちは石《いし》を持《も》ち、怪《あや》しい仲間《なかま》に投票《とうひょう》します。いちばん多《おお》く石《いし》を集《あつ》めた1人《ひとり》は処刑《しょけい》され、その日《ひ》の話《はな》し合《あ》いは終《お》わりです。

ですが、ずる賢《がしこ》い人狼《じんろう》は生《い》きていました。

夜中《よなか》にこっそり起《お》き出《だ》して、村人《むらびと》の1人《ひとり》をまた食《た》べてしまいます。

次《つぎ》の日《ひ》、村人《むらびと》はまた話《はな》し合《あ》いをすることにしました。

人狼《じんろう》は強《つよ》い生《い》き物《もの》ではありません。2人《ふたり》の村人《むらびと》に囲《かこ》まれたら、棒《ぼう》でたたかれて負《ま》けてしまいます。でも、1対《たい》1なら村人《むらびと》に負《ま》けることなんてありません。

村人《むらびと》は話《はな》し合《あ》いを続《つづ》けます。仲間《なかま》の中《なか》にひそむ、人狼《じんろう》を見《み》つけるために。

人狼《じんろう》は嘘《うそ》をつき続《つづ》けます。村人《むらびと》が最後《さいご》の1人《ひとり》になるまで。

1 心《こころ》と口《くち》と行《おこな》いと

人生《じんせい》は彫刻《ちょうこく》だ。

朝《あさ》5時《じ》を知《し》らせる音楽《おんがく》に包《つつ》まれながら、俺《おれ》、氷霜院《ひょうそういん》リュウオウはそう考《かんが》える。

大《おお》きく伸《の》びをして身《み》を起《お》こし、手首《てくび》のウェアラブルデバイスをサイドテーブルに置《お》く。

浴室《よくしつ》へ向《む》かい、湯《ゆ》の雨《あめ》に打《う》たれながら、また考《かんが》える。

——生《い》きていくことは彫刻《ちょうこく》と似《に》ている。

かつての偉大《いだい》な彫刻家《ちょうこくか》たちは、木《き》に宿《やど》る仏《ほとけ》、石《いし》に宿《やど》る天使《てんし》を解放《かいほう》させるべく、その鑿《のみ》を振《ふ》るったという。

素材《そざい》に理想《りそう》を刻《きざ》みつけるのではなく、素材《そざい》の仏《ほとけ》らしくない部分《ぶぶん》、天使《てんし》らしくない部分《ぶぶん》を削《けず》り落《お》としていくことこそが、彫刻《ちょうこく》の真髄《しんずい》なのだと。

生《い》きることもそれに似《に》ている。

俺《おれ》たちはままならない現実《げんじつ》にエゴを押《お》しつけるのではなく、授《さず》けられるすべてから、自《じ》分《ぶん》らしくないものをそぎ落《お》としていくことで、人生《じんせい》を形作《かたちづく》る。

人《ひと》の一生《いっしょう》は彫刻《ちょうこく》に似《に》ている。


身支度《みじたく》をすませてダイニングへ向《む》かうと、アイランドキッチンに若《わか》いシェフが待機《たいき》している。


「おはようございます、坊《ぼっ》ちゃん。」

「おはよう。今日《きょう》はマルコか。」

鍋《なべ》はすでに湯気《ゆげ》を上《あ》げ、フライパンに落《お》ちた瞬間《しゅんかん》、バターがじりじりと溶《と》けはじめる。

俺《おれ》は端末《たんまつ》を操作《そうさ》し、壁面《へきめん》のディスプレイに目《め》を移《うつ》した。

父《ちち》が率《ひき》い、いずれは俺《おれ》が継承《けいしょう》する大企業《だいきぎょう》――『竜興《りゅうこう》ファイナンス』。そして遠縁《とおえん》の親戚《しんせき》たちが継承《けいしょう》する予定《よてい》の『竜興《りゅうこう》リーガルアソシエイツ』や『竜興《りゅうこう》ロジスティクス』。それら企業群《きぎょうぐん》の対内《たいない》ニュースをまとめた、『竜興《りゅうこう》ジャーナル』が表示《ひょうじ》されている。

（定款《ていかん》の一部《いちぶ》変更《へんこう》……一時《いちじ》避難《ひなん》場所《ばしょ》としての使用《しよう》協定《きょうてい》……特許《とっきょ》の成立《せいりつ》……。）

一目《ひとめ》で理解《りかい》できるものは読《よ》み流《なが》し、そうでないものはメモしておく。後《あと》で意味《いみ》を調《しら》べるためだ。

もっとも、本当《ほんとう》に重要《じゅうよう》な情報《じょうほう》はここには出《で》てこない。互《たが》いに独立《どくりつ》しているからだ。

「マシーナリー前《まえ》の平和《へいわ》デモ、さっぱりなくなったらしいスよ。」

フライパンに蓋《ふた》をしたタイミングで、マルコがイタリア訛《なま》りの英語《えいご》でつぶやく。

「自社《じしゃ》ビル前《まえ》に撮影《さつえい》ドローンがブンブン飛《と》んでるんですって。」

炎熱院家《えんねついんけ》が立《た》ち上《あ》げ、舵《かじ》とりしている『竜興《りゅうこう》マシーナリー』。

かつては堅実《けんじつ》な産業機械《さんぎょうきかい》メーカーだったが、途上国支援《とじょうこくしえん》に乗《の》り出《だ》した際《さい》、対立組織《たいりつそしき》によるテロ攻撃《こうげき》を受《う》けた。当主《とうしゅ》の細君《さいくん》や多《おお》くの従業員《じゅうぎょういん》が犠牲《ぎせい》となり、一転《いってん》して武器《ぶき》の製造《せいぞう》を開《かい》始《し》した、異端《いたん》の『竜興《りゅうこう》』。

現在《げんざい》の主力《しゅりょく》は無人《むじん》の軍用《ぐんよう》ドローン。紛争地《ふんそうち》では多《おお》くの命《いのち》を救《すく》い、そして奪《うば》っている。

開拓《かいたく》と進取《しんしゅ》を旨《むね》とする竜興《りゅうこう》グループ内《ない》でも、彼《かれ》らを批判《ひはん》する声《こえ》は絶《た》えない。

その当主《とうしゅ》は少《すこ》し前《まえ》、武器製造《ぶきせいぞう》に反対《はんたい》するデモ隊《たい》と小競《こぜ》り合《あ》いになり、怪我《けが》をしたと聞《き》いている。事業《じぎょう》の歴史《れきし》と性質上《せいしつじょう》、警護《けいご》が手薄《てうす》になることはありえないので、わざわざデモ隊《たい》に接触《せっしょく》し、そこで衝突《しょうとつ》が生《しょう》じたのだろう。

平和《へいわ》デモで暴力《ぼうりょく》が行使《こうし》されたというのも情《なさ》けない話《はなし》だが、炎熱院家《えんねついんけ》の事後対応《じごたいおう》もスマートとは言《い》いがたい。

「撮影《さつえい》ドローン？　デモに参加《さんか》すれば顔《かお》を撮影《さつえい》する、ということか？　サングラスとマスクで防《ふせ》がれるだろう。」

「あそこのドローン、サングラス越《ご》しでも目《め》の色《いろ》や形《かたち》を捕捉《ほそく》できるらしいス。顔《かお》も、マスクの凹凸《おうとつ》とか肉《にく》づきを参考《さんこう》にして、分析《ぶんせき》と再現《さいげん》ができるんですって。軍用《ぐんよう》って怖《こわ》いスね。」

実際《じっさい》の戦場《せんじょう》では、それらの情報《じょうほう》をもとに標的《ひょうてき》を追尾《ついび》、捕捉《ほそく》したドローンが銃弾《じゅうだん》あるいは爆弾《ばくだん》を吐《は》き出《だ》す。だがここは戦場《せんじょう》ではない。単《たん》なる威嚇《いかく》であり、示威行動《じいこうどう》だろう。

とはいえ――

「やりすぎだ。」

市民《しみん》を怯《おび》えさせれば溜飲《りゅういん》は下《さ》がるのだろうが、企業価値《きぎょうかち》を毀損《きそん》しかねない。経営者《けいえいしゃ》の行動《こうどう》としては明《あき》らかに間違《まちが》っている。

「そうスね。でも、文字《もじ》どおり社長《しゃちょう》の顔《かお》に傷《きず》つけられたら、ねえ？」

炎熱院家《えんねついんけ》の次期当主《じきとうしゅ》であり、俺《おれ》と同《おな》じ竜陣学園《りゅうじんがくえん》に通《かよ》う中学生《ちゅうがくせい》、炎熱院《えんねついん》カリュウに思《おも》いをめぐらす。脳裏《のうり》に浮《う》かぶ彼女《かのじょ》は、気《き》まずそうな苦笑《にがわら》いを浮《う》かべていた。

(話《はな》す機会《きかい》があれば……いや。)

炎熱院家《えんねついんけ》も何《なに》か考《かんが》えあってのことだろう。無関係《むかんけい》の俺《おれ》が口《くち》をはさむことではない。

「リュウヒメさんは抗議《こうぎ》してるみたいスよ。」

「……そうか。」

黄金院《こがねいん》リュウヒメ。俺《おれ》の許嫁《いいなずけ》。

いかにも高潔《こうけつ》な彼女《かのじょ》らしいが、少々《しょうしょう》出《で》すぎた振《ふ》る舞《ま》いではある。

制止《せいし》したいが、それもまた出《で》しゃばりだろう。

やがて調理器具《ちょうりきぐ》の演奏《えんそう》は終《お》わり、マルコが手《て》ずから皿《さら》を運《はこ》んでくる。

シンプルなオムレツに、鶏肉《とりにく》と根菜《こんさい》のスープ。生野菜《なまやさい》を載《の》せたバゲット。

最後《さいご》に空《から》のグラスが添《そ》えられ、赤《あか》ワインが注《そそ》がれる。

「俺《おれ》は未成年《みせいねん》だ。」

「これは失礼《しつれい》。……では、もったいないので。」

大《おお》げさに驚《おどろ》いてみせたマルコはグラスを目《め》の高《たか》さへ運《はこ》び、ウインクする。

「良《よ》い一日《いちにち》を。」

食事《しょくじ》をしながら、別《べつ》のディスプレイを起動《きどう》する。

映《うつ》し出《だ》されたのは竜興《りゅうこう》グループとは無関係《むかんけい》の、一般的《いっぱんてき》なビジネスニュースだ。

いくつかの見出《みだ》しで、料理《りょうり》の味《あじ》が損《そこ》なわれる。

今日《きょう》もだれかの傲慢《ごうまん》が、強欲《ごうよく》が、怠惰《たいだ》が、だれかを理不尽《りふじん》に踏《ふ》みつけ、人間社会《にんげんしゃかい》の発展《はってん》を妨《さまた》げている。

「……ろくでもない報《しら》せが多《おお》すぎる。」

「だいぶまともスよ。」

マルコがワイングラスを揺《ゆ》らし、俺《おれ》と同《おな》じ画面《がめん》を見《み》る。

「テレビとかゴシップ系《けい》のニュースサイトなんか、見《み》られたものじゃない。事実《じじつ》を報《ほう》じることじゃなくて、怒《いか》りと憎《にく》しみを煽《あお》ることが目的《もくてき》になってる。」

「無益《むえき》だ。」

「それが有益《ゆうえき》になる人《ひと》もいるんスよ。」

マルコがワインを一口含《ひとくちふく》む。

「大勢《おおぜい》を操《あやつ》るのにあんな便利《べんり》なものはないですからね。ハーメルンの笛吹《ふえふ》きスよ。」

実際《じっさい》、そのとおりなのだろう。竜興《りゅうこう》グループもマスメディアへの後援《こうえん》を欠《か》かさない。必《ひつ》要《よう》なときに広報部門《こうほうぶもん》として活用《かつよう》するためだ。

だがそうした背景《はいけい》は、俺《おれ》の感《かん》じる不快感《ふかいかん》とは関係《かんけい》ない。

「ろくでもないのは年寄《としよ》りだ。」

マルコは少《すこ》しだけ眉《まゆ》を上《あ》げ、空《から》になったグラスにワインを注《そそ》ぐ。

「あいつらがカネと権力《けんりょく》にへばりついている。」

老《お》いとは衰退《すいたい》であり、劣化《れっか》だ。それを自覚《じかく》した時点《じてん》で、大勢《おおぜい》に影響《えいきょう》を及《およ》ぼす立場《たちば》からは退《しりぞ》かなければならない。

だが、潔《いさぎよ》い老人《ろうじん》は少《すく》ない。彼《かれ》らの多《おお》くは過去《かこ》の栄光《えいこう》にしがみつき、権力《けんりょく》を手放《てばな》さず、若《わか》かりしころと同《おな》じ貪欲《どんよく》さで、地位《ちい》と名声《めいせい》とカネを求《もと》める。

どんな人生《じんせい》にも冬《ふゆ》が来《く》るのだという事実《じじつ》を、認《みと》められずにいる。

問題《もんだい》は、彼《かれ》らが世《よ》の中《なか》を動《うご》かしていること。

そして残《のこ》される世代《せだい》のことなど、何一《なにひと》つ考《かんが》えていないこと。

「このままでは地球《ちきゅう》が持《も》たない。」

約《やく》50億年後《おくねんご》、地球《ちきゅう》は太陽《たいよう》にのみこまれる。それは避《さ》けられない滅《ほろ》びだ。宇宙《うちゅう》そのものですら、いずれは終局《しゅうきょく》を迎《むか》えるのだから。

だがそれを待《ま》たずして、人類《じんるい》は滅《ほろ》びかねない。

温暖化《おんだんか》は深刻《しんこく》だ。数十年《すうじゅうねん》もすれば、人類《じんるい》は赤道付近《せきどうふきん》の土地《とち》に居住《きょじゅう》できなくなり、大勢《おおぜい》が移住《いじゅう》を余儀《よぎ》なくされるという。その次《つぎ》に襲《おそ》ってくるのは水不足《みずぶそく》。そして海面上昇《かいめんじょうしょう》だ。

だが老人《ろうじん》たちは、そうした話題《わだい》を平気《へいき》で笑《わら》う。

破滅《はめつ》の未来《みらい》がやってくるころ、とっくに自分《じぶん》たちは死《し》んでいるからだ。

今《いま》だけ、自分《じぶん》だけ幸福《こうふく》であればそれでいい。負債《ふさい》や業苦《ごうく》は、未来《みらい》を生《い》きる人間《にんげん》に押《お》しつければいい。そんな考《かんが》え方《かた》が当《あ》たり前《まえ》になっている。

「変革《へんかく》が必要《ひつよう》だ。」

思《おも》わずこぼした言葉《ことば》を、マルコは柔和《にゅうわ》な笑《え》みで受《う》ける。

「政治家《せいじか》になりゃいいじゃないスか。」

「なってどうする？　3年宴席《ねんえんせき》に付《つ》き合《あ》って、5年《ねん》ゴルフをいっしょにやって、10年便宜《ねんべんぎ》を図《はか》って、ようやく顔《かお》を覚《おぼ》えられる世界《せかい》だ。」

「そりゃしょうがない。」

「年寄《としよ》りに媚《こ》びへつらうことがか？」

「信頼関係《しんらいかんけい》を築《きず》くためですよ。信頼《しんらい》できるかどうかもわからないのに、ああだこうだ言《い》われても困《こま》るじゃないスか。言《い》ってること、正《ただ》しいかどうかもわからないわけだし。」

マルコはアイランドキッチンに戻《もど》り、プロシュートを薄《うす》く切《き》る。

「坊《ぼっ》ちゃんの大嫌《だいきら》いな政財界《せいざいかい》のご老人《ろうじん》たちだって、何《なに》が正《ただ》しくて何《なに》が悪《わる》いのか、知《し》り尽《つ》くしてるわけじゃない。何《なに》か申《もう》し入《い》れがあったら、じっくり考《かんが》えたいでしょ。ボクや坊《ぼっ》ちゃんみたいな青二才《あおにさい》とは、責任《せきにん》も、影響力《えいきょうりょく》も、背負《せお》ってるものも違《ちが》うんだから。」

プロシュートを小皿《こざら》に載《の》せたマルコは、俺《おれ》から視線《しせん》を外《はず》した。

「ねえ？　石岡《いしおか》さん。」

マルコの視線《しせん》の先《さき》には、剣闘士《けんとうし》さながらの体躯《たいく》を誇《ほこ》る執事《しつじ》が立《た》っている。

このコンドミニアムは俺《おれ》と、俺《おれ》のプライベートサポーターが貸《か》し切《き》っている。俺《おれ》の起床《きしょう》に合《あ》わせて朝食《ちょうしょく》を準備《じゅんび》していたマルコのように、護衛《ごえい》を兼《か》ねる執事《しつじ》も、俺《おれ》の入室前《にゅうしつまえ》から壁《かべ》際《ぎわ》に待機《たいき》していた。

石岡《いしおか》は黙考《もっこう》している。

——誠実《せいじつ》な対応《たいおう》だ。

英才教育《えいさいきょういく》を受《う》けているとはいえ、俺《おれ》は未成年《みせいねん》だ。見識《けんしき》は狭《せま》く、経験《けいけん》は浅《あさ》く、口《くち》も巧《うま》くはない。言《い》いくるめたり、説《と》き伏《ふ》せることは石岡《いしおか》にとって造作《ぞうさ》もないだろう。だが執事《しつじ》は言葉《ことば》を選《えら》んでいる。俺《おれ》を教《おし》え導《みちび》くためだ。

「……現実《げんじつ》とは織物《おりもの》です。ですが、だれかが織《お》ったものではなく、大勢《おおぜい》の利害《りがい》、体面《たいめん》、情《じょう》実《じつ》といった糸《いと》が絡《から》まり合《あ》って生《う》まれた、偶然《ぐうぜん》の産物《さんぶつ》にすぎない。」

低《ひく》めのバリトンボイスが怒気《どき》を含《ふく》んだ。

「現実《げんじつ》が気《き》に入《い》らないのなら、なぜそうなっているのか、だれが何《なに》を意図《いと》しているのか、それがどう絡《から》み合《あ》っているのか、そこに考《かんが》えをめぐらすのが大人《おとな》だと、以前《いぜん》にもお話《はな》ししたはず。」

五十がらみの石岡《いしおか》の目元《めもと》には、険《けわ》しいものが浮《う》かんでいる。

「あなたの務《つと》めは不正《ふせい》に立《た》ち向《む》かうことでも、弱者《じゃくしゃ》に寄《よ》り添《そ》うことでもない。幼稚《ようち》な話《はなし》はおやめなさい。」

俺《おれ》の返答《へんとう》も待《ま》たず、石岡《いしおか》はタブレット端末《たんまつ》を操作《そうさ》しはじめる。

「史学《しがく》と政治学《せいじがく》の講義《こうぎ》を増《ふ》やします。竜興《りゅうこう》ファイナンスの次期当主《じきとうしゅ》が、権力《けんりょく》を悪《あく》だと決《き》めつけているようでは話《はなし》にならない。」

プロシュートを頰張《ほおば》りながら、マルコが笑《わら》いを含《ふく》んだ鼻息《はないき》を漏《も》らす。

「竜興《りゅうこう》ジャーナルに連絡《れんらく》しときます？　氷霜院《ひょうそういん》リュウオウ、朝《あさ》からシェフと執事《しつじ》にお説教《せっきょう》される、って。」

「毎朝《まいあさ》のことだ。ニュースにならないだろう。」

「そう思《おも》われるのなら日々《ひび》成長《せいちょう》してください、若《わか》。」

こんなやりとりをしている時間《じかん》が、俺《おれ》にとっては心地《ここち》よい。

大多数《だいたすう》の人間《にんげん》は俺《おれ》に媚《こ》び、へつらう。

それは竜陣学園《りゅうじんがくえん》の生徒《せいと》や教師《きょうし》も、俺《おれ》のサポーターも、プライベートレッスンの講師陣《こうしじん》も同《おな》じだ。俺《おれ》の機嫌《きげん》と顔色《かおいろ》をうかがい、隙《すき》あらば寵愛《ちょうあい》を得《え》ようとしてくる。

俺《おれ》を対等《たいとう》な人間《にんげん》として扱《あつか》ってくれる者《もの》は少《すく》ない。

まして、一人《ひとり》の人間《にんげん》として鍛《きた》えてやろうと考《かんが》える者《もの》は、もっと少《すく》ない。

「坊《ぼっ》ちゃん。今日《きょう》、空《そら》は見《み》ました？」

グラスに追加《ついか》の赤《あか》ワインを注《そそ》ぎながら、マルコがそう問《と》うた。

窓《まど》の外《そと》を見《み》やる。晴天《せいてん》に、島《しま》に似《に》た雲《くも》がいくつも浮《う》いている。

「あの雲《くも》が全部《ぜんぶ》、雨降《あめふ》らすわけじゃないんスよ？」

少《すこ》し考《かんが》え、言《い》わんとすることを悟《さと》る。

（……俺《おれ》は悲観的《ひかんてき》すぎる、か。）

そうなのかもしれない。

少《すく》なくとも、人類《じんるい》は着実《ちゃくじつ》に発展《はってん》を重《かさ》ねてきた。

血《ち》で血《ち》を洗《あら》う戦争《せんそう》も、人《ひと》が人《ひと》の尊厳《そんげん》を踏《ふ》みにじる差別《さべつ》も、恐《おそ》るべき病苦《びょうく》も、克服《こくふく》すべく闘《たたか》ってきたのは、今《いま》、老人《ろうじん》と呼《よ》ばれている者《もの》たちだ。

思考《しこう》を深《ふか》めたくはあったが、そろそろ食事《しょくじ》を終《お》えなければならない。この後《あと》は6時《じ》から21時《じ》まで講義《こうぎ》のスケジュールが詰《つ》まっている。

手《て》を動《うご》かした瞬間《しゅんかん》、気《き》づく。

オムレツに沈《しず》めたナイフが、薄《うす》く硬《かた》いものに触《ふ》れている。

――野菜《やさい》の感触《かんしょく》ではない。

俺《おれ》は戸棚《とだな》を整理《せいり》するマルコを見《み》、小声《こごえ》でだれかと連絡《れんらく》をとり合《あ》っている石岡《いしおか》を見《み》る。

慎重《しんちょう》にオムレツを割《わ》ると、白《しろ》いメッセージカードらしきものが現《あらわ》れた。

チーズに似《に》た感触《かんしょく》のそれをフォークの先端《せんたん》で裏返《うらがえ》すと、焦《こ》げついたような狼《おおかみ》のマークと、文字《もじ》が刻《きざ》まれている。


『○○時《じ》、××××駅《えき》』


俺《おれ》が文字《もじ》を確認《かくにん》するや、カードはどろりと溶《と》けた。

「石岡《いしおか》。」

俺《おれ》は平静《へいせい》を装《よそお》う。

「駅《えき》に行《い》きたい。」

『〇〇時、×××××駅』

指定《してい》されたのは郊外《こうがい》の辺鄙《へんぴ》な駅《えき》だった。

車両《しゃりょう》を貸《か》し切《き》ることはできない時間帯《じかんたい》なので、俺《おれ》は6人《にん》の護衛《ごえい》に囲《かこ》まれ、席《せき》につく。

周囲《しゅうい》の乗客《じょうきゃく》には迷惑《めいわく》だろうが、やむを得《え》ない。

——それに、すぐ席《せき》は空《あ》く。

思《おも》ったとおり、駅《えき》を1つ通過《つうか》するたびに、乗《の》りこむ数《かず》より多《おお》くの客《きゃく》が、電車《でんしゃ》の外《そと》へ吐《は》き出《だ》されていく。護衛《ごえい》たちも一人《ひとり》また一人《ひとり》と駅《えき》で降車《こうしゃ》し、そのことにだれも疑問《ぎもん》を抱《いだ》かない。

俺《おれ》は振動《しんどう》に身《み》を任《まか》せ、長《なが》いまばたきを1つした。

（！）

ポーン、という電子音《でんしおん》で目覚《めざ》める。——眠《ねむ》っていたらしい。

「……石岡《いしおか》？」

——いない。護衛《ごえい》も。同《おな》じ車両《しゃりょう》の客《きゃく》も。

貧相《ひんそう》な電車《でんしゃ》が揺《ゆ》れるガタガタという音《おと》だけが、いやにうるさく聞《き》こえる。

ポーン、と。再《ふたた》び俺《おれ》の注意《ちゅうい》を引《ひ》くような電子音《でんしおん》。

『ごきげんよう、氷霜院《ひょうそういん》リュウオウくん。』

いつからあったのか、壁面《へきめん》に埋《う》めこまれたディスプレイに、男《おとこ》の顔《かお》が表示《ひょうじ》されている。

肩《かた》まで届《とど》くチョコレート色《いろ》の髪《かみ》。

年《とし》は30歳《さい》ほどで、ひげは生《は》えていない。目《め》の片方《かたほう》だけ丸眼鏡《まるめがね》をかけている。

表情《ひょうじょう》はやわらかく、目《め》は子《こ》どものようにキラキラしていた。

「伯爵《はくしゃく》。」

山奥《やまおく》の館《やかた》に住《す》み、人々《ひとびと》を命《いのち》がけの人狼《じんろう》ゲームにいざなう男《おとこ》。

『ひとまず、隣《となり》の車両《しゃりょう》へ移動《いどう》してくれるかな。』

立《た》ち上《あ》がり、歩《ある》きながら、朝食《ちょうしょく》での会話《かいわ》を思《おも》い出《だ》す。

確《たし》かに世《よ》の中《なか》は複雑《ふくざつ》だ。そしてその複雑《ふくざつ》さは丸《まる》ごとのみこむしかない。

この世《よ》の理《り》不尽《ふじん》や不都合《ふつごう》を、瞬《また》く間《ま》に一掃《いっそう》する方法《ほうほう》などありはしない。世《よ》の中《なか》を良《よ》くするために必要《ひつよう》なのは、若芽《わかめ》を大樹《たいじゅ》に育《そだ》て上《あ》げるような根気《こんき》と時間《じかん》だ。

理不尽《りふじん》や不正義《ふせいぎ》にいちいち怒《おこ》るのは、時間《じかん》とエネルギーのムダづかいだ。現実《げんじつ》を冷静《れいせい》に受《う》け止《と》め、己《おのれ》の大義《たいぎ》に向《む》き直《なお》るのが大人《おとな》の振《ふ》る舞《ま》いなのだろう。

(……だが。)

だが、その理不尽《りふじん》や不正義《ふせいぎ》の責任《せきにん》をとらず、逃《に》げ切《き》ろうとする者《もの》が多《おお》すぎる。

病《や》んでいく社会《しゃかい》、苦《くる》しみ続《つづ》ける人々《ひとびと》、毒《どく》されていく地球《ちきゅう》。それらに向《む》き合《あ》わず、欲望《よくぼう》のまま生《い》き、すべてを未来《みらい》に押《お》しつけ、この世《よ》から逃《に》げ切《き》ろうとする者《もの》が。

時代《じだい》を創《つく》った老人《ろうじん》は、不都合《ふつごう》や不義理《ふぎり》を後《あと》の世代《せだい》に残《のこ》し、この世《よ》を去《さ》る。

次《つぎ》の世代《せだい》は後始末《あとしまつ》などしない。同《おな》じように、面倒《めんどう》を後世《こうせい》に託《たく》す。

確《たし》かに文明《ぶんめい》は栄《さか》え、資本《しほん》はあふれた。だがその過程《かてい》で生《しょう》じた澱《おり》は、処理《しょり》されることなく、この世《よ》のどこかに追《お》いやられただけだ。

人生《じんせい》は彫刻《ちょうこく》だ。だれもが取捨選択《しゅしゃせんたく》を経《へ》て、自分《じぶん》の人生《じんせい》に理想《りそう》を見出《みいだ》す。

だが、だれもが取捨選択《しゅしゃせんたく》をするということは、だれにとっても不快《ふかい》で不都合《ふつごう》なものは、降《ふ》り積《つ》もっていくだけ、ということでもある。

この悪《あ》しき流《なが》れを変《か》えなければならない。――どんな手《て》を使《つか》ってでも。

（逃《に》がすものかよ、だれも。）

この世《よ》には神秘《しんぴ》の領域《りょういき》がある。

フラスコの中《なか》に原始《げんし》の地球環境《ちきゅうかんきょう》を再現《さいげん》しても、生命《せいめい》や魂《たましい》が誕生《たんじょう》しないように。人知《じんち》を超《こ》えた神秘《しんぴ》の領域《りょういき》は、確《たし》かにこの世《よ》に存在《そんざい》する。

その神秘《しんぴ》の一端《いったん》に触《ふ》れ、あまつさえ、手中《しゅちゅう》に収《おさ》めた男《おとこ》がいる。

ディスプレイに映《うつ》っているのは都市伝説《としでんせつ》の怪人《かいじん》、『伯爵《はくしゃく》』。

彼《かれ》は例《たと》えるなら、『千夜一夜物語《せんやいちやものがたり》』に登場《とうじょう》する、魔法《まほう》のランプを手《て》にしている。

伯爵《はくしゃく》の主催《しゅさい》する命《いのち》がけのゲーム、『人狼《じんろう》サバイバル』で彼自身《かれじしん》を討《う》ちとることができた者《もの》は、どんな願《ねが》いも叶《かな》えられる。それが嘘《うそ》や誇張《こちょう》でないことも確認《かくにん》がとれている。

俺《おれ》は自《みずか》らの意思《いし》でこの戦《たたか》いに参加《さんか》している。

取捨選択《しゅしゃせんたく》の繰《く》り返《かえ》しでは、決《けっ》して向《む》かうことのできない未来《みらい》のために。

ままならない現実《げんじつ》に、理想《りそう》を直接刻《ちょくせつきざ》みつけるために。

だれ一人《ひとり》、『死《し》』へ逃《に》がすことなく、地球《ちきゅう》と現実《げんじつ》へ向《む》き合《あ》わせるために。

車両《しゃりょう》を隔《へだ》てる自動《じどう》ドアが開《ひら》いた。

そこは先《さき》ほどまでいた車両《しゃりょう》より広《ひろ》く長《なが》く、赤《あか》い絨毯《じゅうたん》が敷《し》かれている。

シャッターの下《お》りたアーチ状《じょう》の天窓《てんまど》と車窓《しゃそう》。荒《あら》ぶる闘牛《とうぎゅう》もくつろぎそうなソファが十数《じゅうすう》脚《きゃく》、バーカウンターに並《なら》ぶ色《いろ》とりどりの瓶《びん》。

ソファに腰《こし》かける参加者《さんかしゃ》の表情《ひょうじょう》は硬《かた》い。だれ一人《ひとり》隣《とな》り合《あ》っておらず、距離《きょり》をとり、互《たが》いの目《め》を見《み》ようともしていない。

見知《みし》った顔《かお》は――１人《ひとり》。

「ごきげんよう。」

両手《りょうて》を広《ひろ》げる。

恐怖《きょうふ》はある。だが、それ以上《いじょう》の高揚《こうよう》を感《かん》じる。

心臓《しんぞう》一つをチップに、『世界《せかい》』という山《やま》を動《うご》かすことができるのなら、これは好機《こうき》以外《いがい》の何物《なにもの》でもない。

「俺《おれ》の登場《とうじょう》だ。」

人狼《じんろう》サバイバルが始《はじ》まる。

2 人生《じんせい》という名《な》のSL《エスエル》

自己紹介《じこしょうかい》をすませた後《あと》も、空気《くうき》はぎこちないままだった。

俺《おれ》が過去《かこ》に参加《さんか》した「人狼《じんろう》サバイバル」は、参加者《さんかしゃ》の大半《たいはん》が同《おな》じ学校《がっこう》の生徒《せいと》で、お互《たが》いのことをよく知《し》っていたが、今回《こんかい》は違《ちが》うらしい。

「知《し》らないわけじゃないんだけどね、あたしは。」

椿《つばき》が丘中学《おかちゅうがく》の生徒《せいと》、早緑《さみどり》キツネが俺《おれ》の問《と》いに反応《はんのう》する。

「シャチちゃんもヒョウくんも知《し》ってるし、クジャさんともメイリュウちゃんともいっしょにゲームしたことあるし。ただ……。」

「赤村《あかむら》さんと黒宮《くろみや》さんがいませんからね。」

言《い》い淀《よど》む早緑《さみどり》の言葉《ことば》を引《ひ》きとったのは、同《おな》じ椿《つばき》が丘中学《おかちゅうがく》の銀条《ぎんじょう》シャチ。

言動《げんどう》は静《しず》かな自信《じしん》に満《み》ちている。かなりの長身《ちょうしん》で、体格《たいかく》もいい。

「いつもはあの2人《ふたり》を中心《ちゅうしん》にまとまるから、なんだか落《お》ち着《つ》かないのはわかります。」

赤村《あかむら》ハヤトと黒宮《くろみや》ウサギ。

この「人狼《じんろう》サバイバル」に最《もっと》も多《おお》く招《まね》かれている2人《ふたり》が、今回《こんかい》のゲームには参加《さんか》していない。――もっとも、あの2人《ふたり》に自主参加《じしゅさんか》の意思《いし》はないので、毎回参加《まいかいさんか》しているほうがおかしな事態《じたい》ではあるのだが。

「こんな学校《がっこう》バラバラなメンバーでやるの、珍《めずら》しーよな。」

前髪《まえがみ》で目元《めもと》を隠《かく》し、ヘッドフォンをかけた参加者《さんかしゃ》、灰払《はいばら》ヒョウが笑《わら》う。

(『灰払《はいばら》』……。)

「ハヤトには聞《き》いてたけど、汐浜《しおはま》とか月影館《げつえいかん》までいるんだな。」

「それはこっちのせりふだよ。」

灰払《はいばら》の言葉《ことば》を受《う》け、白衣《はくい》を着《き》た参加者《さんかしゃ》――血霞《ちがすみ》ラブカがつぶやく。

「ヤマネとウサギと……ハヤトと……あと、ツバメだっけ。あれでつばきがおかはぜんいんだとおもってた。おおいんだね、にんずう。」

彼《かれ》の声《こえ》は抑揚《よくよう》に乏《とぼ》しく、ひどく無感情《むかんじょう》に聞《き》こえた。

「それもめぐり合《あ》わせでしょう。」

猿《さる》の絵柄《えがら》をあしらった着物《きもの》の女子《じょし》——真珠《しんじゅ》ヶ淵《がふち》マシラが袖《そで》で口元《くちもと》を隠《かく》す。

「ワタシたち汐浜中学《しおはまちゅうがく》は月影館中学《げつえいかんちゅうがく》とよく鉢合《はちあ》わせましたが、椿《つばき》が丘《おか》とはほぼ接点《せってん》がなかった。逆《ぎゃく》もまた然《しか》り。それだけのことです。」

「まあ、会《あ》ったことないメンバーのほうがいいよね。先入観持《せんにゅうかんも》たずにすむからさ。」

山吹《やまぶき》クジャク——プロゲーマー集団《しゅうだん》、『プレアデス』の一員《いちいん》という参加者《さんかしゃ》が話《はなし》を継《つ》ぐ。

「顔見知《かおみし》り同士《どうし》だと『いつもと違《ちが》うところはないかな』っていう余計《よけい》な判断軸《はんだんじく》が入《はい》っちゃうし、相手《あいて》を好《す》きとか嫌《きら》いって気持《きも》ちがノイズになって、判断《はんだん》ミスりやすいんだよね。」

「それはありますね。赤村《あかむら》さんと黒宮《くろみや》さんが中心《ちゅうしん》になるときって、2人《ふたり》の感《かん》じ方《かた》と考《かんが》え方《かた》が先入観《せんにゅうかん》になって、みんなにうっすら共有《きょうゆう》されてた気《き》がしますし。」

「それで割《わり》を食《く》った人《ひと》もいるでしょう。ねえ？　月影館《げつえいかん》？」

「おれたちはいつものことだよ。そっちだってふりだったんじゃない？　せいかくわるいから。」

「言《い》われていますよ、闇《やみ》の字《じ》？」

「メイじゃなくてシンちゃんの話《はなし》でしょ。文脈《ぶんみゃく》を読《よ》めないの？」

俺《おれ》が顔《かお》と素性《すじょう》を知《し》る唯一《ゆいいつ》の参加者《さんかしゃ》、闇夜院《やみよいん》メイリュウが酷薄《こくはく》な笑《え》みを浮《う》かべる。

「悪《わる》いのは性格《せいかく》だけじゃなくて頭《あたま》も？　生《い》きづらそうだね。」

「嫌味《いやみ》がわからないお前《まえ》ほどじゃありません。さすが竜陣学園《りゅうじんがくえん》のエリート様《さま》ねえ。」

「そこ、面識《めんしき》あるんだ？」

「ワタシは何度《なんど》か自主参加《じしゅさんか》しているので、そのときに。この陰険女《いんけんおんな》にはずいぶん手《て》を焼《や》きました。」

「それはメイのセリフだよ。……。」

闇夜院《やみよいん》はそれだけ言《い》って口《くち》をつぐんだ。

皮肉《ひにく》――を通《とお》り越《こ》して露悪的《ろあくてき》なコミュニケーションを好《この》む彼女《かのじょ》にしては、妙《みょう》に引《ひ》き際《ぎわ》がいい。何《なに》か気《き》になることでもあるのか。

「やることはいつもどおりだ。」

そう言《い》ったのは砂夜中学《すなよちゅうがく》からの参加者《さんかしゃ》、御影《みかげ》コウモリ。

首《くび》にチョーカーを巻《ま》いているが、息苦《いきぐる》しくないのだろうか。

「人柄《ひとがら》とか学校《がっこう》とか、気《き》にしないほうがいい。」

「そのとおりだ。前提条件《ぜんていじょうけん》が何《なん》であれ、これは命《いのち》がけのゲームだ。」

俺《おれ》が声《こえ》を張《は》ると、全員《ぜんいん》の視線《しせん》が吸《す》い寄《よ》せられた。

「初対面《しょたいめん》の者《もの》、しがらみのある者《もの》もいるだろうが、遠慮《えんりょ》せず意見《いけん》を交《か》わそう。」

「うん……うん。それは……そうなんだけど。」

「いちばん得体《えたい》が知《し》れないのはお前《まえ》ですよ、氷《ひょう》の字《じ》。闇《やみ》の字《じ》以外《いがい》のだれも知《し》らないなんて、どこから湧《わ》いて出《で》たの。」

「なのに、いちばんおおきいよね。こえと、たいどが。」

『蛍《ほたる》がなぜ光《ひか》るか、知《し》っているかい?』

車両前方《しゃりょうぜんぽう》のディスプレイが小《ちい》さくうなり、伯爵《はくしゃく》の姿《すがた》が映《うつ》し出《だ》される。

『蛍《ほたる》の腹部《ふくぶ》の先《さき》には、ルシフェリンと呼《よ》ばれる物質《ぶっしつ》と、ルシフェラーゼと呼《よ》ばれる酵素《こうそ》が存在《そんざい》している。この2つが酸素《さんそ》と反応《はんのう》することで発光《はっこう》しているそうだ。』

伯爵《はくしゃく》の声《こえ》は親《した》しげで、その場《ば》のだれもが話《はなし》に聞《き》き入《い》る。

『成虫《せいちゅう》が光《ひか》るのは、雌雄《しゆう》がお互《たが》いを見《み》つけるためだと言《い》われている。しかし成虫《せいちゅう》になって光《ひか》る蛍《ほたる》はあまり多《おお》くなく、幼虫《ようちゅう》の段階《だんかい》だと多《おお》くの蛍《ほたる》が発光《はっこう》するそうだよ。』

「？　幼虫《ようちゅう》のときに光《ひか》っても意味《いみ》なくね？　鳥《とり》とかに見《み》つかって食《く》われるじゃん。」

灰払《はいばら》がそう尋《たず》ねると、伯爵《はくしゃく》は小《ちい》さくうなずいた。

『そのとおり。幼虫《ようちゅう》が発光《はっこう》するのは自《みずか》らの危険性《きけんせい》をアピールするためだと言《い》われている。実際《じっさい》に、少《すく》なからぬ蛍《ほたる》は毒性《どくせい》を有《ゆう》しているそうだ。成虫《せいちゅう》の発光《はっこう》にも、もしかすると警告《けいこく》のニュアンスが含《ふく》まれているのかもしれないね。』

そこで伯爵《はくしゃく》はひと呼吸置《こきゅうお》き、モニターの中《なか》から俺《おれ》たちを見渡《みわた》す。

『お久《ひさ》しぶりだね、諸君《しょくん》。私《わたし》のことは……「伯爵《はくしゃく》」とでも呼《よ》んでほしい。』

知《し》っていますよ、と真珠《しんじゅ》ヶ淵《がふち》が毒《どく》づいた。

『そろそろ人狼《じんろう》サバイバルを開始《かいし》するけれど、よろしいだろうか。』

「あ。ねー、伯爵《はくしゃく》？　始《はじ》まる前《まえ》に聞《き》いていい？」

『何《なに》かな、早緑《さみどり》キツネくん。』

「伯爵《はくしゃく》って、ハヤトくんとウサギちゃんに1回負《かいま》けたんだよね？」

俺《おれ》は思《おも》わず身《み》をこわばらせた。が、伯爵《はくしゃく》の笑《え》みは揺《ゆ》らぎもしない。

『そのとおりだよ。』

「そのときにウサギちゃんが『参加者《さんかしゃ》が望《のぞ》まない限《かぎ》り、世界《せかい》に対《たい》していかなる干渉《かんしょう》も行《おこな》ってはならない』って願《ねが》ったんじゃなかった？　それ、叶《かな》えたんだよね？」

『そうだね。』

「じゃあ、この状況《じょうきょう》って約束破《やくそくやぶ》りになってない？」

電車《でんしゃ》の走行音《そうこうおん》とわずかな振動《しんどう》を感《かん》じながら、俺《おれ》は状況《じょうきょう》を整理《せいり》する。

伯爵《はくしゃく》は俺《おれ》たちの現実《げんじつ》に干渉《かんしょう》している。具体的《ぐたいてき》には、「暦《こよみ》を止《と》めて進学《しんがく》を妨《さまた》げる」「不老《ふろう》にすることで身体的《しんたいてき》な変化《へんか》を阻止《そし》する」といった方法《ほうほう》で、俺《おれ》たちが日常《にちじょう》へ逃《に》げこめないようにしている。――まるで歪《いびつ》なネバーランドだ。

この「人狼《じんろう》サバイバル」を終《お》わらせるためには、伯爵《はくしゃく》を討《う》ち、彼自身《かれじしん》にその旨《むね》を願《ねが》う必要《ひつよう》がある。だがその前《まえ》に、改変《かいへん》された現実《げんじつ》を元《もと》に戻《もど》さなければならない。

だがいくら現実《げんじつ》の歪《ゆが》みを正《ただ》しても、伯爵《はくしゃく》が元《もと》に戻《もど》してしまうおそれがある。それを防《ふせ》ぐために赤村《あかむら》と黒宮《くろみや》は、「これ以上《いじょう》、現実《げんじつ》に干渉《かんしょう》するな」という願《ねが》いを叶《かな》えた。

今《いま》の早緑《さみどり》の指摘《してき》はもっともだ。

ゲーム中《ちゅう》、舞台《ぶたい》となったこの電車《でんしゃ》に人《ひと》が乗《の》りこむことはないし、舞台《ぶたい》の外《そと》で流《なが》れる時間《じかん》軸《じく》に俺《おれ》たちは存在《そんざい》せず、その状況《じょうきょう》をだれも不思議《ふしぎ》に思《おも》うことはない。また、参加者《さんかしゃ》の命《いのち》はまるでゲームの駒《こま》のように奪《うば》われたり、元《もと》に戻《もど》されたりする。

これは赤村《あかむら》と黒宮《くろみや》に禁止《きんし》された『現実《げんじつ》への干渉《かんしょう》・改変《かいへん》』に当《あ》たるのではないか。

そんな疑問《ぎもん》を持《も》つ参加者《さんかしゃ》がいるのは自然《しぜん》なことだ。

「いや、約束《やくそく》は破《やぶ》られてねー……ってことにしないとマズいんだよ、オレたちが。」

真《ま》っ先《さき》に反応《はんのう》したのは灰払《はいばら》だった。

「ハヤトと黒宮《くろみや》は『人狼《じんろう》サバイバルをやめろ』とは願《ねが》ってねーから、開催自体《かいさいじたい》は止《と》められない。で、開催《かいさい》したら退場者《たいじょうしゃ》が出《で》るのも回避不能《かいひふのう》だろ？　『人狼《じんろう》サバイバル』って、そういうゲームって共通認識《きょうつうにんしき》があるわけだしさ。」

「でも、吊《つ》られたり襲撃《しゅうげき》されたらこの世《よ》から退場《たいじょう》しちゃうよね？　そっちは？」

「退場者《たいじょうしゃ》の命《いのち》を奪《うば》うことは現実《げんじつ》の改変《かいへん》に当《あ》たらない、という言《い》い逃《のが》れはできる。それは現《げん》実《じつ》でも発生《はっせい》する事象《じしょう》だから。」

「そう。げんじつのかいへんは、じんろうサバイバルをやるうえで、ぜったいにひつようなことじゃない。ひとめにつかないばしょをえらんで、げんじつにそったルールをせっていすれば、いままでどおりかいさいできるし、さんかしゃのいのちもうばえる。だから、ハヤトとウサギのねがいをげんみつにかなえてしまうと、こまるのはおれたちだ。」

「ん？　巻《ま》きこまれる人《ひと》が出《で》る……ということですか？」

「違《ちが》う。ゲームが終《お》わったときに、退場者《たいじょうしゃ》が復活《ふっかつ》しなくなる。」

御影《みかげ》の言葉《ことば》が冷《つめ》たく落《お》ちた。

「人《ひと》が命《いのち》を落《お》とすことは日常《にちじょう》の一部《いちぶ》だけど、命《いのち》を落《お》とした人間《にんげん》が戻《もど》ってくるのは明《あき》らかに現実《げんじつ》の改変《かいへん》で、ありえないことだから。ハヤトとウサギの願《ねが》いを盾《たて》にして、ゲームの開催《かいさい》そのものに物言《ものい》いをつけると、そういう理屈《りくつ》でこっちが苦《くる》しむことになる。」

「うわ……そっか、そうなんだ。」

「ハヤトちゃんとウサギちゃんの願《ねが》いって、ゲームの外《そと》でこっちに干渉《かんしょう》するなってニュアンスだからね。そこが守《まも》られるんだったら、そこ以外《いがい》については残念《ざんねん》だけど妥協《だきょう》しなきゃいけない。嫌《いや》な言《い》い方《かた》になるけど、オレたちが大人《おとな》の対応《たいおう》をしろってことだね。」

「伯爵《はくしゃく》。補足《ほそく》はあるか？」

『ないよ、氷霜院《ひょうそういん》リュウオウくん。』

俺《おれ》はひそかに胸《むね》をなでおろした。

早緑《さみどり》に悪意《あくい》はなかったようだが、敗北《はいぼく》の事実《じじつ》をことさらに指摘《してき》するなど、相手《あいて》への侮辱《ぶじょく》以外《いがい》の何物《なにもの》でもない。それは直接敵意《ちょくせつてきい》をぶつける以上《いじょう》に深《ふか》く、相手《あいて》の尊厳《そんげん》を傷《きず》つける。

言《い》った相手《あいて》が伯爵《はくしゃく》でなければ、機嫌《きげん》を損《そこ》ね、最悪《さいあく》、激高《げきこう》されていたかもしれない。

(早緑《さみどり》の言動《げんどう》には注意《ちゅうい》が必要《ひつよう》だな。敵《てき》なら与《くみ》しやすいが……。)

「つひひ。負《ま》けた割《わり》には聞《き》き分《わ》けいいんだな、伯爵《はくしゃく》。」

『約束《やくそく》は必《かなら》ず守《まも》るよ。さもないと、ゲームが成立《せいりつ》しないからね。』

「まあ、このごにおよんでやくそくをやぶるぐらいなら、さいしょからおれたちをくるしめたほうがてっとりばやいよね、おまえのばあい。」

「そのしたり顔《がお》がいつまで持《も》つかしらね。赤《あか》の字《じ》と黒《くろ》の字《じ》にできたことが、ワタシたちにできないと思《おも》っているのなら、大《おお》きな間違《まちが》いです。」

「そうですね。この勢《いきお》いで何度《なんど》でも負《ま》かしてやりましょう。」

(……いや、それは認識《にんしき》が甘《あま》いな。)

確《たし》かに赤村《あかむら》と黒宮《くろみや》は伯爵《はくしゃく》に1度勝《どか》った。だが、間違《まちが》った勝《か》ち方《かた》だった。

あの2人《ふたり》は、よりにもよって伯爵《はくしゃく》の弱点《じゃくてん》を突《つ》いてしまった。

その場《ば》にいなかったメンバーには知《し》るよしもないが、伯爵《はくしゃく》は自《みずか》らを客観的《きゃっかんてき》に分析《ぶんせき》し、弱《じゃく》点《てん》を克服《こくふく》できる男《おとこ》だ。ルールや舞台《ぶたい》の設定上《せっていじょう》、弱点《じゃくてん》の露呈《ろてい》が避《さ》けられない状況《じょうきょう》なら、自身《じしん》の参戦《さんせん》そのものを拒《こば》む。

つまり、一度《いちど》突《つ》いた弱点《じゃくてん》は、二度《にど》と突《つ》くことができない。

赤村《あかむら》と黒宮《くろみや》は、伯爵《はくしゃく》に敗因《はいいん》を悟《さと》らせるような勝《か》ち方《かた》をしてはならなかった。

現実《げんじつ》が複雑《ふくざつ》に改変《かいへん》されている現状《げんじょう》、俺《おれ》たちは伯爵《はくしゃく》に複数回勝利《ふくすうかいしょうり》する必要《ひつよう》がある。だが勝《か》てば勝《か》つほど、伯爵《はくしゃく》は弱点《じゃくてん》をふさぎ、俺《おれ》たちは不利《ふり》になるのだから。

そして、今後《こんご》は別《べつ》ベクトルの脅威《きょうい》を警戒《けいかい》する必要《ひつよう》がある。

(俺《おれ》が伯爵《はくしゃく》の立場《たちば》なら必《かなら》ずやるだろうな……。『弱点《じゃくてん》のミスリード』を。)

この世《よ》に存在《そんざい》する、あらゆる「戦《たたか》い」の基本《きほん》だ。

勝敗《しょうはい》を決定《けってい》づけるのは兵士《へいし》や兵器《へいき》の単純比較《たんじゅんひかく》ではない。「準備《じゅんび》」だ。

それは試験《しけん》でも、スポーツの試合《しあい》でも、企業間《きぎょうかん》の競争《きょうそう》でも、銃弾《じゅうだん》飛《と》び交《か》う戦争《せんそう》でも変《か》わらない。どんな戦《たたか》いも、始《はじ》まった時点《じてん》で「準備《じゅんび》」の質《しつ》と量《りょう》が決《けっ》しており、その時点《じてん》で勝敗《しょうはい》も決《けっ》している。

天才《てんさい》の閃《ひらめ》きによる一発逆転《いっぱつぎゃくてん》や、根性《こんじょう》が起《お》こす奇跡《きせき》など存在《そんざい》しない。入念《にゅうねん》な「準備《じゅんび》」とは、そういったものすら誤差《ごさ》としてのみこむからだ。

伯爵《はくしゃく》は人狼《じんろう》サバイバルに複数回《ふくすうかい》の勝利《しょうり》が必要《ひつよう》とわからせたうえで、中途《ちゅうと》におけるゲームを「準備《じゅんび》」とみなしている。勝敗《しょうはい》は二《に》の次《つぎ》で、本番《ほんばん》はまだ先《さき》なのだと考《かんが》えている。

一方《いっぽう》の赤村《あかむら》と黒宮《くろみや》は一戦一戦《いっせんいっせん》を本番《ほんばん》とみなしている。そこには勝敗《しょうはい》を分《わ》ける、「準備《じゅんび》」の概念《がいねん》がない。

目先《めさき》の1勝《しょう》を拾《ひろ》ったぐらいで喜《よろこ》んでいる場合《ばあい》ではない。

こちらも戦《たたか》いの中《なか》で「準備《じゅんび》」をするか、伯爵《はくしゃく》の「準備《じゅんび》」を読《よ》み切《き》らなければ、俺《おれ》たちは必《かなら》ず負《ま》けるのだ。

（だれもそこに考《かんが》えが至《いた》らないのはよくないな……。）

その瞬間《しゅんかん》、俺《おれ》は自分《じぶん》の考《かんが》えを振《ふ》り捨《す》てる。

（……結果論《けっかろん》だ。終《お》わった後《あと》でならどうとでも言《い》える。）

赤村《あかむら》たちの勝《か》ち方《かた》はベストではなかった。だが、勝《か》ちには違《ちが》いない。

もしも彼《かれ》らが敗北《はいぼく》していたら、当時《とうじ》の参加者《さんかしゃ》は俺《おれ》も含《ふく》めて全員《ぜんいん》がこの世《よ》から消《け》し去《さ》られていたのだ。俺《おれ》は赤村《あかむら》たちに命《いのち》を救《すく》われたことになる。感謝《かんしゃ》する筋《すじ》こそあれ、戦《たたか》い方《かた》にケチをつける筋《すじ》はない。

そもそも、敗北《はいぼく》を「準備《じゅんび》」の一環《いっかん》とすることができない時点《じてん》で、俺《おれ》たちと伯爵《はくしゃく》では戦略《せんりゃく》の組《く》み立《た》て方《かた》が変《か》わってくる。一概《いちがい》に比較《ひかく》するのはナンセンスだ。

さらに言《い》えば、ゲームの終了《しゅうりょう》を望《のぞ》む赤村《あかむら》たちと、個人的《こじんてき》な願《ねが》いを叶《かな》えようとしている俺《おれ》とでも、戦略思想《せんりゃくしそう》は異《こと》なってくる。

(認識《にんしき》が甘《あま》いのは俺《おれ》のほうか。もっとていねいに思考《しこう》しなければ……。)

『それでは、今回《こんかい》のルールを配付《はいふ》するよ。』

天井《てんじょう》から、バラバラと封筒《ふうとう》が落《お》ちてきた。

【全体《ぜんたい》ルール】

・これは参加者《さんかしゃ》の中《なか》に隠《かく》れている「2人《ふたり》の狼《おおかみ》」を当《あ》てるゲームである。

・参加者《さんかしゃ》とは、「氷霜院《ひょうそういん》リュウオウ」「闇夜院《やみよいん》メイリュウ」「灰払《はいばら》ヒョウ」「早緑《さみどり》キツネ」「銀条《ぎんじょう》シャチ」「山吹《やまぶき》クジャク」「血霞《ちがすみ》ラブカ」「真珠ヶ淵《しんじゅがふち》マシラ」「御影《みかげ》コウモリ」の9名《めい》を指《さ》す。

・参加者《さんかしゃ》は役職《やくしょく》を割《わ》り当《あ》てられる。村人陣営《むらびとじんえい》は3名《めい》の「村人《むらびと》」、1名《めい》の「占《うらな》い師《し》」、1名《めい》の「霊媒師《れいばいし》」、1名《めい》の「騎士《きし》」、1名《めい》の「共犯者《きょうはんしゃ》」であり、狼陣営《おおかみじんえい》は1名《めい》の「始祖狼《ダイアウルフ》」、1名《めい》の「暴君狼《マーナガルム》」である。

・狼陣営《おおかみじんえい》の参加者《さんかしゃ》は悪魔《あくま》に憑依《ひょうい》され、勝利《しょうり》を目的《もくてき》に行動《こうどう》する。自陣営《じじんえい》を不利《ふり》にする言動《げんどう》をとることはできない。

・参加者《さんかしゃ》の役職《やくしょく》はゲーム初日《しょにち》に知《し》らされる。役職《やくしょく》は変更《へんこう》できない。

・参加者《さんかしゃ》のゲストルームは21時《じ》から翌朝《よくあさ》7時《じ》まで施錠《せじょう》される。

【投票《とうひょう》のルール】

・議論《ぎろん》および投票《とうひょう》は「彩風《さいふう》クルーズトレイン」のラウンジカーで行《おこな》う。

・参加者《さんかしゃ》は毎夕《まいゆう》18時《じ》に投票《とうひょう》を行《おこな》う。最多得票者《さいたとくひょうしゃ》は「退場《たいじょう》」となり、以降《いこう》のゲームに参加《さんか》することはできない。

・参加者《さんかしゃ》は自分《じぶん》に投票《とうひょう》することができる。ただし、すでに退場《たいじょう》した参加者《さんかしゃ》や参加者以外《さんかしゃいがい》の者《もの》に投票《とうひょう》することはできない。

・最多得票者《さいたとくひょうしゃ》が2名いる場合《ばあい》、該当《がいとう》する参加者《さんかしゃ》は全員退場《ぜんいんたいじょう》する。該当者《がいとうしゃ》が3名以上《めいいじょう》の場合《ばあい》、2名以下《めいいか》になるまで決選投票《けっせんとうひょう》を繰《く》り返《かえ》す。

・参加者《さんかしゃ》の選択《せんたく》および投票《とうひょう》には貸与《たいよ》スマートフォンを使用《しよう》する。集計《しゅうけい》と最多得票者《さいたとくひょうしゃ》の発表《はっぴょう》は伯爵《はくしゃく》が行《おこな》う。

・どの参加者《さんかしゃ》がどの参加者《さんかしゃ》に投票《とうひょう》したのか、公開《こうかい》されることはない。

・投票《とうひょう》によって退場《たいじょう》が決《き》まった場合《ばあい》、その参加者《さんかしゃ》の役職《やくしょく》や陣営《じんえい》は開示《かいじ》されない。

【勝敗《しょうはい》のルール】

・村人陣営《むらびとじんえい》は、狼陣営全員《おおかみじんえいぜんいん》を「退場《たいじょう》」させた場合《ばあい》、勝利《しょうり》となる。

・村人陣営《むらびとじんえい》が勝利《しょうり》した場合《ばあい》、参加者全員《さんかしゃぜんいん》が解放《かいほう》される。

・狼陣営《おおかみじんえい》は、村人陣営《むらびとじんえい》の生存者数《せいぞんしゃすう》が狼陣営《おおかみじんえい》の生存者数《せいぞんしゃすう》と同《おな》じか、それより少《すく》なくなった場合《ばあい》に勝利《しょうり》となる。

・狼陣営《おおかみじんえい》が勝利《しょうり》した場合《ばあい》、参加者全員《さんかしゃぜんいん》が退場《たいじょう》し、二度《にど》と戻《もど》ってくることはない。

【狼陣営《おおかみじんえい》のルール】

・毎夜《まいよ》22時《じ》、狼陣営《おおかみじんえい》は退場《たいじょう》していない参加者《さんかしゃ》のうち1人《ひとり》を選《えら》ぶ。選《えら》ばれた参加者《さんかしゃ》と狼陣営《おおかみじんえい》のゲストルームは開放《かいほう》され、狼陣営《おおかみじんえい》はその参加者《さんかしゃ》を襲撃《しゅうげき》し「退場《たいじょう》」させる。

・狼陣営《おおかみじんえい》が2人《ふたり》の場合《ばあい》も襲撃《しゅうげき》によって退場《たいじょう》する参加者《さんかしゃ》は毎夜《まいよ》1人《ひとり》である。

※ただし、「暴君狼《マーナガルム》」の能力《のうりょく》による襲撃《しゅうげき》は例外《れいがい》とする。

・「始祖狼《ダイアウルフ》」はゲーム中《ちゅう》に1度《ど》、襲撃時間《しゅうげきじかん》に自滅退場《じめつたいじょう》することができる。

・「始祖狼《ダイアウルフ》」が自滅退場《じめつたいじょう》した場合《ばあい》、翌日《よくじつ》、翌々日《よくよくじつ》、翌々々日《よくよくよくじつ》いずれかの朝《あさ》6時《じ》に復活《ふっかつ》する。復《ふっ》活《かつ》のタイミングは自滅退場《じめつたいじょう》の前《まえ》に「始祖狼《ダイアウルフ》」が指定《してい》しなければならない。

※自滅退場《じめつたいじょう》は襲撃退場《しゅうげきたいじょう》と同《おな》じ内容《ないよう》でアナウンスされる。また、復活《ふっかつ》はアナウンスされない。

※復活《ふっかつ》した「始祖狼《ダイアウルフ》」は、自分以外《じぶんいがい》の狼《おおかみ》が存在《そんざい》する場合《ばあい》、狼陣営《おおかみじんえい》としてカウントされない。生存《せいぞん》している狼《おおかみ》が自分《じぶん》だけになった場合《ばあい》、狼陣営《おおかみじんえい》としてカウントされる。

・「暴君狼《マーナガルム》」は襲撃《しゅうげき》が成功《せいこう》するたびに、「態《たい》」を1つ選《えら》び、獲得《かくとく》する。

・獲得《かくとく》した「態《たい》」はこのゲームの間《あいだ》、累積《るいせき》する。同《おな》じ「態《たい》」を2度以上《どいじょう》選《えら》ぶことはできない。

※どの「態《たい》」を獲得《かくとく》したのか知《し》っているのは狼陣営《おおかみじんえい》と伯爵《はくしゃく》のみである。

・「暴君狼《マーナガルム》」は狼陣営《おおかみじんえい》が2名生存《めいせいぞん》している場合《ばあい》に限《かぎ》り、ゲーム中《ちゅう》に1度《ど》、一夜《いちや》だけ襲撃《しゅうげき》を2度《ど》行《おこな》うことができる。

・「暴君狼《マーナガルム》」は狼陣営《おおかみじんえい》を襲撃《しゅうげき》することができる。なお、この襲撃《しゅうげき》が成功《せいこう》した場合《ばあい》も「態《たい》」を獲《かく》得《とく》できる。

・「暴君狼《マーナガルム》」は狼陣営《おおかみじんえい》が襲撃《しゅうげき》に失敗《しっぱい》した場合《ばあい》、ただちに退場《たいじょう》する。

・狼陣営《おおかみじんえい》は役職《やくしょく》が決定《けってい》した時点《じてん》で、もう1人《ひとり》の狼陣営《おおかみじんえい》がだれなのかを知《し》らされる。

・狼陣営《おおかみじんえい》はゲストルームの通信端末《つうしんたんまつ》で連絡《れんらく》をとり合《あ》うことができる。

《暴君狼《マーナガルム》が獲得《かくとく》できる「態《たい》」》

・美食狼《フレキ》の態《たい》：毎朝《まいあさ》7時《じ》に参加者《さんかしゃ》2名《めい》を選《えら》ぶ。選《えら》ばれた参加者《さんかしゃ》の「生命遊戯《ライフゲーム》」の解答《かいとう》は、その日《ひ》のみ伯爵《はくしゃく》以外《いがい》に認識《にんしき》されなくなる。

・平和狼《ゲリ》の態《たい》：ゲーム中《ちゅう》に1度《ど》だけ、朝《あさ》7時《じ》に村人陣営《むらびとじんえい》1名《めい》を選《えら》ぶ。選《えら》ばれた参加者《さんかしゃ》はゲーム終了《しゅうりょう》まで「地雷《じらい》」に指定《してい》された生物《せいぶつ》の名前《なまえ》を挙《あ》げてもスキップが発生《はっせい》しなくなる。ただし、その参加者《さんかしゃ》の投票《とうひょう》はゲーム終了《しゅうりょう》まで無効《むこう》となる。
・満月狼《ハティ》の態《たい》：毎朝《まいあさ》7時《じ》に参加者《さんかしゃ》1名《めい》を選《えら》ぶ。選《えら》ばれた参加者《さんかしゃ》の占《うらな》い結果《けっか》は、当日《とうじつ》のみ「狼《おおかみ》」となる。
・白老狼《カジガカカ》の態《たい》：毎夕《まいゆう》17時《じ》に参加者《さんかしゃ》1名《めい》を選《えら》ぶ。占《うらな》い師《し》および祈禱師《きとうし》の占《うらな》い先《さき》は、その参加者《さんかしゃ》に強制変更《きょうせいへんこう》される。
・怪智狼《ルー・ガルー》の態《たい》：毎夕《まいゆう》18時《じ》に、その時点《じてん》で獲得《かくとく》している「態《たい》」の1つを選《えら》び、能力《のうりょく》を発動《はつどう》できる。選《えら》んだ「態《たい》」を失《うしな》う代《か》わりに、その日《ひ》の自分《じぶん》の投票《とうひょう》が2票分《ひょうぶん》としてカウントされる。
※「怪智狼《ルー・ガルー》の態《たい》」を選《えら》ぶことはできない。
※すでに効果《こうか》を発動《はつどう》した「態《たい》」を失《うしな》った場合《ばあい》、その効果《こうか》は失《うしな》われる。
・渾敦《こんとん》の態《たい》：ゲーム中《ちゅう》に1度《ど》だけ、朝《あさ》7時《じ》にルールの一文《いちぶん》を削除《さくじょ》することができる。
※一文《いちぶん》とは、「・」から始《はじ》まる一連《いちれん》の文章《ぶんしょう》を指《さ》す。
※削除《さくじょ》する一文《いちぶん》を、「全体《ぜんたい》ルール」「勝敗《しょうはい》のルール」「禁止事項《きんしじこう》」「※に続《つづ》く但《ただ》し書《が》き」から選《えら》ぶことはできない。
※どの文章《ぶんしょう》を削除《さくじょ》したのか確認《かくにん》できるのは、原則《げんそく》として「暴君狼《マーナガルム》」本人《ほんにん》と伯爵《はくしゃく》のみである。

※削除《さくじょ》されたルールはゲームが終《お》わるまで元《もと》に戻《もど》らない。また、「暴君狼《マーナガルム》」が退場《たいじょう》した後《あと》も効《こう》果《か》は継続《けいぞく》する。

【各役職《かくやくしょく》のルール】

・「占《うらな》い師《し》」は毎夕《まいゆう》17時《じ》に、自分以外《じぶんいがい》の参加者《さんかしゃ》1人《ひとり》を占《うらな》い、その所属陣営《しょぞくじんえい》を知《し》ることができる。

・「霊媒師《れいばいし》」は毎夕《まいゆう》17時《じ》に、前日《ぜんじつ》の投票《とうひょう》で退場《たいじょう》した参加者《さんかしゃ》の陣営《じんえい》を知《し》ることができる。

・「騎士《きし》」は毎夜《まいよ》21時《じ》に、自分以外《じぶんいがい》の参加者《さんかしゃ》を1人選《ひとりえら》ぶ。選《えら》ばれた参加者《さんかしゃ》はその夜《よる》の襲撃《しゅうげき》から護《まも》られる。

・「騎士《きし》」がだれを守護《しゅご》しているか知《し》ることができるのは「騎士《きし》」自身《じしん》と伯爵《はくしゃく》のみである。

・「騎士《きし》」が退場《たいじょう》した場合《ばあい》、その時点《じてん》で守護《しゅご》は無効《むこう》となる。

・「占《うらな》い師《し》」「霊媒師《れいばいし》」以外《いがい》の参加者《さんかしゃ》も、17時《じ》にいずれかの参加者《さんかしゃ》を選択《せんたく》する。

・「共犯者《きょうはんしゃ》」は悪魔《あくま》に憑依《ひょうい》され、狼陣営《おおかみじんえい》の勝利《しょうり》を目的《もくてき》に行動《こうどう》する。狼陣営《おおかみじんえい》を不利《ふり》にする言動《げんどう》をとることはできない。

・「共犯者《きょうはんしゃ》」は狼陣営《おおかみじんえい》がだれなのかを知《し》らされない。

・「共犯者《きょうはんしゃ》」は占《うらな》いの結果《けっか》が「村人《むらびと》」になる。
・それぞれの役職者《やくしょくしゃ》が退場《たいじょう》した後《あと》も、能力発動《のうりょくはつどう》の時間《じかん》が設《もう》けられる。

《禁止事項《きんしじこう》》
・参加者《さんかしゃ》は他《ほか》の参加者《さんかしゃ》に対《たい》して暴力《ぼうりょく》を行使《こうし》してはならない。
・参加者《さんかしゃ》はゲームが終《お》わるまで「彩風《さいふう》クルーズトレイン」を下車《げしゃ》してはならない。ただし、退場者《たいじょうしゃ》は例外《れいがい》とする。
・狼陣営《おおかみじんえい》以外《いがい》の参加者《さんかしゃ》は他《ほか》の参加者《さんかしゃ》のゲストルームに入《はい》ってはならない。
・参加者《さんかしゃ》は貸与《たいよ》スマートフォンや設備《せつび》を壊《こわ》すなどの行為《こうい》で、ゲームの進行《しんこう》を妨《さまた》げてはならない。
・参加者《さんかしゃ》は自分以外《じぶんいがい》の参加者《さんかしゃ》の貸与《たいよ》スマートフォンに触《ふ》れたり、画面《がめん》をのぞきこんではならない。
・参加者《さんかしゃ》は伯爵《はくしゃく》の指示《しじ》から５分以内《ふんいない》に投票《とうひょう》を行《おこな》わなければならない。
・参加者《さんかしゃ》の投票《とうひょう》は１日《にち》につき１人《ひとり》１票《ぴょう》とする。投票後《とうひょうご》のとり消《け》しはできない。

・参加者《さんかしゃ》は投票《とうひょう》を毎日必《まいにちかなら》ず行《おこな》わなければならない。
・参加者《さんかしゃ》は17時《じ》から17時《じ》5分《ふん》の間《あいだ》、指定《してい》の椅子《いす》を離《はな》れてはならない。
・参加者《さんかしゃ》は18時《じ》から18時《じ》5分《ふん》の間《あいだ》、指定《してい》の椅子《いす》を離《はな》れてはならない。
・狼陣営以外《おおかみじんえいいがい》の参加者《さんかしゃ》は21時《じ》から7時《じ》までの間《あいだ》、ゲストルームの外《そと》に出《で》てはならない。
・襲撃《しゅうげき》を終《お》えた狼陣営《おおかみじんえい》は22時《じ》10分《ぷん》までにゲストルームへ戻《もど》らなければならない。
・参加者《さんかしゃ》は他《ほか》の参加者《さんかしゃ》が禁止事項《きんしじこう》に違反《いはん》するよう企図《きと》してはならない。
※いずれかの禁止事項《きんしじこう》を破《やぶ》った参加者《さんかしゃ》は強制的《きょうせいてき》に「退場《たいじょう》」となる。

（2択《たく》か。）

ルールを読《よ》み終《お》えた俺《おれ》は、まずそう考《かんが》えた。

人狼《じんろう》ゲームの「狼《おおかみ》」は、毎夜《まいよ》、村人陣営《むらびとじんえい》の1人《ひとり》を襲撃《しゅうげき》して退場《たいじょう》させる。

今回《こんかい》の狼《おおかみ》はそれに加《くわ》えて、特異《とくい》な能力《のうりょく》を有《ゆう》している。

始祖狼《ダイアウルフ》は自滅《じめつ》することで一時《いちじ》ゲームを離脱《りだつ》し、翌日以降《よくじついこう》に復活《ふっかつ》する。但《ただ》し書《が》きから察《さっ》せられるとおり、「襲撃《しゅうげき》された村人陣営《むらびとじんえい》」を装《よそお》うことができる。

暴君狼《マーナガルム》は襲撃成功《しゅうげきせいこう》の数《かず》に応《おう》じて、追加《ついか》で能力《のうりょく》を獲得《かくとく》する。能力《のうりょく》は多様《たよう》なうえに、ダイアウルフすら餌《えさ》にできる。そのうえ、条件次第《じょうけんしだい》で一夜《いちや》に2度《ど》も襲撃《しゅうげき》できる。

ただし、マーナガルムは騎士《きし》の守護《しゅご》が成功《せいこう》した場合《ばあい》、自動退場《じどうたいじょう》する。ダイアウルフが自《じ》滅退場《めったいじょう》している間《あいだ》にこれが発動《はつどう》した場合《ばあい》、村人陣営《むらびとじんえい》の勝利《しょうり》でゲームは終《お》わる。

また、復活《ふっかつ》したダイアウルフが存在《そんざい》する限《かぎ》り、狼陣営《おおかみじんえい》のカウントは最大《さいだい》1となる。復《ふっ》活《かつ》すれば素性《すじょう》が割《わ》れてしまううえに、勝利《しょうり》も遠《とお》のいてしまう。

運《うん》の要素《ようそ》が絡《から》む人狼《じんろう》ゲームで、両方《りょうほう》の特性《とくせい》を活《い》かすことは難《むずか》しい。

狼陣営《おおかみじんえい》がどちらの狼《おおかみ》を軸《じく》に戦術《せんじゅつ》を組《く》み立《た》てるのか、そして村人陣営《むらびとじんえい》が正《ただ》しくそれを見《み》破《やぶ》れるのかが、このゲームの命運《めいうん》を分《わ》けることになりそうだ。

「渾敦《こんとん》……。」

だれかの苦《にが》り切《き》った声《こえ》に、俺《おれ》は顔《かお》を上《あ》げる。

ルールを読《よ》むことに集中《しゅうちゅう》していたので、だれの声《こえ》だったのかはわからない。

「だれか、何《なに》か気《き》がかりがあるのか？　ルールを削除《さくじょ》する、とあるが。文言《もんごん》以上《いじょう》の意味《いみ》があるのならぜひ教《おし》えてほしい。俺《おれ》は初心者《しょしんしゃ》なんだ。」

「説明《せつめい》します。渾敦《こんとん》は――。」

銀条《ぎんじょう》が語《かた》った内容《ないよう》は、驚愕《きょうがく》に値《あたい》するものだった。

要約《ようやく》すると、ルールの削除《さくじょ》そのものより、それによって生《しょう》じた空白《くうはく》を伯爵《はくしゃく》の判断《はんだん》が埋《う》めてしまうことが問題《もんだい》のようだ。

「こんかいのルールだと、のうりょくはいちどしかつかえないから、そこまでけいかいしなくてもよさそうだけど。」

「でも、消《け》されたら危険《きけん》なルールがないか確認《かくにん》を。」

「後《あと》にしましょう、影《かげ》の字《じ》。まだ昼《ひる》のゲームを確認《かくにん》していませんよ。」

本来《ほんらい》、「人狼《じんろう》ゲーム」は議論《ぎろん》、投票《とうひょう》、襲撃《しゅうげき》の繰《く》り返《かえ》しで完結《かんけつ》するゲームらしい。

だが伯爵《はくしゃく》は、余興《よきょう》と称《しょう》してプラスアルファの要素《ようそ》を加《くわ》えることがある。

それが『昼《ひる》のゲーム』であり、今回《こんかい》は――

【昼《ひる》のゲーム：生命遊戯《ライフゲーム》】
・参加者《さんかしゃ》は毎朝《まいあさ》8時《じ》にサロンカーに集合《しゅうごう》する。

・伯爵《はくしゃく》は「テーマ」「上限生物《じょうげんせいぶつ》」「条件《じょうけん》」を設定《せってい》する。
※狼陣営《おおかみじんえい》のみ、これらの情報《じょうほう》が前夜《ぜんや》21時《じ》に共有《きょうゆう》される。初日《しょにち》は役職決定時《やくしょくけっていじ》に共有《きょうゆう》される。
・参加者《さんかしゃ》は1人《ひとり》ずつ、地球上《ちきゅうじょう》に存在《そんざい》する生物《せいぶつ》の名前《なまえ》を1つ挙《あ》げていく。この際《さい》、その生物《せいぶつ》の「テーマ」の数値《すうち》は、1つ前《まえ》の手番《てばん》の参加者《さんかしゃ》の数値以上《すうちいじょう》でなければならない。また、「条件《じょうけん》」を満《み》たす生物《せいぶつ》でなければならない。
・参加者《さんかしゃ》の手番《てばん》は自主申告《じしゅしんこく》で決定《けってい》する。初日《しょにち》に手番《てばん》の希望《きぼう》が重《かさ》なった場合《ばあい》、じゃんけんで決定《けってい》する。2日目以降《ふつかめいこう》に手番《てばん》の希望《きぼう》が重《かさ》なった場合《ばあい》、前日《ぜんじつ》のゲームで遅《おそ》い手番《てばん》だった者《もの》の希望《きぼう》が優先《ゆうせん》される。
・生存《せいぞん》しているすべての参加者《さんかしゃ》が生物《せいぶつ》の名前《なまえ》を挙《あ》げ終《お》えた場合《ばあい》、ゲームは成功《せいこう》となる。
・いずれかの参加者《さんかしゃ》が挙《あ》げた生物《せいぶつ》の数値《すうち》が、1つ前《まえ》の手番《てばん》の参加者《さんかしゃ》が提示《ていじ》した数値未満《すうちみまん》だった場合《ばあい》、もしくは伯爵《はくしゃく》の設定《せってい》した「上限生物《じょうげんせいぶつ》」の数値以上《すうちいじょう》だった場合《ばあい》、ゲームは失敗《しっぱい》となり、終了《しゅうりょう》する。
・ゲームに成功《せいこう》した場合《ばあい》、その日《ひ》のみ、村人陣営《むらびとじんえい》の役職《やくしょく》がレベルアップする。
・レベルアップした場合《ばあい》、「占《うらな》い師《し》」は「祈禱師《きとうし》」に、「霊媒師《れいばいし》」は「交霊術師《こうれいじゅつし》」に、「騎士《きし》」

は「聖騎士《せいきし》」になる。

《レベルアップ後《ご》の各役職《かくやくしょく》のルール》

・「祈禱師《きとうし》」は毎夕《まいゆう》17時《じ》に、自分以外《じぶんいがい》の参加者《さんかしゃ》2人《ふたり》を占《うらな》い、その所属陣営《しょぞくじんえい》を知《し》ることができる。
・「交霊術師《こうれいじゅつし》」は毎夕《まいゆう》17時《じ》に、すべての退場者《たいじょうしゃ》の所属陣営《しょぞくじんえい》を知《し》ることができる。
・「聖騎士《せいきし》」は毎夜《まいよ》21時《じ》に、自分《じぶん》を含《ふく》めた参加者《さんかしゃ》から2人《ふたり》を選《えら》ぶ。選《えら》ばれた参加者《さんかしゃ》はその夜《よる》の襲撃《しゅうげき》から護《まも》られる。
・「聖騎士《せいきし》」がだれを守護《しゅご》しているか知《し》ることができるのは「聖騎士《せいきし》」自身《じしん》と伯爵《はくしゃく》のみである。
・「聖騎士《せいきし》」が退場《たいじょう》した場合《ばあい》、その時点《じてん》で守護《しゅご》は無効《むこう》となる。
・「祈禱師《きとうし》」「交霊術師《こうれいじゅつし》」以外《いがい》の参加者《さんかしゃ》も、17時《じ》にいずれかの参加者《さんかしゃ》を選択《せんたく》する。
・それぞれの役職者《やくしょくしゃ》が退場《たいじょう》した後《あと》も、能力発動《のうりょくはつどう》の時間《じかん》が設《もう》けられる。

《「地雷《じらい》」について》

・以下《いか》の条件《じょうけん》を満《み》たす生物《せいぶつ》は、「地雷《じらい》」となる。

（１）このゲーム以前《いぜん》に開催《かいさい》された「人狼《じんろう》サバイバル」で、伯爵《はくしゃく》がルール配付前《はいふまえ》に言及《げんきゅう》した生《せい》物《ぶつ》

※人名《じんめい》は含《ふく》まれない。

※第《だい》1回《かい》の「人狼《じんろう》サバイバル」は、赤村《あかむら》ハヤト、黒宮《くろみや》ウサギ、青山《あおやま》ギュウカク、白石《しろいし》ヤマネ、紫崎《しざき》ツバメの5名《めい》のみが参加《さんか》したゲームと定義《ていぎ》する。

（２）ライフゲーム開始時《かいしじ》に狼陣営《おおかみじんえい》が指定《してい》した生物《せいぶつ》

※この指定《してい》は当日《とうじつ》のみ有効《ゆうこう》となる。

・狼陣営《おおかみじんえい》には「地雷《じらい》」に該当《がいとう》する生物《せいぶつ》のリストが与《あた》えられる。

・「地雷《じらい》」に指定《してい》された生物《せいぶつ》の名前《なまえ》が挙《あ》げられた場合《ばあい》、その日《ひ》の「投票時間《とうひょうじかん》」はスキップされる。

※ゲームの成功《せいこう》・失敗《しっぱい》とは無関係《むかんけい》である。

※狼陣営《おおかみじんえい》が「地雷《じらい》」に指定《してい》された生物《せいぶつ》の名前《なまえ》を挙《あ》げても、スキップは発動《はつどう》しない。

・「地雷《じらい》」の指定《してい》には貸与《たいよ》スマートフォンを使用《しよう》する。

・狼陣営以外《おおかみじんえいいがい》の参加者《さんかしゃ》も、「ライフゲーム」開始前《かいしまえ》に貸与《たいよ》スマートフォンでいずれかの生物《せいぶつ》を

選択《せんたく》しなければならない。


（過去《かこ》の昼《ひる》ゲームよりはシンプルだな。だが……。）

不明《ふめい》な点《てん》が多《おお》い。

何《なに》より、だれの目《め》にも明《あき》らかに危険《きけん》で、声《こえ》を上《あ》げたくなる一文《いちぶん》が存在《そんざい》する。

「ちょっ、と。これは……。」

「マズいよね。えっと。」

「真珠ヶ淵《しんじゅがぶち》。山吹《やまぶき》。いったん待《ま》ってくれ。……伯爵《はくしゃく》。この昼《ひる》ゲーム、一度《いちど》、シミュレーションを希望《きぼう》する。」

『もちろんだよ、氷霜院《ひょうそういん》リュウオウくん。もともとその予定《よてい》だ。』

「ということだ。質疑応答《しつぎおうとう》はその後《あと》にしよう。異論《いろん》があるなら教《おし》えてほしい。」

10秒《びょう》ほど待《ま》ったが、だれも声《こえ》を上《あ》げなかった。

『では、役職《やくしょく》を決定《けってい》するよ。』

伯爵《はくしゃく》と入《い》れ替《か》わる形《かたち》で、ディスプレイに大《おお》きな矢印《やじるし》が表示《ひょうじ》された。

『こちらにご用意《ようい》しているので、貸与《たいよ》スマートフォンを手《て》にとってほしい。』

ディスプレイの近《ちか》くにはコンセントにつながった電源《でんげん》タップがあり、枝分《えだわ》かれしたケーブルに通信端末《つうしんたんまつ》がつながれていた。

全員《ぜんいん》が1つずつ手《て》にしたところで、ディスプレイに再《ふたた》び伯爵《はくしゃく》が映《うつ》る。

『役職《やくしょく》を表示《ひょうじ》するので、互《たが》いの画面《がめん》を見《み》ないよう、距離《きょり》をとってもらえるかな。』

ほどなくして、文字《もじ》が浮《う》かび上《あ》がった。

俺《おれ》の役職《やくしょく》は――「　　　　」。

この瞬間《しゅんかん》、俺以外《おれいがい》の8人《にん》のうち2人《ふたり》が狼《おおかみ》に、1人《ひとり》が共犯者《きょうはんしゃ》となった。

彼《かれ》らはいっさいの躊躇《ちゅうちょ》なく、こちらの命《いのち》を奪《うば》いに来《く》る。

『命《いのち》を賭《か》けるスリル、存分《ぞんぶん》に楽《たの》しんでほしい。』

3 宇宙船地球号《うちゅうせんちきゅうごう》

「じゃ、さっそくシミュレーションを。」

「待《ま》ってくれ。」

山吹《やまぶき》を制止《せいし》した俺《おれ》は、思考《しこう》に集中《しゅうちゅう》する。

勝敗《しょうはい》を決《き》めるのは「準備《じゅんび》」。ゲームで最《もっと》も重要《じゅうよう》なのは今《いま》、このタイミングだ。

(必要《ひつよう》になるのは……。)

たっぷり時間《じかん》をかけて考《かんが》え、口《くち》を開《ひら》く。

「……伯爵《はくしゃく》。用意《ようい》してほしいものがある。」

『何《なに》かな、氷霜院《ひょうそういん》リュウオウくん。』

「名前《なまえ》が思《おも》い出《だ》せないな……2メートルぐらいのスカーフを1枚《まい》と、すぐに飲《の》める温度《おんど》のチャイを1杯《ぱい》、ノートPC《ピーシー》……いや、ホワイトボード3枚《まい》とマーカー、クリーナー一式《いっしき》がほしい。紙《かみ》でも構《かま》わないが。」

『いつごろ必要《ひつよう》だろうか。』

「スカーフは昼《ひる》ゲームの後《あと》でいい。チャイと記録用具《きろくようぐ》は、今《いま》だ。」

がこん、と。走行音《そうこうおん》とは異《こと》なる音《おと》が響《ひび》いた。

『隣《となり》の食堂車《ダイニングカー》にチャイとホワイトボードをご用意《ようい》したよ。』

俺《おれ》は伯爵《はくしゃく》の指示《しじ》に従《したが》い、隣《となり》の車両《しゃりょう》からボードを抱《かか》え、カップをカートに載《の》せて戻《もど》った。

「ねえ、伯爵《はくしゃく》？　ダイニングカーとか、サロンカーとか、どこのこと？」

『失礼《しつれい》。このクルーズトレインの内部構造《ないぶこうぞう》をご説明《せつめい》しよう。』

俺《おれ》が3枚《まい》のホワイトボードを壁《かべ》に吊《つ》る間《あいだ》も、伯爵《はくしゃく》たちは会話《かいわ》を続《つづ》ける。

『このクルーズトレインは車両前方《しゃりょうぜんぽう》から、議論《ぎろん》と投票《とうひょう》を行《おこな》うラウンジカー、昼《ひる》ゲームを行《おこな》うこのサロンカー、食事《しょくじ》を行《おこな》うダイニングカー、個室《こしつ》を兼《か》ねたゲストルームという並《なら》びになっている。』

「質問《しつもん》です。ラウンジカーとサロンカーを分《わ》ける意味《いみ》は？」

『気持《きも》ちを切《き》り替《か》えて臨《のぞ》んでもらうためだよ、銀条《ぎんじょう》シャチくん。ラウンジカーにはテーブルと椅子《いす》をご用意《ようい》している。このサロンカーは御覧《ごらん》のとおり、ソファとドリンクバーをご用意《ようい》している。昼《ひる》ゲームはリラックスした状態《じょうたい》で楽《たの》しんでいただき、議論《ぎろん》と投票《とうひょう》は集中《しゅうちゅう》できる環境《かんきょう》で楽《たの》しんでもらいたい。』

「ゲストルームってネットカフェみたいにきゅうくつなかんじ？」

『1人《ひとり》1車両《しゃりょう》だよ、血霞《ちがすみ》ラブカくん。』

「ん？　襲撃《しゅうげき》はどーすんだよ。1人《ひとり》1車両《しゃりょう》なら、狼《おおかみ》はだれかのゲストルーム行《い》くのに別《べつ》のだれかのゲストルーム突《つ》っ切《き》らないといけねーってこと？」

『ゲストルームの壁沿《かべぞ》いに通路《つうろ》があるよ、灰払《はいばら》ヒョウくん。その車両《しゃりょう》の面積《めんせき》すべてが個室《こしつ》というわけではない。狼陣営《おおかみじんえい》にはその通路《つうろ》を使用《しよう》してもらう。』

「待《ま》たせたな。準備《じゅんび》ができた。」

俺《おれ》は壁《かべ》に吊《つ》ったホワイトボードの前《まえ》に立《た》ち、マーカーを手《て》にとる。

「ああ、その前《まえ》に……チャイだ、山吹《やまぶき》。」

「え……？　オレ？」

「ああ。そうしないと集中力《しゅうちゅうりょく》が保《たも》てないんだろう？」

カップを差《さ》し出《だ》すと、山吹《やまぶき》はきょとんとしていた。

「失礼《しつれい》。あれはミルクティーだったか？　よく見《み》えなかったんだが。」

山吹《やまぶき》だけでなく、全参加者《ぜんさんかしゃ》の頭上《ずじょう》に疑問符《ぎもんふ》が浮《う》かんでいる。

「……。話《はなし》がかみ合《あ》わないな。もしかすると……ああ、そうか。」

俺《おれ》はそれまでより少《すこ》しだけ声《こえ》を大《おお》きくした。

「あれは苺屋《いちごや》の話《はなし》だったな。忘《わす》れてくれ。人《ひと》の顔《かお》を覚《おぼ》えるのは苦手《にがて》なんだ。」

用意《ようい》させたチャイを飲《の》み干《ほ》しながら、俺《おれ》は妨害《ぼうがい》がないことに安堵《あんど》した。

──これで、ひとまずの準備《じゅんび》はできた。

「では話《はなし》の続《つづ》きをしよう。まず、『ライフゲーム』についてだ。ルールを読《よ》んだだけでは流《なが》れをつかみづらいので、試遊《しゆう》が必要《ひつよう》だ。」

俺《おれ》はルールブックの単語《たんご》を拾《ひろ》う。

「伯爵《はくしゃく》。ルールどおり、『テーマ』と『上限生物《じょうげんせいぶつ》』、『条件《じょうけん》』を設定《せってい》してほしい。」

『承知《しょうち》した。今回《こんかい》のテーマは……「重量《じゅうりょう》」とするよ。』

「重《おも》さ……？」

『上限生物《じょうげんせいぶつ》は「シロナガスクジラ」。数値《すうち》は100トンとしよう。条件《じょうけん》は「ナシ」だ。なお、今回《こんかい》に限《かぎ》り、ルールで定《さだ》められた「地雷《じらい》」は無視《むし》していただくよ。狼陣営《おおかみじんえい》による地《じ》雷《らい》の指定《してい》も行《おこな》われない。流《なが》れをつかむための、純粋《じゅんすい》な試遊《しゆう》と考《かんが》えてほしい。』

「えーっと、これってつまり……。」

ルールを指《ゆび》でなぞりながら、早緑《さみどり》が続《つづ》ける。

「重量《じゅうりょう》の小《ちい》さな順《じゅん》……軽《かる》い順《じゅん》に生《い》き物《もの》の名前《なまえ》を言《い》っていけ、ってことだよね？　伯爵《はくしゃく》が設《せっ》定《てい》した『シロナガスクジラ』を超《こ》えない範囲《はんい》で。」

「そう。今回《こんかい》はナシだけど、たぶん『条件《じょうけん》』も満《み》たさないといけない。」

それ以上《いじょう》の質問《しつもん》が出《で》ないことを確《たし》かめ、俺《おれ》は手《て》を挙《あ》げた。

「さっそくだが、俺《おれ》から行《い》く。」

手番《てばん》は自己申告制《じこしんこくせい》だ。

これは試遊《しゆう》だが、先手《せんて》はだれにも譲《ゆず》りたくない。先《さき》んずれば人《ひと》を制《せい》す、だ。

「別《べっ》にいいけど、王様《おうさま》ちゃんと考《かんが》えたかー？」

灰払《はいばら》がそう茶化《ちゃか》したが、挙《あ》げる生物《せいぶつ》は考《かんが》えるまでもない。

「もちろん。伯爵《はくしゃく》。俺《おれ》の解答《かいとう》は……『ゾウリムシ』だ。」

『結構《けっこう》だよ。有効《ゆうこう》な解答《かいとう》と認《みと》めよう。』

俺《おれ》はホワイトボードに自分《じぶん》の解答《かいとう》を書《か》きこむ。

「次《つぎ》、メイが行《い》く。……『ミジンコ』。」

ゾウリムシもミジンコも微生物《びせいぶつ》だ。ゾウリムシは顕微鏡《けんびきょう》を使《つか》わなければほぼ視認《しにん》できないが、ミジンコは肉眼《にくがん》でも活動《かつどう》を観察《かんさつ》できる。そのサイズ差《さ》に、重量《じゅうりょう》も比例《ひれい》する。

『有効解答《ゆうこうかいとう》と認《みと》めよう。』

俺《おれ》は自分《じぶん》の解答《かいとう》の上《うえ》に、闇夜院《やみよいん》の解答《かいとう》を記入《きにゅう》する。

「じゃー次《つぎ》、オレ行《い》くわ。『アリ』な、『アリ』。」

「まった。……はくしゃく。アリっていろいろしゅるいがあるとおもうけど、そういうあげかたでだいじょうぶなの？」

『構《かま》わないよ、血霞《ちがすみ》ラブカくん。ただし、種全体《しゅぜんたい》を指《さ》す呼称《こしょう》を使用《しよう》した場合《ばあい》、その日《ひ》のライフゲームで、さらに細《こま》かい区分《くぶん》で解答《かいとう》することは不可《ふか》とするよ。』

「アリって言《い》った後《あと》に、クロオオアリとか、シロアリってのはナシってことか。」

「その場合《ばあい》、テーマで指定《してい》した数値《すうち》はどう判定《はんてい》されるの？　アリにもいろいろいるけど。」

『その種《しゅ》のおおよその平均値《へいきんち》で判定《はんてい》するよ、闇夜院《やみよいん》メイリュウくん。』

灰払《はいばら》が解答《かいとう》した「アリ」も種類《しゅるい》は多《おお》い。だがサイズを考《かんが》えれば、重《おも》さの平均値《へいきんち》がミジンコを下回《したまわ》ることはありえない。

『アリは有効《ゆうこう》な解答《かいとう》だよ。』

「つぎはおれ。『カナブン』。」

『有効《ゆうこう》な解答《かいとう》と認《みと》めるよ。』

「じゃあ、次《つぎ》は私《わたし》が行《い》きます。『カブトムシ』なんてどうでしょう。」

『その解答《かいとう》は有効《ゆうこう》だ。』

「影《かげ》の字《じ》。行《い》きなさい。」

「……『文鳥《ぶんちょう》』。」

『有効《ゆうこう》な解答《かいとう》と認《みと》めよう。』

「ワタシね。ウサ……。」

真珠ケ淵《しんじゅがふち》は言葉《ことば》を切《き》り、目線《めせん》を斜《なな》め上《うえ》へ向《む》ける。

「『ミミズク』にします。」

『その解答《かいとう》は有効《ゆうこう》だ。』

「……え。もう残《のこ》ってるの、あたしとクジャさんだけ？」

「いいよ、キツネちゃん。先言《さきい》って。」

「んー……じゃあ、『マントヒヒ』。」

『有効《ゆうこう》な解答《かいとう》だよ。』

「最後《さいご》オレね。『トド』。」

全員《ぜんいん》がディスプレイを見《み》る。

『有効《ゆうこう》な解答《かいとう》だ。全参加者《ぜんさんかしゃ》が解答《かいとう》に成功《せいこう》したので、ゲームクリアだ。実際《じっさい》のゲームの場《ば》合《あい》、村人陣営《むらびとじんえい》の役職《やくしょく》がレベルアップするよ。』

これで、おおよその流《なが》れは把握《はあく》できた。問題点《もんだいてん》と確認事項《かくにんじこう》も、だ。

「伯爵《はくしゃく》。8時《じ》にサロンカーに集合《しゅうごう》することは確定《かくてい》のようだが、ライフゲームの開始時刻《かいしじこく》は厳密《げんみつ》に指定《してい》されていないようだ。俺《おれ》たちの呼吸《こきゅう》でスタートしても構《かま》わないか？」

『問題《もんだい》ないよ、氷霜院《ひょうそういん》リュウオウくん。ゲーム開始前《かいしまえ》だけでなく、手番《てばん》と手番《てばん》の間《あいだ》に話《はな》し合《あ》いや打《う》ち合《あ》わせをしてもらっても構《かま》わない。』

「わかった。もちろん、無意味《むいみ》な遅延《ちえん》は行《おこな》わないと約束《やくそく》しよう。」

俺《おれ》はマーカーを手《て》にしたまま、未使用《みしよう》のホワイトボードへ近《ちか》づく。

「3つほど確認事項《かくにんじこう》がある。まず1つ、この中《なか》に生物学《せいぶつがく》を履修《りしゅう》している者《もの》は？」

返答《へんとう》はない。俺《おれ》は「なし」と判断《はんだん》する。

「逆《ぎゃく》に聞《き》きたいんだけどさ、王様《おうさま》と闇夜院《やみよいん》はどうなんだよ。スーパーエリート養成機関《ようせいきかん》の竜陣学園《りゅうじんがくえん》なんだろ？　生物《せいぶつ》ぐらい履修《りしゅう》ずみじゃねーの？」

「？　でも、あたしたちと同《おな》じ中学生《ちゅうがくせい》でしょ？　勉強《べんきょう》してるのは『生物《せいぶつ》』じゃなくて『理《り》科《か》』じゃない？」

「違《ちが》うんだなー。……だろ？」

「ああ。俺《おれ》たちが籍《せき》を置《お》く竜陣学園《りゅうじんがくえん》では、中学卒業《ちゅうがくそつぎょう》までに高校卒業程度《こうこうそつぎょうていど》のカリキュラムを修了《しゅうりょう》する。」

「え、ええっ!?」

「詰《つ》めこみすぎでしょう。いつ寝《ね》ているの。」

「夜《よる》だ。進行度《しんこうど》が違《ちが》うので一概《いちがい》には言《い》えないが、俺《おれ》と闇夜院《やみよいん》も基本的《きほんてき》な『生物《せいぶつ》』の知識《ちしき》はある。」

「有利《ゆうり》じゃん！」

「いや、そうとも言《い》い切《き》れないと思《おも》うな、オレは。」

「どちらかといえばざつがくだからね、このゲームでもとめられるのは。」

山吹《やまぶき》の言葉《ことば》を引《ひ》き受《う》けた血霞《ちがすみ》が、手《て》の中《なか》で貸与《たいよ》スマートフォンをもてあそぶ。

「どんなテーマがだされるのかしらないけど、せいぶつがくいっぱんのちしきをどうおうようしても、たぶんゆうりにはならない。」

「そのとおりだ。そもそも、俺《おれ》や闇夜院《やみよいん》が学《まな》んでいるのは、あくまでも単位《たんい》として履修《りしゅう》すべき生物学《せいぶつがく》だ。図鑑《ずかん》を熱心《ねっしん》に読《よ》みこんで得《え》られるタイプの知識《ちしき》ではない。」

「良《よ》くも悪《わる》くも受験用《じゅけんよう》の『生物《せいぶつ》』、ってことですかね。」

「それでも、多少《たしょう》の有利《ゆうり》はある。その知識《ちしき》で回避《かいひ》できる落《お》とし穴《あな》もあるはず。」

それから、と御影《みかげ》は冷《ひ》ややかに続《つづ》ける。

「2人《ふたり》が狼《おおかみ》だったら、口裏《くちうら》を合《あ》わせてこっちを騙《だま》すことができる。そういう見方《みかた》も忘《わす》れないで。」

「そうだな。あまり俺《おれ》たちの言葉《ことば》や発想《はっそう》を過信《かしん》しないでほしい。」

確認事項《かくにんじこう》の1つ目《め》はすんだ。俺《おれ》と闇夜院《やみよいん》がほんの少《すこ》し有利《ゆうり》なだけで、大《おお》きなアドバンテージを持《も》つ参加者《さんかしゃ》はいない。

「では2つ目《め》だ。ライフゲームのルール後半《こうはん》を見《み》てほしい。」

《「地雷《じらい》」について》
・以下《いか》の条件《じょうけん》を満《み》たす生物《せいぶつ》は、「地雷《じらい》」となる。
（1）このゲーム以前《いぜん》に開催《かいさい》された「人狼《じんろう》サバイバル」で、伯爵《はくしゃく》がルール配付前《はいふまえ》に言及《げんきゅう》した生物《せいぶつ》
※人名《じんめい》は含《ふく》まれない。
※第《だい》1回《かい》の「人狼《じんろう》サバイバル」は、赤村《あかむら》ハヤト、黒宮《くろみや》ウサギ、青山《あおやま》ギュウカク、白石《しろいし》ヤマネ、紫崎《しざき》ツバメの5名《めい》のみが参加《さんか》したゲームと定義《ていぎ》する。
（2）ライフゲーム開始時《かいしじ》に狼陣営《おおかみじんえい》が指定《してい》した生物《せいぶつ》
※この指定《してい》は当日《とうじつ》のみ有効《ゆうこう》となる。

・狼陣営《おおかみじんえい》には「地雷《じらい》」に該当《がいとう》する生物《せいぶつ》のリストが与《あた》えられる。
・「地雷《じらい》」に指定《してい》された生物《せいぶつ》の名前《なまえ》が挙《あ》げられた場合《ばあい》、その日《ひ》の「投票時間《とうひょうじかん》」はスキップされる。
※ゲームの成功《せいこう》・失敗《しっぱい》とは無関係《むかんけい》である。
・狼陣営《おおかみじんえい》が「地雷《じらい》」に指定《してい》された生物《せいぶつ》の名前《なまえ》を挙《あ》げても、スキップは発動《はつどう》しない。
・「地雷《じらい》」の指定《してい》には貸与《たいよ》スマートフォンを使用《しよう》する。
・狼陣営以外《おおかみじんえいいがい》の参加者《さんかしゃ》も、「ライフゲーム」開始前《かいしまえ》に貸与《たいよ》スマートフォンでいずれかの生物《せいぶつ》を選択《せんたく》しなければならない。

「まず、ゲームの成否《せいひ》とは別《べつ》に、『地雷《じらい》』の存在《そんざい》がある。これに指定《してい》された生物《せいぶつ》を挙《あ》げた場合《ばあい》、その日《ひ》の投票時間《とうひょうじかん》がスキップされてしまう。」

血霞《ちがすみ》がもの言《い》いたげな顔《かお》で伯爵《はくしゃく》を見《み》ていたが、結局《けっきょく》、何《なに》も言《い》わなかった。

「極《きわ》めて危険《きけん》だ。投票《とうひょう》は狼陣営《おおかみじんえい》を確実《かくじつ》に消《け》し去《さ》る手段《しゅだん》の一《ひと》つだ。これをつぶされると、村人陣営《むらびとじんえい》が不利《ふり》になることこそあれ、有利《ゆうり》になることは決《けっ》してない。」

そして『地雷《じらい》』の候補《こうほ》になるのは、『狼陣営《おおかみじんえい》が当日指定《とうじつしてい》した生物《せいぶつ》』もしくは——

「『このゲーム以前《いぜん》に開催《かいさい》された「人狼《じんろう》サバイバル」で、伯爵《はくしゃく》がルール配付前《はいふまえ》に言及《げんきゅう》した生物《せいぶつ》』。」

ルールを読《よ》み上《あ》げた瞬間《しゅんかん》、空気《くうき》がひりついた。

今《いま》この場《ば》に、初《はじ》めて「人狼《じんろう》サバイバル」に参加《さんか》した者《もの》はいない。

が、すべてのゲームに参加《さんか》した者《もの》もいない。

「伯爵《はくしゃく》〜？　確認《かくにん》なんだけどさ、これってここにいる参加者《さんかしゃ》が一人《ひとり》も出《で》てないゲームも含《ふく》まれる、ってことだよな？」

『そのとおりだよ、灰払《はいばら》ヒョウくん。』

「意地悪《いじわる》すぎねー？」

『私《わたし》はそうは思《おも》わないよ。』

「まあ、おれたちぜんいんがしってるじょうほうなら、そのいきもののなまえをあげないことで、かんたんにかいひできちゃうからね。」

『そう。不確定情報《ふかくていじょうほう》を少《すこ》し混《ま》ぜたほうがゲームは盛《も》り上《あ》がる。』

「話《はなし》を戻《もど》そう。２つ目《め》の確認事項《かくにんじこう》だ。これまでに開催《かいさい》された『人狼《じんろう》サバイバル』の回数《かいすう》を知《し》っている者《もの》はいるか？」

その問《と》いを伯爵《はくしゃく》に投《な》げることはしなかった。ゲームの根幹《こんかん》にかかわる情報《じょうほう》のため、返答《へんとう》が期待《きたい》できないからだ。

「さあ？　ハヤトと黒宮《くろみや》は12〜13回目《かいめ》あたりから数《かぞ》えてないってよ。」

「プラス、５……いえ、６回《かい》ね。」

真珠《しんじゅ》ヶ淵《がふち》が目《め》を細《ほそ》めた。

「ワタシたち汐浜中学《しおはまちゅうがく》は赤《あか》の字《じ》と黒《くろ》の字《じ》のいないゲームを５回経験《かいけいけん》しています。それに……いろいろあってプラス１回《かい》の開催《かいさい》があったことは間違《まちが》いありません。」

「さらにプラス１して。おれたちげつえいかんが、５にんだけでやったさいしょのゲームもカウントされてない。」

「それなら、もうプラス１です。陽光館《ようこうかん》も５人《にん》だけでゲームをしたことがあるって、橙《だいだい》さんと檸檬里《れもんざと》さんが言《い》ってました。」

「ハヤトちゃんとウサギちゃんのカウント漏《も》れを３〜４回《かい》ぐらいって仮置《かりお》きすると、ざっくり24～25回《かい》ぐらいって感《かん》じだね。」

「承知《しょうち》した。では3つ目《め》の確認事項《かくにんじこう》だ。」

俺《おれ》は挙手《きょしゅ》を促《うなが》すべく、手《て》を挙《あ》げた。

「ゲーム開始前《かいしまえ》に伯爵《はくしゃく》が言及《げんきゅう》した生物《せいぶつ》を覚《おぼ》えている者《もの》はいるか？」

苦々《にがにが》しさを含《ふく》んだ沈黙《ちんもく》が下《お》りる。

(だろうな。俺《おれ》も思《おも》い出《だ》せない……。)

伯爵《はくしゃく》はゲーム開始前《かいしまえ》に生物全般《せいぶつぜんぱん》の知識《ちしき》を披露《ひろう》する。それは恒例行事《こうれいぎょうじ》のようなもので、おそらくアイスブレイクの一種《いっしゅ》だろう。

だが、命《いのち》がけのゲームである以上《いじょう》、俺《おれ》たちはルールに注目《ちゅうもく》する。伯爵《はくしゃく》の与太話《よたばなし》に注意《ちゅうい》を払《はら》う者《もの》は多《おお》くない。

「オレは覚《おぼ》えてるぞー？」

ソファを離《はな》れた灰払《はいばら》が、俺《おれ》の手《て》からマーカーをかすめとり、ホワイトボードに向《む》かう。

「水族館《すいぞくかん》のときは『ネコ』で、野菜島《やさいじま》は『ヘビ』で、小学校《しょうがっこう》のときは『タコ』と『イカ』。」

言《い》いながら、灰払《はいばら》が生物《せいぶつ》の名前《なまえ》を書《か》きこんでいく。

「ヒョウくん、そういうの覚《おぼ》えてるんだ？　なんか意外《いがい》……。」

「どうでもいいことに限《かぎ》って頭《あたま》に残《のこ》るんだよな、オレ。……早緑《さみどり》は？」

「ごめん。ぜんっっっぜん覚《おぼ》えてない。フクロウなら覚《おぼ》えてるかもだけど……。」

「悪《わる》いけど、オレもだよ。生《い》き延《の》びること考《かんが》えるだけでいっぱいいっぱいなんだよね。」

「それが普通《ふつう》だと思《おも》います。おれも全然覚《ぜんぜんおぼ》えてない……。」

「私《わたし》もです。全然《ぜんぜん》聞《き》いてませんでした。お嬢《じょう》なら覚《おぼ》えてるかもしれません。」

俺《おれ》はソファに座《すわ》り、空《から》になったチャイのカップを手《て》で包《つつ》む。

「俺《おれ》も似《に》たようなものだが、前回《ぜんかい》の竹林《ちくりん》が『コウモリ』だったことは記憶《きおく》している。」

「お、いいじゃん王様《おうさま》。コ、ウ、モ、リ……。」

「メイも、ミドちゃんとブキくんがいっしょだった1回目《かいめ》のことは覚《おぼ》えてないけど、薔薇《ばら》園《えん》のときの話《はなし》は覚《おぼ》えてる。『イヌ』と『ヘビ』。それと、シンちゃんといっしょだったときの話《はなし》も覚《おぼ》えてる。『キツツキ』。」

「おれもしょかいはおぼえてないけど、みずのみやこのときは、『ドジョウ』と『ナマズ』だった。マシラといっしょのときは、『コアラ』と……もういっかいはおぼえてない。」

言《い》われた生《い》き物《もの》をせっせと書《か》きこんだ灰払《はいばら》が、「真珠《しんじゅ》ヶ淵《がふち》ー？」と声《こえ》を放《ほう》る。

「何回《なんかい》も出《で》たんだろ？　1回《かい》ぐらい覚《おぼ》えてねーの？」

「……血《ち》の字《じ》が忘《わす》れている回《かい》は『カジキ』です。残《のこ》り1回《かい》は『ヤギ』。ワタシが初《はじ》めて参加《さんか》した鳥群市《とりむれし》のゲームは『フラミンゴ』。」

「……あ、思《おも》い出《だ》した！　キツネちゃんとメイリュウちゃんがいっしょだったソーイングハウスのゲーム、確《たし》か『ゴクラクチョウ』だ！」

「あー!!　そうそう！　言《い》ってた！」

「メイも思《おも》い出《だ》した。そうだったね。」

情報《じょうほう》がそれ以上出《いじょうで》ないことを確認《かくにん》し、灰払《はいばら》が俺《おれ》にマーカーを渡《わた》す。

ネコ　フラミンゴ　ゴクラクチョウ　ヘビ　ドジョウ　ナマズ　タコ　イカ　イヌ　コウモリ　カジキ　コアラ　キツツキ　ヤギ。

今《いま》、回答《かいとう》した者《もの》の中《なか》には狼《おおかみ》と共犯者《きょうはんしゃ》が交《ま》ざっている。

だが、これらの情報《じょうほう》はおそらく正確《せいかく》だ。

(釘《くぎ》を刺《さ》した意味《いみ》はあったはずだ。)

俺《おれ》は先《さき》ほど山吹《やまぶき》にチャイを勧《すす》めた。そのとき、「別人《べつじん》と勘違《かんちが》いした」「チャイとミルクティーを誤認《ごにん》した」「見《み》えづらかった」という単語《たんご》を添《そ》えた。

これらの情報《じょうほう》から、少《すく》なからぬ参加者《さんかしゃ》はこう考《かんが》えたはずだ。

——氷霜院《ひょうそういん》リュウオウは、自分《じぶん》が参加《さんか》していない過去《かこ》の「人狼《じんろう》サバイバル」についても、映像《えいぞう》で内容《ないよう》を確認《かくにん》している、と。

(本当《ほんとう》は見《み》ていないんだ。すまないな、みんな。)

ルールを見《み》た時点《じてん》で、「過去《かこ》の人狼《じんろう》サバイバルで伯爵《はくしゃく》が言及《げんきゅう》した生物《せいぶつ》」についての意見《いけん》交換《こうかん》が行《おこな》われることは明白《めいはく》だった。そのタイミングで狼《おおかみ》と共犯者《きょうはんしゃ》が嘘《うそ》をつく可能性《かのうせい》は極《きわ》めて高《たか》い。

なので、先手《せんて》を打《う》たせてもらった。

伯爵《はくしゃく》はゲーム終了後《しゅうりょうご》、参加者《さんかしゃ》に対《たい》して「その回《かい》の人狼《じんろう》サバイバル」の映像《えいぞう》を提供《ていきょう》したり、感想《かんそう》を求《もと》めようとする。また、過去《かこ》のゲームの映像《えいぞう》についても、参加者《さんかしゃ》が希望《きぼう》すれば閲覧《えつらん》を許可《きょか》するという。

俺《おれ》が過去《かこ》のゲームの映像《えいぞう》をすべて見《み》ていると察《さっ》すれば、狼《おおかみ》と共犯者《きょうはんしゃ》は『地雷《じらい》』について嘘《うそ》をつくことができない。容易《ようい》に看破《かんぱ》され、疑《うたが》いの目《め》を向《む》けられるからだ。

自分《じぶん》が話《はな》すタイミングで飲《の》み終《お》えたチャイのカップに触《ふ》れたのは、それを意識《いしき》させるためだ。

今挙《いまあ》げられた情報《じょうほう》については信《しん》じていいだろう。

「ここに挙《あ》げられた生物《せいぶつ》は、『ライフゲーム』で使《つか》えない。」

「情報《じょうほう》としては有益《ゆうえき》ね。他《ほか》はともかく、イヌとネコは身近《みぢか》な生《い》き物《もの》です。何《なに》も知《し》らなければつい頼《たよ》ってしまったでしょう。」

実際《じっさい》、真珠《しんじゅ》ケ淵《がふち》は試遊《しゆう》の段階《だんかい》で「ウサギ」という身近《みぢか》な生物《せいぶつ》を挙《あ》げかけた。が、おそらく地雷《じらい》の可能性《かのうせい》に思《おも》い至《いた》り、解答《かいとう》を変更《へんこう》している。試遊《しゆう》では地雷《じらい》が無効《むこう》になると言《い》われていたが、思《おも》わず避《さ》けてしまったのだろう。

「一度《いちど》に複数《ふくすう》の生物《せいぶつ》が紹介《しょうかい》されるケースもあるようだが、回数《かいすう》としては12回分《かいぶん》のデータになるな。仮《かり》に開催回数《かいさいかいすう》が24回《かい》だとすると、ほぼ半分《はんぶん》か……？」

「いやー？　伯爵《はくしゃく》が参加《さんか》するときは雑談《ざつだん》ナシだから、雑談《ざつだん》アリの開催回数《かいさいかいすう》は19……20回《かい》ぐらいだろ。そのうち12回《かい》なら5分《ぶん》の3ぐらいじゃね？」

「残《のこ》り半分《はんぶん》は完全《かんぜん》に見《み》えない地雷《じらい》ってことか。」

ざっと10種類《しゅるい》ほどの生物《せいぶつ》が、見《み》えない地雷《じらい》となって潜《ひそ》んでいる。

「法則性《ほうそくせい》があればいいんだが……。」

そこで少《すこ》し長《なが》めの沈黙《ちんもく》がはさまった。

が、だれもそれらしきものを見《み》つけることはできなかった。

（この先《さき》は実際《じっさい》にテーマが出《だ》されてからだろうな。）

『おおよその流《なが》れとルールについてはご理解《りかい》いただけたかな？　質問《しつもん》があれば承《うけたまわ》るよ。』

「はーい。植物《しょくぶつ》はアリ？」

『植物《しょくぶつ》は対象《たいしょう》とならないよ、早緑《さみどり》キツネくん。』

「おおかみじんえいはじらいをふんでもむこうなんだよね？　きょうはんしゃは？」

『共犯者《きょうはんしゃ》が地雷《じらい》を挙《あ》げた場合《ばあい》はスキップが発動《はつどう》するよ。』

もっとも、今回《こんかい》のゲームにおいて、狼陣営《おおかみじんえい》は共犯者《きょうはんしゃ》を知《し》るすべを持《も》たない。

狼《おおかみ》が共犯者《きょうはんしゃ》にリストを共有《きょうゆう》し、意図的《いとてき》に投票《とうひょう》をスキップするのは至難《しなん》だろう。

「なー伯爵《はくしゃく》。恐竜《きょうりゅう》はダメ？」

『すでに地球上《ちきゅうじょう》に存在《そんざい》しない生物《せいぶつ》なので、不可《ふか》だよ。』

「いるかもしれねーじゃん？　深海《しんかい》とかに。」

『それを証明《しょうめい》できるのなら、可《か》としよう。』

灰払《はいばら》は不満《ふまん》そうに唇《くちびる》をとがらせた。が、伯爵《はくしゃく》の対応《たいおう》は当然《とうぜん》だろう。

(灰払《はいばら》は抜《ぬ》け道《みち》を探《さぐ》っているな。だが今回《こんかい》のゲームにはおそらく……。)

「質問《しつもん》じゃないけど、みんなもう一度《いちど》、マーナガルムの能力《のうりょく》を確認《かくにん》してほしい。」

御影《みかげ》がルールに目《め》を落《お》とす。

「今《いま》のほうが、『態《たい》』の危険性《きけんせい》を理解《りかい》しやすいと思《おも》う。」

《暴君狼《マーナガルム》が獲得《かくとく》できる「態《たい》」》

・美食狼《フレキ》の態《たい》：毎朝《まいあさ》7時《じ》に参加者《さんかしゃ》2名《めい》を選《えら》ぶ。選《えら》ばれた参加者《さんかしゃ》の「生命遊戯《ライフゲーム》」の解答《かいとう》は、その日《ひ》のみ伯爵《はくしゃく》以外《いがい》に認識《にんしき》されなくなる。

・平和狼《ゲリ》の態《たい》：ゲーム中《ちゅう》に1度《ど》だけ、朝《あさ》7時《じ》に村人陣営《むらびとじんえい》1名《めい》を選《えら》ぶ。選《えら》ばれた参加者《さんかしゃ》はゲーム終了《しゅうりょう》まで「地雷《じらい》」に指定《してい》された生物《せいぶつ》の名前《なまえ》を挙《あ》げてもスキップが発生《はっせい》しなくなる。ただし、その参加者《さんかしゃ》の投票《とうひょう》はゲーム終了《しゅうりょう》まで無効《むこう》となる。

・満月狼《ハティ》の態《たい》：毎朝《まいあさ》7時《じ》に参加者《さんかしゃ》1名《めい》を選《えら》ぶ。選《えら》ばれた参加者《さんかしゃ》の占《うらな》い結果《けっか》は、当日《とうじつ》のみ「狼《おおかみ》」となる。

・白老狼《カジガカカ》の態《たい》：毎夕《まいゆう》17時《じ》に参加者《さんかしゃ》1名《めい》を選《えら》ぶ。占《うらな》い師《し》および祈禱師《きとうし》の占《うらな》い先《さき》は、その参加者《さんかしゃ》に強制変更《きょうせいへんこう》される。

・怪智狼《ルー・ガルー》の態《たい》：毎夕《まいゆう》18時《じ》に、その時点《じてん》で獲得《かくとく》している「態《たい》」の1つを選《えら》び、能力《のうりょく》を発動《はつどう》できる。選《えら》んだ「態《たい》」を失《うしな》う代《か》わりに、その日《ひ》の自分《じぶん》の投票《とうひょう》が2票分《ひょうぶん》としてカウントされる。

※「怪智狼《ルー・ガルー》の態《たい》」を選《えら》ぶことはできない。

※すでに効果《こうか》を発動《はつどう》した「態《たい》」を失《うしな》った場合《ばあい》、その効果《こうか》は失《うしな》われる。

・渾敦《こんとん》の態《たい》：ゲーム中《ちゅう》に1度《ど》だけ、朝《あさ》7時《じ》にルールの一文《いちぶん》を削除《さくじょ》することができる。

※一文《いちぶん》とは、「・」から始《はじ》まる一連《いちれん》の文章《ぶんしょう》を指《さ》す。
※削除《さくじょ》する一文《いちぶん》を、「全体《ぜんたい》ルール」「勝敗《しょうはい》のルール」「禁止事項《きんしじこう》」「※に続《つづ》く但《ただ》し書《が》き」から選《えら》ぶことはできない。
※どの文章《ぶんしょう》を削除《さくじょ》したのか確認《かくにん》できるのは、原則《げんそく》として「暴君狼《マーナガルム》」本人《ほんにん》と伯爵《はくしゃく》のみである。
※削除《さくじょ》されたルールはゲームが終《お》わるまで元《もと》に戻《もど》らない。また、「暴君狼《マーナガルム》」が退場《たいじょう》した後《あと》も効果《こうか》は継続《けいぞく》する。

「……最低限《さいていげん》の事前確認《じぜんかくにん》はすんだと俺《おれ》は考《かんが》える。問題《もんだい》なければ始《はじ》めるが、どうだろう。」

まばらに、肯定《こうてい》の返事《へんじ》があった。

「伯爵《はくしゃく》。本番《ほんばん》を始《はじ》めたい。」

『では、狼陣営《おおかみじんえい》は貸与《たいよ》スマートフォンで地雷《じらい》となる生物《せいぶつ》を指定《してい》してほしい。なお、それ以外《いがい》の全参加者《ぜんさんかしゃ》もいずれかの生物《せいぶつ》を選択《せんたく》していただくよ。』

狼陣営《おおかみじんえい》は役職決定《やくしょくけってい》のタイミングで、今日《きょう》の「テーマ」や「上限生物《じょうげんせいぶつ》」、「条件《じょうけん》」を把握《はあく》している。話《はな》し合《あ》う暇《ひま》はなかったと思《おも》うが、俺《おれ》たちより有利《ゆうり》なのは間違《まちが》いない。

一瞬《いっしゅん》、参加者《さんかしゃ》の指《ゆび》の動《うご》きを見《み》れば狼《おおかみ》を見抜《みぬ》けるのでは、と考《かんが》えた。

だが、表示《ひょうじ》されたのは文字列《もじれつ》の入力画面《にゅうりょくがめん》だった。しかも、候補《こうほ》が画面《がめん》に表示《ひょうじ》されているので、そこから選《えら》ばざるをえない。おそらく、参加者《さんかしゃ》ごとに別々《べつべつ》の生物《せいぶつ》が表示《ひょうじ》されているのだろう。

(指《ゆび》の動《うご》きで狼《おおかみ》を判別《はんべつ》することはできず、全員《ぜんいん》で解答《かいとう》を示《しめ》し合《あ》わせて、狼《おおかみ》の動《うご》きを制限《せいげん》することもできない、か。)

小細工《こざいく》は通《つう》じない。

俺《おれ》は適当《てきとう》な生物《せいぶつ》を選《えら》び、その名前《なまえ》を入力《にゅうりょく》した。

『それでは、ライフゲームを開始《かいし》するよ。』

全員《ぜんいん》が傾聴《けいちょう》の態勢《たいせい》に入《はい》る。

『本日《ほんじつ》のテーマは……「寿命《じゅみょう》」だ。』

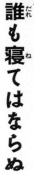

4

誰《だれ》も寝《ね》てはならぬ

（生物《せいぶつ》の、寿命《じゅみょう》……。）

『上限生物《じょうげんせいぶつ》は「ヒト」。数値《すうち》は80年《ねん》と設定《せってい》するよ。条件《じょうけん》は「脊椎動物《せきついどうぶつ》」だ。』

「メイリュウちゃん。セキツイ動物《どうぶつ》って何《なに》？」

「脊椎《せきつい》……つまり、背骨《せぼね》を持《も》つ生物《せいぶつ》のこと。一般的《いっぱんてき》には哺乳類《ほにゅうるい》、鳥類《ちょうるい》、爬虫類《はちゅうるい》、両生類《りょうせいるい》、魚類《ぎょるい》が含《ふく》まれる。……伯爵《はくしゃく》。認識《にんしき》に相違《そうい》は？」

『ないよ、闇夜院《やみよいん》メイリュウくん。』

「つまり、びせいぶつやこんちゅうはつかえないってことだね。」

シミュレーションのときのように微生物《びせいぶつ》でスタートし、小刻《こきざ》みに数値《すうち》を重《かさ》ねていく戦法《せんぽう》は通《つう》じないということだ。

「……リラックスしたほうがいい。」

だれかが何《なに》かを問《と》うより先《さき》に、御影《みかげ》はバーカウンターへ向《む》かい、逆三角形《ぎゃくさんかくけい》のカクテルグラスを手《て》にとった。

「ここで白熱《はくねつ》しすぎると、議論《ぎろん》まで身《み》が持《も》たない。制限時間《せいげんじかん》はないんだから、ゆっくり考《かんが》えよう。」

御影《みかげ》がカウンターに潜《もぐ》りこんで冷蔵庫《れいぞうこ》を開《あ》けると、時間《じかん》が動《うご》き出《だ》した。

「そうだな。今必要《いまひつよう》なのは柔軟《じゅうなん》で自由《じゆう》な発想《はっそう》だ。緊張《きんちょう》しすぎないほうがいい。」

「あ、じゃあソファ動《うご》かすね。みんな向《む》かい合《あ》う感《かん》じにしようよ！」

「手伝《てつだ》います。」

「オレも。あー……氷霜院《ひょうそういん》サン？もお願《ねが》いしますね。」

サロンと呼《よ》ばれているとはいえ、ここは電車《でんしゃ》だ。ソファは複数《ふくすう》のグループがそれぞれ使《つか》えるよう配置《はいち》されている。俺《おれ》たちはそれを動《うご》かし、全員《ぜんいん》が互《たが》いの顔《かお》を見《み》ることのできるよう再配置《さいはいち》していく。

「山吹《やまぶき》。脚《あし》があるから、しっかり持《も》ち上《あ》げてくれ。引《ひ》きずると絨毯《じゅうたん》に傷《きず》がつく。」

「コウモリ。たなのグラスぜんしゅるいだせる？　おれはドリンクをだす。」

「オレはテーブルでも運《はこ》ぼっかな。グラス置《お》く場所《ばしょ》ないし。」

「伯爵《はくしゃく》。換気扇《かんきせん》を回《まわ》しなさい。ほこりが立《た》ちます。」

「伯爵《はくしゃく》。コースターとピッチャーがほしい。お湯《ゆ》も。」

参加者《さんかしゃ》はせわしなく動《うご》きはじめた。

冷蔵庫《れいぞうこ》を開《あ》け閉《し》めする音《おと》。瓶底《びんぞこ》がカウンターをたたく音《おと》。氷《こおり》が踊《おど》る音《おと》。シェイカーを振《ふ》る音《おと》。真珠ヶ淵《しんじゅがふち》と闇夜院《やみよいん》が毒《どく》を吐《は》き合《あ》い、灰払《はいばら》がおどけ、早緑《さみどり》が笑《わら》い、銀条《ぎんじょう》が諌《いさ》める。

まるで立食形式《りっしょくけいしき》のパーティーだ。

だが、これぐらいリラックスしていたほうがいいのかもしれない。

ソファに戻《もど》った俺《おれ》たちは、肘《ひじ》かけやテーブルにグラスを置《お》く。

「みんなグラス持《も》ったかー？　じゃ、せーので乾杯《かんぱい》な？」

「違《ちが》うでしょう。座《すわ》っていなさい、灰《はい》の字《じ》。」

真珠ヶ淵《しんじゅがふち》の視線《しせん》が俺《おれ》と闇夜院《やみよいん》に向《む》けられる。

「竜陣《りゅうじん》の2人《ふたり》。生物《せいぶつ》の寿命《じゅみょう》について知《し》っていることはありますか？」

「……一般論《いっぱんろん》にはなるが、生物《せいぶつ》の寿命《じゅみょう》はサイズに比例《ひれい》する。」

人《ひと》が家庭《かてい》に迎《むか》え入《い》れることの多《おお》い生物《せいぶつ》、ハムスター、ウサギ、ネコ、イヌなどを見《み》ると

わかりやすい。

　ハムスターは2〜3年《ねん》、ウサギは7〜8年《ねん》、ネコは10年程度《ねんていど》、イヌは12年程度《ねんていど》と聞《き》いた覚《おぼ》えがある。

　そう話《はな》すと、真珠ヶ淵《しんじゅがふち》は小《ちい》さく首《くび》を振《ふ》った。

「その情報《じょうほう》は少《すこ》し古《ふる》いようです。薬学《やくがく》や医学《いがく》が進歩《しんぽ》したからだと思《おも》いますが、現代《げんだい》においてイヌとネコの寿命《じゅみょう》はほぼ同《おな》じですよ、氷《ひょう》の字《じ》。ともすればネコのほうが長《なが》いと聞《き》きます。」

「そうか。それは失礼《しつれい》した。」

「イヌとネコは『地雷《じらい》リスト』に入《はい》ってるから、情報《じょうほう》の細《こま》かい修正《しゅうせい》は必要《ひつよう》ないよ。どうせ挙《あ》げないし。」

「いいじゃない。思《おも》ってること、知《し》ってることって口《くち》に出《だ》す癖《くせ》をつけないと。……あー、記《き》録《ろく》しないと忘《わす》れちゃうよね。余《あま》ってるホワイトボード使《つか》いますよ、氷霜院《ひょうそういん》サン？」

「問題《もんだい》ない。そのために用意《ようい》した。」

「じゃあ本番《ほんばん》のときは……あ、そっか。シミュレーションのときの記録《きろく》、消《け》して使《つか》えばいいんだね。」

地雷《じらい》リストの記録《きろく》に1枚《まい》。出《だ》し合《あ》った情報《じょうほう》の記録《きろく》に1枚《まい》。実際《じっさい》に各参加者《かくさんかしゃ》が挙《あ》げた生物《せいぶつ》名《めい》の記録用《きろくよう》に1枚《まい》。やはりホワイトボードは3枚《まい》で足《た》りるようだ。

「書記《しょき》はオレがやるよ。」

山吹《やまぶき》はマーカーの書《か》き味《あじ》を試《ため》すように、サインらしきものを描《えが》いた。

「念《ねん》のため補足《ほそく》するが、寿命《じゅみょう》とサイズが正比例《せいひれい》するという話《はなし》ではない。」

もちろん、その可能性《かのうせい》もあるのだが。試遊《しゆう》のテーマであった「重量《じゅうりょう》」ほど、直接的《ちょくせつてき》な比《ひ》例関係《れいかんけい》にあるとは思《おも》えない。

たとえばウシとワシを比較《ひかく》した場合《ばあい》、重《おも》いのは間違《まちが》いなくウシだが、長生《ながい》きするのはどちらかと聞《き》かれたとき、即答《そくとう》できる人間《にんげん》は少《すく》ないのではないだろうか。

「ぎょるいのじゅみょうも、きほんてきにはおおきさにひれいする。」

ソファに深《ふか》く腰《こし》かけた血霞《ちがすみ》が、じっと床《ゆか》を見《み》つめている。

「メダカは2ねんぐらい、エンゼルフィッシュは5ねんぐらい、ナマズのなかまやアロワナは10ねんをこえるってマムシがいってた。」

「あの……さっきから気《き》になってたんですが、メダカとかネコって、野生《やせい》なのか飼育《しいく》してるのかで寿命《じゅみょう》が変《か》わりませんか。」

「変《か》わりますね。……伯爵《はくしゃく》。ライフゲームではどちらを基準《きじゅん》にするのか教《おし》えなさい。」

『生物《せいぶつ》の種類《しゅるい》によるよ、真珠ヶ淵《しんじゅがふち》マシラくん。一般《いっぱん》に、飼育《しいく》されるイメージの強《つよ》い生物《せいぶつ》の場合《ばあい》、飼育環境《しいくかんきょう》を基準《きじゅん》とし、そうでない場合《ばあい》は野生環境《やせいかんきょう》を基準《きじゅん》とする。今《いま》の話《はなし》だと、メダカは飼育環境《しいくかんきょう》を基準《きじゅん》とするよ。どちらになるのかは質問《しつもん》いただければお答《こた》えしよう。』

あいまいな返答《へんとう》だったが、最後《さいご》の言葉《ことば》で俺《おれ》は得心《とくしん》した。

聞《き》けば返答《へんとう》が得《え》られるということなら、予期《よき》せぬミスは回避《かいひ》できる。

「メダカは初手《しょて》の候補《こうほ》になりそうですね。」

「なー、あれは？　ハツカネズミ。」

「ハツカネズミは20日《はつか》ほどの周期《しゅうき》で子《こ》を産《う》むことができるからハツカネズミと呼《よ》ばれているはず。寿命《じゅみょう》はハムスター類《るい》と大差《たいさ》ないとメイは考《かんが》える。」

「2～3年《ねん》ぐらいって感《かん》じかな。」

山吹《やまぶき》がペンを走《はし》らせると、丸《まる》っこい文字《もじ》が連《つら》なった。

「逆《ぎゃく》に、寿命《じゅみょう》が1年以内《ねんいない》の生《い》き物《もの》っていないの？」

御影《みかげ》のカクテルグラスには、ドリンクではなくクランベリーが盛《も》られている。

「はいはーい！　いるよー！」

早緑《さみどり》が勢《いきお》いよく手《て》を挙《あ》げ、人差《ひとさ》し指《ゆび》だけをピンと立《た》てた。

「昆虫《こんちゅう》！」

「確《たし》かに、昆虫《こんちゅう》は越冬《えっとう》できないイメージがあるな。」

「でも脊椎《せきつい》動物じゃないから候補《こうほ》には使《つか》えない。」

「じゃあ、脊椎動物《せきついどうぶつ》で昆虫《こんちゅう》ぐらいの生《い》き物《もの》っていますかね。」

「メイは心当《こころあ》たりがない。……脊椎動物《せきついどうぶつ》は無脊椎動物《むせきついどうぶつ》より高度《こうど》な身体構造《しんたいこうぞう》を有《ゆう》しているから、基本的《きほんてき》に無脊椎動物《むせきついどうぶつ》より長寿《ちょうじゅ》だと思《おも》う。」

「なら、脊椎動物《せきついどうぶつ》の寿命《じゅみょう》の最低《さいてい》ラインは、1年《ねん》より長《なが》い……1年半《ねんはん》から2年《ねん》ぐらいって考《かんが》えていいのかな。」

「れいがいはいるだろうけど、それでいいんじゃないの。さいしょにえらぶのは、それぐらいのじゅみょうのいきものがいいとおもう。」

「今出《いまで》ている中《なか》だと、ハムスターとかハツカネズミと、あとメダカだっけ？」

「ちょっと少《すく》ない気《き》がする。他《ほか》の候補《こうほ》っていないのかな。」

「あくまでもサイズの比較《ひかく》になるが、鳥類《ちょうるい》だと、スズメやツバメが最《もっと》も小《ちい》さい部類《ぶるい》だろう。哺乳類《ほにゅうるい》でネズミ以下《いか》は少《すく》ないはず。爬虫類《はちゅうるい》だと……。」

「カエルとかじゃねーの？　あとイモリとか？」

「ヒョウくん、それ、どっちも両生類《りょうせいるい》じゃん……。」

「爬虫類《はちゅうるい》ならトカゲじゃない？　ヤモリとか、カナヘビとか。」

そこで、何人《なんにん》かがドリンクに口《くち》をつけた。

「……ツバメの寿命《じゅみょう》は、メダカとかネズミより長《なが》い気《き》がする。」

「？　御影《みかげ》さん、それって理由《りゆう》あります？」

「ツバメは一度《いちど》作《つく》った巣《す》に次《つぎ》の年《とし》も戻《もど》ってくるって聞《き》いたことがある。1度《ど》きりしか戻《もど》ってこないなら、そういう話《はなし》は出回《でまわ》らないんじゃないかなって。」

「メイは同意《どうい》する。同《おな》じ巣《す》に同一個体《どういっこたい》が戻《もど》ってくる習性《しゅうせい》があるのなら、最低《さいてい》でも3〜4回《かい》は戻《もど》ってきていて、それを毎年《まいとし》だれかが目撃《もくげき》していると考《かんが》えたほうが自然《しぜん》。必然的《ひつぜんてき》に、ツバメの寿命《じゅみょう》は3年以上《ねんいじょう》あることになる。」

「でも、やちょうはがいてきがおおい。」

「！　それ、あたしも思《おも》った。スズメとかツバメって、大《おお》きな鳥《とり》とか、ヘビとか、ネコとかに襲《おそ》われやすいんだよね。」

「はくしゃく。そういうよういんも、はくしゃくのていぎしてるじゅみょうにふくまれてる？」

『含《ふく》まれているよ、血霞《ちがすみ》ラブカくん。このゲームにおける「寿命《じゅみょう》」は、その生物《せいぶつ》が生存《せいぞん》できる最長《さいちょう》の年数《ねんすう》ではなく、平均何年生存《へいきんなんねんせいぞん》できるかの数値《すうち》である、と理解《りかい》してほしい。』

「なら、飼育《しいく》されることが一般的《いっぱんてき》でない小型生物《こがたせいぶつ》の寿命《じゅみょう》は、俺《おれ》たちの予想《よそう》より短《みじか》くなるのかもしれないな。」

「スズメとかツバメみたいな野鳥《やちょう》って、基本的《きほんてき》に飼育《しいく》できないもんね。」

「逆《ぎゃく》に、飼育《しいく》されることの多《おお》い小型生物《こがたせいぶつ》はイメージ以上《いじょう》に寿命《じゅみょう》が長《なが》いのでしょうね。文鳥《ぶんちょう》やらインコやらは……。」

「トカゲもたぶん、メダカとかより長《なが》いぞー？」

「何《なに》か思《おも》い当《あ》たるふしがあるのか、灰払《はいばら》。」

「あいつらあんまり動《うご》かねーだろ？」

灰払《はいばら》がグラスに口《くち》をつけた。中身《なかみ》は自分《じぶん》でシェイカーを振《ふ》って作《つく》ったドリンクだ。

「小《ちい》さい生《い》き物《もの》って心拍《しんぱく》が速《はや》いんだよ。逆《ぎゃく》に、でかい生《い》き物《もの》って心拍《しんぱく》が遅《おそ》いんだ。それって寿命《じゅみょう》と関係《かんけい》してるんだよ。」

「そう。心拍《しんぱく》と寿命《じゅみょう》には関連性《かんれんせい》がある。オウくんの言《い》った、サイズと寿命《じゅみょう》の話《はなし》の裏《うら》づけはそれ。」

「トカゲって爬虫類《はちゅうるい》で、あんまり動《うご》かねーだろ？　心拍《しんぱく》もたぶん遅《おそ》いぞ。だから、サイズの割《わり》に寿命《じゅみょう》は長《なが》い。たぶんだけど。」

「メイは同意《どうい》する。それに、トカゲを含《ふく》む爬虫類《はちゅうるい》は変温動物《へんおんどうぶつ》。哺乳類《ほにゅうるい》や鳥類《ちょうるい》と違《ちが》って、体《たい》温《おん》を一定《いってい》に保《たも》つ仕組《しく》みがない。それは代謝《たいしゃ》が低《ひく》いということ……省《しょう》エネルギーで生《い》きているので、寿命《じゅみょう》は相対的《そうたいてき》に長《なが》いはず。」

「意見《いけん》、いい感《かん》じに出《で》そろってきたね。」

「問題《もんだい》は地雷《じらい》リストに入《はい》ってるかどうかですね。」

銀条《ぎんじょう》が丸氷《まるごおり》の入《はい》ったブランデーグラスを軽《かる》く回《まわ》す。——中身《なかみ》はアップルティーだ。

「今挙《いまあ》げた候補《こうほ》の中《なか》に、リスト入《い》りしてそうなのがいるかどうか……。」

「ほうそくせいはないんだから、かんがえてもしかたないんじゃないの。」

「いや。」

「考《かんが》えるべきだ。」

俺《おれ》と御影《みかげ》の声《こえ》が重《かさ》なった。御影《みかげ》に促《うなが》され、俺《おれ》は続《つづ》ける。

「考《かんが》え抜《ぬ》いた末《すえ》に地雷《じらい》を踏《ふ》んだのなら、反省《はんせい》を次《つぎ》に活《い》かせる。だが、あてずっぽうで答《こた》えた生物《せいぶつ》が地雷《じらい》だったら、すべてを運《うん》のせいにしてしまうだろう。反省《はんせい》も改善《かいぜん》もできない。」

「うん。命《いのち》がけなんだから、雑《ざつ》に動《うご》いていいことなんてないよ。」

「ですが、考《かんが》えるためのヒントがありますか？」

真珠《しんじゅ》ヶ淵《がふち》がパイナップルを飾《かざ》りつけたワイングラスを揺《ゆ》らす。

「血《ち》の字《じ》の言《い》うとおり、法則性《ほうそくせい》がないことはさっき確認《かくにん》したでしょう？」

「法則性《ほうそくせい》がなくても、傾向《けいこう》はあるかもしれない。」

「いったん、伯爵《はくしゃく》が各《かく》ゲームでどういった雑談《ざつだん》をしたのか、記憶《きおく》の限《かぎ》りまとめてみよう。」

それぞれの参加者《さんかしゃ》が、それぞれの経験《けいけん》を語《かた》る。

話《はなし》が終《お》わると、沈黙《ちんもく》が下《お》りた。

俺《おれ》は考《かんが》えを整理《せいり》して、口《くち》を開《ひら》く。

「……鍵《かぎ》になるのは、『なぜ』という問《と》いのようだ。」

タンブラーに注《そそ》いだ炭酸水《たんさんすい》を一口《ひとくち》含《ふく》み、続《つづ》ける。

「我々《われわれ》の知《し》る生物《せいぶつ》の、それが当《あ》たり前《まえ》だと思《おも》いこんでいる生態《せいたい》やエピソードに対《たい》して、『なぜそうなのか』を説明《せつめい》することが、傾向《けいこう》の一《ひと》つになっていると感《かん》じる。」

なぜ、ネコが魚《さかな》を好《この》むと言《い》われるのか。なぜ、フラミンゴは派手《はで》な色彩《しきさい》なのか。

なぜ、ゴクラクチョウは「極楽《ごくらく》」の字《じ》を持《も》つのか。なぜ、ヘビはとぐろを巻《ま》くのか。

ドジョウやナマズはひげを持《も》つのか。イカやタコが墨《すみ》を吐《は》くのか。コウモリは逆《さか》さになるのか。カジキの長《なが》い鼻《はな》、コアラがユーカリを食《た》べる食性《しょくせい》、ヤギが紙《かみ》を食《た》べるという俗説《ぞくせつ》、キツツキが木《き》をたたく理由《りゆう》。

「イヌとヘビの話《はなし》だけは違《ちが》うよね。」

「そうだね。ヘビって1回話《かいはな》した生《い》き物《もの》が2回出《かいで》てきてるのも不自然《ふしぜん》っていうか……。」

「それはリクエストがあったからだよ。たぶんだけど。」

「伯爵《はくしゃく》に？　リクエスト？」

「はなすとながくなるけど、そんなかんじ。とにかく、そのいっかいはれいがいだとかんがえていいとおもう。」

「なら、『なぜそうなのか』という要素《ようそ》を多《おお》く含《ふく》む生物《せいぶつ》は、リスト入《い》りしている可能性《かのうせい》が高《たか》いってことですね。」

「今出《いまで》てる候補《こうほ》は、スズメ、ツバメ、メダカ、ハムスター……。」

「ハムスターは危《あぶ》なそうだよね。っていうか、ネズミ系全般《けいぜんぱん》。」

「そうだな。ハムスターを含《ふく》むネズミは身近《みぢか》なうえに、生態《せいたい》について知《し》られている情報《じょうほう》が多《おお》い。慣用句《かんようく》にも頻出《ひんしゅつ》する。『なぜ』が生《しょう》じやすい生物《せいぶつ》だと言《い》える。」

「小鳥《ことり》も危《あぶ》ない気《き》がしますね。ツバメは渡《わた》り鳥《どり》だし、スズメも世界中《せかいじゅう》にいます。生態《せいたい》もよく知《し》られてますから、『なぜ』の入《はい》りこむ余地《よち》がありそうです。」

「じゃ、消去法《しょうきょほう》でメダカ行《い》っとくか？」

確《たし》かに、メダカという生物《せいぶつ》の生態《せいたい》や周辺情報《しゅうへんじょうほう》に、「なぜ」の入《はい》りこむ余地《よち》はあまりない気《き》がする。俺《おれ》の知《し》る限《かぎ》り、慣用句《かんようく》や故事成語《こじせいご》、ことわざにも登場《とうじょう》しない。

「問題《もんだい》は意図的《いとてき》な誤解答《ごかいとう》だが……。」

「それはたぶん回避《かいひ》できない。」

ライフゲームは前《まえ》の参加者《さんかしゃ》より小《ちい》さな数字《すうじ》を出《だ》すか、伯爵《はくしゃく》の定《さだ》めた「上限生物《じょうげんせいぶつ》」を超《こ》える数値《すうち》を出《だ》した時点《じてん》で失敗《しっぱい》する。

狼陣営《おおかみじんえい》が地雷《じらい》を踏《ふ》むことはない。だが事故《じこ》を装《よそお》い、失敗《しっぱい》に持《も》ちこむことはできる。

「？　でも、どの生物《せいぶつ》を挙《あ》げるのかは事前《じぜん》に共有《きょうゆう》できるんですから、おかしなことを言《い》おうとしたら私《わたし》たちが止《と》めればいいだけでは？」

「逆《ぎゃく》に、正答《せいとう》だけど狼《おおかみ》が変《へん》な誘導《ゆうどう》する可能性《かのうせい》もあるよ。」

「その場合《ばあい》も、私《わたし》たちが状況《じょうきょう》を把握《はあく》できるからいっしょだと思《おも》います。」

「解答《かいとう》がミスになるのは仕方《しかた》ないけど、オレたち全員《ぜんいん》を騙《だま》し討《う》ちにするような解答《かいとう》をしたらアウトって感《かん》じだね。」

「そうです。」

これで解答《かいとう》の事前共有《じぜんきょうゆう》が決《き》まった。――確《たし》かに、それが合理的《ごうりてき》だ。

「初手《しょて》は俺《おれ》が行《い》く。異論《いろん》はあるだろうか？」

ここで先手《せんて》をとれば、明日《あした》、俺《おれ》は手番《てばん》の希望《きぼう》が通《とお》りづらくなる。だが、そのデメリットをのみこんででも、今《いま》は先手《せんて》をとる意味《いみ》がある。

「ないみたいだよ、オウくん。」

「では、伯爵《はくしゃく》。俺《おれ》の手番《てばん》だ。打《う》ち合《あ》わせどおり行《い》く。生物《せいぶつ》は……『メダカ』。」

試遊《しゆう》のときと違《ちが》い、伯爵《はくしゃく》が応《おう》じるまでに時間《じかん》がかかった。

あるいは、そう感《かん》じるほど俺《おれ》は緊張《きんちょう》していた。

『その解答《かいとう》は有効《ゆうこう》だよ。』

大《おお》きく息《いき》を吐《は》いたのは俺《おれ》だけではなかった。

「血霞《ちがすみ》の知識《ちしき》が正《ただ》しければ。」

唇《くちびる》を湿《しめ》らせ、すぐに言葉《ことば》を絞《しぼ》り出《だ》す。

「エンゼルフィッシュは狙《ねら》いどころだろう。寿命《じゅみょう》が5年程度《ねんていど》というのは具合《ぐあい》がいい。エンゼルという名《な》の由来《ゆらい》は姿《すがた》だろうから、『なぜ』の入《はい》る余地《よち》も少《すく》ない。」

「ねえねえ。あたし、その前《まえ》に行《い》けそうな生《い》き物《もの》あるんだけど。」

「？　それは何《なん》だ、早緑《さみどり》。」

「モグラ。」

「……いい線《せん》ではないの？　サイズはウサギより小《ちい》さく、ネズミよりやや大《おお》きい。地面《じめん》に潜《もぐ》る習性《しゅうせい》はありますが、それは『なぜ』も何《なに》も関係《かんけい》なく、単《たん》なる生態《せいたい》です。」

「わざわざつちのなかにいるのは、てんてきがおおいからだろうね。ちょうじゅだとはおもえない。かといって、ネズミよりたんめいにもみえない。」

「そうなの。3年以上《ねんいじょう》生《い》きそうかなーって思《おも》うんだけど。」

「何《なに》か気《き》になることが？」

「5年《ねん》より短《みじか》いかなってていうのが気《き》になってて……。」

「メイは短《みじか》いと思《おも》う。モグラは地中《ちちゅう》の虫《むし》やミミズを食《た》べているはず。それらの栄養価《えいようか》を考《かんが》えると、とても長生《ながい》きできるとは思《おも》えない。」

「確《たし》かエンゼルフィッシュって、手《て》のひらぐらいのけっこう大《おお》きな魚《さかな》ですよね。生《う》まれたときからそんなに大《おお》きいわけないですから、やっぱり寿命《じゅみょう》は長《なが》めじゃないですか？」

「伯爵《はくしゃく》。モグラの寿命《じゅみょう》は野生基準《やせいきじゅん》、エンゼルフィッシュは飼育基準《しいくきじゅん》か？」

『そのとおりだよ、氷霜院《ひょうそういん》リュウオウくん。』

「魚類《ぎょるい》と哺乳類《ほにゅうるい》の比較《ひかく》にはなるが、サイズと食性《しょくせい》の話《はなし》を総合《そうごう》すると、俺《おれ》はエンゼルフィッシュのほうが長《なが》いと思《おも》う。」

「あたし、モグラ行《い》ってもいい？」

「行《い》ってごらんなさい、早《そう》の字《じ》。」

「はーい。……伯爵《はくしゃく》。『モグラ』！」

『有効《ゆうこう》な解答《かいとう》と認《みと》めるよ。』

「やったっ！」

早緑《さみどり》は銀条《ぎんじょう》とハイタッチを交《か》わし、真珠ヶ淵《しんじゅがふち》とも強引《ごういん》にハイタッチを交《か》わす。

「つぎはおれがいくよ。ていあんしたいじょう、せきにんもあるし。」

血霞《ちがすみ》は淡々《たんたん》と続《つづ》けた。

「はくしゃく。『エンゼルフィッシュ』。」

『その解答《かいとう》は有効《ゆうこう》だよ。』

血霞《ちがすみ》は喜《よろこ》ぶ素振《そぶ》りも見《み》せず、グラスのジュースに口《くち》をつけた。

俺《おれ》たちの推測《すいそく》が正《ただ》しければ、上限《じょうげん》80年《ねん》に対《たい》して、2年《ねん》、3年《ねん》、5年《ねん》と小刻《こきざ》みに解答《かいとう》できたことになる。悪《わる》くないスタートだ。

「問題《もんだい》は次《つぎ》か。サイズを基準《きじゅん》とするなら、ウサギあたりが妥当《だとう》だが……。」

「リストに入《はい》ってる気《き》がする。ウサギは世界中《せかいじゅう》にいるし、エピソードも多《おお》い。」

「メイに代案《だいあん》がある。モルモット。」

「実験動物《じっけんどうぶつ》に使《つか》われてるネズミ……だよね？　ハムスターと同《おな》じぐらいじゃない？」

「違《ちが》う。モルモットは大《おお》きい。ちょうどウサギぐらい。実験動物《じっけんどうぶつ》に使《つか》われていたのは、体《たい》内《ない》でビタミンC《シー》を合成《ごうせい》できない性質《せいしつ》が人間《にんげん》と共通《きょうつう》だから。あと、繁殖《はんしょく》が容易《ようい》だから。」

「イヌやネコが13〜14年《ねん》と仮定《かてい》して、メダカより長《なが》いと判定《はんてい》されたモグラが3〜4年《ねん》、ネズミが2年《ねん》と考《かんが》えると、ウサギはおよそ7〜8年《ねん》でしょうね。」

「モルモットの寿命《じゅみょう》も同《おな》じぐらいだとメイは予測《よそく》する。他《ほか》に案《あん》のある人《ひと》はいる？」

いないことを確認《かくにん》し、闇夜院《やみよいん》がディスプレイをにらむ。

「伯爵《はくしゃく》。メイの解答《かいとう》は『モルモット』。」

『……有効《ゆうこう》な解答《かいとう》と認《みと》めよう。』

闇夜院《やみよいん》は小《ちい》さく息《いき》を吐《は》き、グラスの水《みず》を飲《の》んだ。

「次《つぎ》だな。だれか、アイデアはあるか？　寿命《じゅみょう》が10年前後《ねんぜんご》の生物《せいぶつ》だ。」

「いいのがいるぞ。」

灰払《はいばら》がジャックオーランタンじみた笑《え》みを浮《う》かべ、ジェスチャーをとった。

「『オオカミ』！　イヌと同《おな》じサイズ！」

「あ！　そっか。オオカミとイヌって近《ちか》いけど別《べつ》の動物《どうぶつ》だもんね！」

「お待《ま》ちなさい。逸話《いつわ》や慣用句《かんようく》が山《やま》ほどあるでしょう。」

「でも、せいたいについて『なぜ』とおもうことはないきがする。」

「それに、オオカミはこのゲームの象徴的《しょうちょうてき》な生物《せいぶつ》だ。伯爵《はくしゃく》が特別視《とくべつし》して、ゲーム前《まえ》の説明《せつめい》に使《つか》ってない可能性《かのうせい》がある。」

「いや……俺《おれ》はむしろ危険《きけん》だと考《かんが》える。」

戦《たたか》いを決《き》めるのは準備《じゅんび》、その質《しつ》と量《りょう》だ。

「伯爵《はくしゃく》がいつ『ライフゲーム』を思《おも》いついたのかは知《し》らないが、俺《おれ》が彼《かれ》の立場《たちば》なら、明《あき》らかな盲点《もうてん》は事前《じぜん》に、確実《かくじつ》につぶす。」

「まあ、オオカミは特別《とくべつ》だからとり上《あ》げないっていうのは思《おも》いこみかもね。」

「じゃあ、やめましょう。オオカミと近《ちか》いサイズの生《い》き物《もの》っていませんか。」

「キツネとか？」

「みんなわすれかけてるとおもうけど、おおかみがしていしたせいぶつもじらいになるよ。キツネとか、ちめいどてきにしていされるかのうせい、たかいとおもうけど。」

そう。俺《おれ》たちが警戒《けいかい》しなければならないのは、伯爵《はくしゃく》が言及《げんきゅう》した生物《せいぶつ》だけではない。狼《おおかみ》陣営《じんえい》が事前《じぜん》に指定《してい》した生物《せいぶつ》もまた地雷《じらい》になるのだ。

「キツネは危《あぶ》ない気《き》がする。慣用句《かんようく》もいっぱいあるし。」

「ではタヌキ、ヒツジ、シカ、ブタあたりが候補《こうほ》かしら。」

「その中《なか》ならブタが『なぜ』要素《ようそ》少《すく》ないかなーって思《おも》うけど……。」

「いま、おもいついたんだけど。」

血霞《ちがすみ》が空《から》になったグラスの縁《ふち》を指先《ゆびさき》でなぞった。

「そうしょくどうぶつより、にくしょくどうぶつのほうが、じゅみょうはみじかいとおもう。」

「？　なんで？」

「肉食動物《にくしょくどうぶつ》は生存《せいぞん》に『捕食《ほしょく》』という行為《こうい》が必要《ひつよう》。常《つね》に餓死《がし》や衰弱《すいじゃく》のリスクにさらされているし、わずかな怪我《けが》が命《いのち》とり。縄張《なわば》り争《あらそ》いも発生《はっせい》する。命《いのち》を落《お》とす確率《かくりつ》は草食動物《そうしょくどうぶつ》より高《たか》い。」

「そう。それに、そうしょくのほうは、にんげんにしいくされているケースがある。」

「そっか。ウシとかブタは野生《やせい》じゃなくて、飼育《しいく》されてる寿命基準《じゅみょうきじゅん》だよね。」

「となると、体格差《たいかくさ》を加味《かみ》しても、肉食動物《にくしょくどうぶつ》を優先《ゆうせん》するのがベターか。」

「少《すこ》し大《おお》きいけど、トラ、ライオン、ハイエナ……。」

「ジャガーとかジャッカルもだよね。」

「ハイエナのように群《む》れを作《つく》るタイプは長生《ながい》きでしょう。社会《しゃかい》を作《つく》ることで餌《えさ》をとる確率《かくりつ》を上《あ》げているのだから。ジャッカルもその類《たぐ》いかしらね。」

「じゃあ、トラですかね。群《む》れるイメージないですし。」

「トラの縞模様《しまもよう》はジャングルに擬態《ぎたい》するためって聞《き》いたことがある。サバンナみたいな場《ば》所《しょ》で生《い》きてる肉食動物《にくしょくどうぶつ》より、捕食《ほしょく》の成功確率《せいこうかくりつ》は高《たか》いと思《おも》う。寿命《じゅみょう》も長《なが》いんじゃないかな。」

「なら……ライオン？」

「ライオンはむれをつくるってきいたことがある。しょうすうのおすと、おおぜいのめすがグループをつくっていっしょにくらす。」

「あれ、意外《いがい》と候補《こうほ》が少《すく》ない……？」

「おいおい、ヒョウくんがいるだろ、ヒョウくんがさー。」

「トラと同《おな》じ理由《りゆう》で微妙《びみょう》じゃなーい？　実《じつ》は寿命長《じゅみょうなが》いってありえるよねー？」

「でもトラって基本《きほん》、アジアの動物《どうぶつ》じゃないっけ？　ヒョウはアフリカとかじゃない？　だったらトラほど狩《か》りはうまくいかないかも。」

「でしょうね。トラの慣用句《かんようく》は山《やま》ほどありますが、ヒョウを使《つか》った慣用句《かんようく》など聞《き》いたことがない。アジア圏《けん》には生息《せいそく》していないか、ごく少数《しょうすう》だと考《かんが》えるべきでしょう。」

「だったらあたしはジャガーでいいと思《おも》うけど。名前的《なまえてき》にヒョウはアジアにもいるけど、ジャガーは完全《かんぜん》にサバンナとかの生《い》き物《もの》でしょ？　生存競争《せいぞんきょうそう》、厳《きび》しそうじゃない？」

「チーター……。」

御影《みかげ》がつぶやいた。

「肉食《にくしょく》で、たぶん群《む》れを作《つく》らない。足《あし》が速《はや》いから捕食《ほしょく》の成功確率《せいこうかくりつ》は高《たか》いけど、老化《ろうか》したり怪我《けが》をしたら持《も》ち味《あじ》が活《い》かせなくなって、餓死《がし》する……気《き》がする。」

「確《たし》かに、チーターは平地《へいち》で暮《く》らしてるイメージがありますね。『なぜ』って思《おも》う要素《ようそ》もあんまりない気《き》がします。」

肯定《こうてい》の空気《くうき》が流《なが》れたことを確認《かくにん》し、御影《みかげ》がディスプレイを見《み》た。

「言《い》ったのはおれだから、おれが行《い》く。伯爵《はくしゃく》。解答《かいとう》は『チーター』。」

『有効《ゆうこう》な解答《かいとう》だよ。』

これで未解答者《みかいとうしゃ》は山吹《やまぶき》、灰払《はいばら》、銀条《ぎんじょう》、真珠ヶ淵《しんじゅがふち》の４人《にん》。

「次《つぎ》、どうしましょうか。肉食《にくしょく》でもう少《すこ》し大《おお》きな……クマあたりにしますか？」

「クマってそもそも肉食《にくしょく》だっけ？　木《こ》の実《み》とか魚《さかな》とか食《た》べてない？」

「雑食《ざっしょく》のはず。肉食動物《にくしょくどうぶつ》より餌《えさ》を確保《かくほ》しやすいし、栄養《えいよう》バランスもいいから、寿命《じゅみょう》は長《なが》いとメイは思《おも》う。体《からだ》も大《おお》きくて丈夫《じょうぶ》だから、天敵《てんてき》もいないはず。」

「けっこう身近《みぢか》な動物《どうぶつ》だよね、クマって。『なぜ』って思《おも》う要素《ようそ》ってないかな？」

「……特《とく》に思《おも》いつかねーけど、狼陣営《おおかみじんえい》に選《えら》ばれてそうだよな。有名《ゆうめい》だし。」

「ですがクマより大《おお》きな動物《どうぶつ》となると、有名《ゆうめい》なものがほとんどでしょう。どれを選《えら》ぶにせよ、地雷《じらい》に指定《してい》されているリスクはあります。」

「俺《おれ》も同《おな》じ意見《いけん》だ。ここから先《さき》は度胸《どきょう》の領域《りょういき》と見《み》るべきだろう。」

「はくしゃく。クマのじゅみょうはやせいかんきょうがきじゅん？」

『そのとおりだよ、血霞《ちがすみ》ラブカくん。』

「じゃー流《なが》れでオレ行《い》くわ。伯爵《はくしゃく》～？　『クマ』！」

『……。有効《ゆうこう》な解答《かいとう》だよ。』

「雑食《ざっしょく》を含《ふく》む肉食動物《にくしょくどうぶつ》はこのあたりで終《お》わりだろうな。」

サメやセイウチやトドといった海《うみ》の肉食動物《にくしょくどうぶつ》もいるにはいるが、彼《かれ》らはクマと違《ちが》い、天《てん》敵《てき》が存在《そんざい》する。互《たが》いに争《あらそ》うイメージもあるため、寿命《じゅみょう》がクマより短《みじか》いおそれがある。

それらの天敵《てんてき》、つまり、海洋生態系《かいようせいたいけい》の頂点《ちょうてん》に君臨《くんりん》するシャチは、何年《なんねん》生《い》きるのか見当《けんとう》もつかない。ヒトより長寿《ちょうじゅ》という万《まん》が一《いち》の可能性《かのうせい》を考《かん》えると、避《さ》けるしかない。

「草食動物《そうしょくどうぶつ》ならブタ、ウシ、ヒツジ、ウマ……。」

「順当《じゅんとう》にいけばブタじゃねー？」

「お待《ま》ちなさい。その類《たぐ》いの草食動物《そうしょくどうぶつ》は飼育下《しいくか》の寿命《じゅみょう》が基準《きじゅん》でしょう。ですが飼育《しいく》されているのは、食用《しょくよう》のためではないの？」

「！　そっか。ウシとかブタって若《わか》いうちにお肉《にく》になるから……ライオンとかより長生《ながい》きできないんだ！」

「はくしゃく。ブタやウシって、いっぱんてきにしいくされてる、ってはんてい？」

『そのとおりだよ、血霞《ちがすみ》ラブカくん。君《きみ》たちも豚《ぶた》や牛《うし》を想像《そうぞう》するとき、野生種《やせいしゅ》をイメージしはしないだろう？』

「決《き》まりだ。草食動物《そうしょくどうぶつ》を出《だ》すなら、食肉用《しょくにくよう》じゃない生《い》き物《もの》にしないと。」

（……危《あぶ》ないところだった……。）

だれかのわなではないが、危《あや》うい落《お》とし穴《あな》だ。おそらく、飼育下《しいくか》のブタやウシの寿命《じゅみょう》は10年《ねん》どころか5年《ねん》を割《わ》りこむ。生後数年《せいごすうねん》どころか、数《すう》か月《げつ》の単位《たんい》で食肉処理《しょくにくしょり》されるはず。

「水牛《すいぎゅう》とかどーよ？　モッツァレラチーズの元《もと》になってるの。」

「牛車《ぎゅうしゃ》のように労働力《ろうどうりょく》として使《つか》われているとも聞《き》きますね。」

「悪《わる》くない。が、食用《しょくよう》でない保証《ほしょう》がない。」

俺《おれ》の見立《みた》てでは、チーターの寿命《じゅみょう》は10年《ねん》から15年《ねん》。1つ前《まえ》のクマは15年《ねん》から20年程度《ねんていど》だ。水牛《すいぎゅう》が完全《かんぜん》なる労働力《ろうどうりょく》、乳牛《にゅうぎゅう》として飼育《しいく》されるのならそれを超《こ》えることもあるだろうが、ほんの少《すこ》しでも食肉《しょくにく》としての価値《かち》がある場合《ばあい》、平均寿命《へいきんじゅみょう》はクマを下回《したまわ》る。

「なら、ウマしかいない。」

俺《おれ》の説明《せつめい》を受《う》け、御影《みかげ》が答《こた》えた。

「人《ひと》に飼育《しいく》されている草食動物《そうしょくどうぶつ》で、食肉用《しょくにくよう》じゃない。体《からだ》も大《おお》きいし、ストレスを感《かん》じないように管理《かんり》されてる。寿命《じゅみょう》はクマより長《なが》いと思《おも》う。」

「でも人間社会《にんげんしゃかい》と近《ちか》すぎるから、『なぜ』の入《はい》りこむ余地《よち》がある。世界中《せかいじゅう》で人《ひと》と関《かか》わり合《あ》ってるから、俗説《ぞくせつ》や、説明《せつめい》のフックになる慣用句《かんようく》だっていっぱいある。」

「大《おお》きな動物《どうぶつ》にリスクがあるのは仕方《しかた》ないです。……私《わたし》が行《い》きます。」

異論《いろん》がないことを確認《かくにん》し、銀条《ぎんじょう》がディスプレイを見《み》る。

「伯爵《はくしゃく》。『ウ』。」

「待《ま》っ、ちなさい、銀《ぎん》の字《じ》！　１００年前《ねんまえ》ならともかく、現代《げんだい》のウマの用途《ようと》は競走《きょうそう》です！」

真珠ヶ淵《しんじゅがふち》があわてたように割《わ》りこんだ。

「競走馬《きょうそうば》は訓練《くんれん》を重《かさ》ねるはず。その中《なか》の事故《じこ》や怪我《けが》で命《いのち》を落《お》とすリスクがあります。それに、酷使《こくし》に耐《た》えうる期間《きかん》は短《みじか》いのではない？」

「あー……そういえばそうだな。競馬《けいば》のウマって3歳《さい》とか4歳《さい》ぐらいがほとんどって親父《おやじ》が言《い》ってたわ。何年《なんねん》レースするのか知《し》らねーけど、10年以上走《ねんいじょうはし》りはしないだろ。」

「？　引退《いんたい》した後《あと》ってどうなるの？」

「さー？　乗馬用《じょうばよう》とかになるんじゃね？」

「乗馬用《じょうばよう》のウマも大事《だいじ》にされると思《おも》うけど。」

「そーだよね。もともと競走馬《きょうそうば》だったからって寿命《じゅみょう》が短《みじか》くなったりするのかな？　リラックスできるし、長生《ながい》きしてそうじゃない？」

「……どうかしらね。ウマというのは、細《ほそ》い四本脚《ほんあし》で体重《たいじゅう》を支《ささ》えるでしょう？　1本《ぽん》でも骨折《こっせつ》したり怪我《けが》をすると、命取《いのちと》りだと聞《き》きますよ。」

「だがそれは種全体《しゅぜんたい》の平均寿命《へいきんじゅみょう》を縮《ちぢ》めるほどの頻度《ひんど》で起《お》きるものだろうか？　たとえば、」

「メイは寿命《じゅみょう》より、地雷《じらい》になっている危険性《きけんせい》をもっと吟味《ぎんみ》すべきだと思《おも》う。」

闇夜院《やみよいん》が鋭《するど》い口調《くちょう》で割《わ》りこんだ。

「ウマは人類《じんるい》と最《もっと》も親《した》しい動物《どうぶつ》のひとつ。でも今《いま》の骨折《こっせつ》の話《はなし》や競走馬《きょうそうば》という特殊《とくしゅ》なかかわり方《かた》のように、メイたちはウマについて知《し》らないことが多《おお》い。」

「そうかんがえると、はくしゃくがはなしのネタにえらびそうではあるね。」

「いったんやめとこっか、ウマ。」

山吹《やまぶき》の一言《ひとこと》で場《ば》の空気《くうき》が切《き》り替《か》わった。

「……ゴリラというのはどうでしょう。」

真珠ヶ淵《しんじゅがふち》がそう切《き》り出《だ》した。

「寿命《じゅみょう》の基準《きじゅん》は飼育下《しいくか》でなく野生環境《やせいかんきょう》になるでしょうけど、ゴリラは集団生活《しゅうだんせいかつ》をしている大型《おおがた》の草食動物《そうしょくどうぶつ》です。危険《きけん》を察知《さっち》する能力《のうりょく》が高《たか》く、餌《えさ》を追《お》い回《まわ》す必要《ひつよう》もない。肉体《にくたい》も強靱《きょうじん》なので、自衛《じえい》もできる。」

「クマより長生《ながい》きするかな？　……しそうだね。頭良《あたまよ》さそうだし。」

「なぜって思《おも》う要素《ようそ》もあんまりないよね。バナナ食《た》べるイメージがあるとか？」

「真珠ヶ淵《しんじゅがふち》。闇夜院《やみよいん》。俺《おれ》はチーターの寿命《じゅみょう》を10年《ねん》から15年《ねん》、クマの寿命《じゅみょう》を15年《ねん》から20年《ねん》と予測《よそく》する。君《きみ》たちはゴリラの寿命《じゅみょう》を何年《なんねん》と見《み》る？」

「メイは25年《ねん》から35年《ねん》。」

「ワタシもそれぐらいと見《み》ます。」

「俺《おれ》もほぼ同《おな》じだ。では問題《もんだい》ないと考《かんが》えよう。」

「じゃあ、行《い》ってみます。いいですね？」

寿命《じゅみょう》の基準《きじゅん》が野生下《やせいか》であることの確認《かくにん》をとり、銀条《ぎんじょう》は声《こえ》を上《あ》げた。

「伯爵《はくしゃく》。『ゴリラ』です。」

『有効《ゆうこう》な解答《かいとう》と認《みと》めるよ。』

空気《くうき》がわずかに弛緩《しかん》した。これで残《のこ》るは、真珠《しんじゅ》ケ淵《がふち》と山吹《やまぶき》。

「ワタシはサイを希望《きぼう》します。」

「サイ？　あのサイ？」

「ええ。草食《そうしょく》で大型《おおがた》。うってつけでしょう。」

「伯爵《はくしゃく》。基準《きじゅん》は野生《やせい》？　飼育《しいく》？」

『サイは野生《やせい》を基準《きじゅん》とするよ。』

「大丈夫《だいじょうぶ》？　ゴリラより短《みじか》いんじゃない？」

「でも、サイのほうが強《つよ》そうではある。皮《かわ》も厚《あつ》そうだし、角《つの》もついてるし。」

「身近《みぢか》でもないですよね。慣用句《かんようく》とかエピソード、思《おも》いつきません。」

「オレはゾウにするよ。」

山吹《やまぶき》が器用《きよう》にマーカーを回《まわ》す。

「陸上《りくじょう》の草食動物《そうしょくどうぶつ》でいちばん大《おお》きくて、たぶんサイより強《つよ》い。大人《おとな》になったら天敵《てんてき》もいない。ライオンだってゾウを襲《おそ》ったりはしないよね。」

確《たし》かに、理《り》にはかなっている。それでいて、人《ひと》より長命《ちょうめい》という話《はなし》も聞《き》かない。

「でも、ゾウって鼻長《はななが》いだろ？　あれが『なぜ』に引《ひ》っかからねー？」

「あれは我々《われわれ》で言《い》う『手《て》』の機能《きのう》を果《は》たすだろう。『なぜ』と思《おも》うまでもない。」

「問題《もんだい》は慣用句《かんようく》まわりだと思《おも》う。ゾウってけっこうありそうだし、有名《ゆうめい》だから狼《おおかみ》が指定《してい》してる可能性《かのうせい》も高《たか》い。」

そう。ゾウはサイズを考《かんが》えても、知名度《ちめいど》を考《かんが》えても、多《おお》くの人間《にんげん》の発想《はっそう》に上《のぼ》る。狼《おおかみ》にしてみれば格好《かっこう》の的《まと》だろう。

ただ、あまりにも有名《ゆうめい》なので狼《おおかみ》の思考《しこう》の盲点《もうてん》になっている可能性《かのうせい》はある。それに、他《ほか》に有力《ゆうりょく》な候補《こうほ》がないのも事実《じじつ》だ。

あるとすればクジラやイルカ、セイウチ、ウミガメ、シャチなどだが、これらも地雷《じらい》にされているリスクがある。何《なに》より、海生生物《かいせいせいぶつ》の寿命《じゅみょう》を陸生生物《りくせいせいぶつ》と同《おな》じ感覚《かんかく》で考察《こうさつ》してよいのかがわからない。

「では勝負《しょうぶ》といきましょう。伯爵《はくしゃく》。ワタシは『サイ』。」

間《ま》が空《あ》く。

『有効《ゆうこう》な解答《かいとう》だよ。』

ゾウが野生基準《やせいきじゅん》であることを確認《かくにん》し、山吹《やまぶき》が宣言《せんげん》する。

「これでラストね。頼《たの》むよ……『ゾウ』！」

さらに長《なが》く、間《ま》が空《あ》く。

『……有効《ゆうこう》な解答《かいとう》と認《みと》めよう。』

せき止《と》められていた水《みず》がほとばしるように、わっと歓声《かんせい》が上《あ》がった。

『お見事《みごと》。ライフゲームは成功《せいこう》だよ。本日《ほんじつ》に限《かぎ》り、村人陣営《むらびとじんえい》の役職《やくしょく》がレベルアップする。』

心地《ここち》よい疲労感《ひろうかん》に包《つつ》まれながら、俺《おれ》は一抹《いちまつ》の不安《ふあん》を感《かん》じていた。

——だれが狼《おおかみ》なのか、まったくわからない。

5 会者定離《えしゃじょうり》

ダイニングカーに移動《いどう》すると、温《あたた》かい食事《しょくじ》の用意《ようい》が整《ととの》えられていた。

窓《まど》の外《そと》には沈《しず》みゆく夕陽《ゆうひ》と、広大《こうだい》な牧草地《ぼくそうち》、それに羊《ひつじ》の群《む》れが見《み》えている。

（……動《うご》くか。）

議論《ぎろん》が始《はじ》まれば役職開示《やくしょくかいじ》が行《おこな》われ、必《かなら》ずそこで偽者《にせもの》が現《あらわ》れる。互《たが》いを疑《うたが》い合《あ》うことになり、だれかを吊《つ》った罪悪感《ざいあくかん》と責任《せきにん》が重《おも》くのしかかり、以降《いこう》、参加者《さんかしゃ》の口数《くちかず》は少《すく》なくなる。

まだ陣営《じんえい》が判然《はんぜん》としていない今《いま》この時間《じかん》こそが、参加者《さんかしゃ》の自然《しぜん》な反応《はんのう》を探《さぐ》ることのできる最初《さいしょ》で最後《さいご》のタイミングだ。

その前《まえ》に、俺《おれ》は伯爵《はくしゃく》の用意《ようい》したスカーフ状《じょう》の布《ぬの》を真珠《しんじゅ》ヶ淵《がふち》に手渡《てわた》した。

「？　何《なん》ですか、これは。」

「袖《そで》を結《むす》ぶのに使《つか》ってほしい。そのままだと汚《よご》れてしまうだろう？」

真珠《しんじゅ》ヶ淵《がふち》はあきれに近《ちか》い驚《おどろ》きの表情《ひょうじょう》を浮《う》かべた。

「たすきですか。よくもまあ……いえ、礼《れい》を言《い》います。」

「メイは親切《しんせつ》だから教《おし》えてあげるんだけど、オウくんには許嫁《いいなずけ》がいるよ。」

意地《いじ》の悪《わる》い笑《え》みを浮《う》かべた闇夜院《やみよいん》が、そう茶々《ちゃちゃ》を入《い》れる。

「奇遇《きぐう》ですね。なぜかワタシにもいるんです……。」

「は？　何《なに》それ。」

（……闇夜院《やみよいん》と真珠ケ淵《しんじゅがふち》の見識《けんしき》は重要《じゅうよう》だな。）

俺《おれ》は2人《ふたり》のそばを離《はな》れ、グラスに水《みず》を注《そそ》ぐ。

今日《きょう》のライフゲームでは2人《ふたり》の助言《じょげん》が成功《せいこう》の鍵《かぎ》だった。それは間違《まちが》いない。

だが、裏切《うらぎ》りの下準備《したじゅんび》としても最大《さいだい》の効果《こうか》を挙《あ》げたと言《い》える。

この2人《ふたり》の片方《かたほう》ないし両方《りょうほう》が敵《てき》だった場合《ばあい》、注意深《ちゅういぶか》く観察《かんさつ》しなければ、確実《かくじつ》に断崖《だんがい》へ誘《ゆう》導《どう》されてしまうだろう。

「竜輿《りゅうこう》の跡継《あとつ》ぎも災難《さいなん》だな。一歩《いっぽ》間違《まちが》えたら全滅《ぜんめつ》して、そのままグループも壊滅《かいめつ》だろ。」

グラスを手《て》にした灰払《はいばら》が近《ちか》づいてきた。

「……どんな人間《にんげん》にも代《か》わりはいる。闇夜院《やみよいん》や俺《おれ》がいなくなったとて、だれかがその穴《あな》を埋《う》め、企業《きぎょう》という機械《きかい》は稼働《かどう》し続《つづ》ける。そういうものだ。」

ふーん、と軽《かる》く応《おう》じる灰払《はいばら》に、俺《おれ》は片手《かたて》を差《さ》し出《だ》す。

「お目《め》にかかれて光栄《こうえい》だ、灰払《はいばら》ヒョウ。参加者《さんかしゃ》の中《なか》にＶＬ・ＣＯ《ヴェルヴェット・リンクス・コーポレーション》の御曹司《おんぞうし》がいるとは聞《き》いていたが、ともに食事《しょくじ》できるとは。」

「うーわ。だれに聞《き》いたんだよ、それ。」

「蒼波院《そうはいん》カイリュウ。」

遠縁《とおえん》の親戚《しんせき》の名《な》を口《くち》にすると、灰払《はいばら》は苦《にが》いものを吐《は》き出《だ》すように舌《した》を出《だ》す。

「そういう呼《よ》ばれ方《かた》すると、体《からだ》むずむずするんだけど。」

そう言《い》いながらも、灰払《はいばら》は俺《おれ》の手《て》を握《にぎ》り返《かえ》した。礼儀正《れいぎただ》しい力加減《ちからかげん》だった。

（……確《たし》かに、聞《き》いていた話《はなし》と違《ちが》うな。蒼波院《そうはいん》の言《い》うとおり、爽《さわ》やかさすら感《かん》じる。）

ＶＬ・ＣＯ《ヴェルヴェット・リンクス・コーポレーション》といえば、法的《ほうてき》なグレーゾーンを突《つ》いた事業《じぎょう》と荒《あら》っぽい舵《かじ》とりで成《な》り上《あ》がった、悪名高《あくめいたか》い新興企業《しんこうきぎょう》だ。

その評判《ひょうばん》は経営者《けいえいしゃ》の評判《ひょうばん》と一致《いっち》していた。彼《かれ》の父親《ちちおや》は傲慢《ごうまん》で虚栄心《きょえいしん》が強《つよ》く、自分《じぶん》がいかに非凡《ひぼん》で、敬意《けいい》を払《はら》われるべき存在《そんざい》であるかを、日々執拗《ひびしつよう》にアピールする男《おとこ》だった。

その手段《しゅだん》は高額《こうがく》な買《か》い物《もの》、著名人《ちょめいじん》を招《まね》いたパーティー、電子《でんし》マネーの無料配布《むりょうはいふ》といったものばかりで、称賛《しょうさん》を集《あつ》めこそすれ、敬意《けいい》を払《はら》われることはほぼなかった。人間《にんげん》の価値《かち》は資産額《しさんがく》とイコールであると考《かんが》えている、典型的《てんけいてき》な俗物《ぞくぶつ》。

竜興《りゅうこう》での評価《ひょうか》は「愚者《ぐしゃ》」の2文字《ふたもじ》で事足《ことた》りた。

その息子《むすこ》である灰払《はいばら》ヒョウも、奇行《きこう》を繰《く》り返《かえ》している問題児《もんだいじ》だと聞《き》いていた。早晩《そうばん》、人《ひと》としての道《みち》を踏《ふ》み外《はず》すことが目《め》に見《み》えていたので、「忌避《きひ》すべき人物《じんぶつ》リスト」にも掲載《けいさい》されていた。

「イメージと違《ちが》うか？　オレ。」

灰払《はいばら》の前髪《まえがみ》の隙間《すきま》から、からかうような目《め》がのぞいている。

「無礼《ぶれい》を承知《しょうち》で言《い》うが、そうだな。」

1年《ねん》ほど前《まえ》から、灰払《はいばら》に関《かん》する世評《せひょう》は大《おお》きく変《か》わった。

成金趣味《なりきんしゅみ》こそ変《か》わらないものの、ＶＬ・ＣＯ《ヴェルヴェット・リンクス・コーポレーション》の社長《しゃちょう》——灰払《はいばら》の父親《ちちおや》がいわゆる慈善《じぜん》事業《じぎょう》にも熱心《ねっしん》にとり組《く》みはじめたからだ。

小児《しょうに》がん治療団体《ちりょうだんたい》への寄付《きふ》、ドナー登録《とうろく》の啓発活動《けいはつかつどう》、障害福祉《しょうがいふくし》サービスの支援《しえん》といった方面《ほうめん》に資産《しさん》を投入《とうにゅう》し、2月《ふたつき》ほど前《まえ》には、自《みずか》らも慈善基金財団《じぜんききんざいだん》の設立《せつりつ》を宣言《せんげん》した。新事業《しんじぎょう》を始《はじ》める布石《ふせき》か、イメージ戦略《せんりゃく》の一環《いっかん》だろうと世間《せけん》のだれもが考《かんが》えていた。俺《おれ》もそうだったし、蒼波院《そうはいん》もそうだった。

今《いま》、そうでないことを確信《かくしん》できた。灰払《はいばら》の言動《げんどう》に歪《ゆが》みや濁《にご》りはなく、それでいて父《ちち》や会社《かいしゃ》への嫌悪《けんお》も感《かん》じられない。

彼《かれ》の父親《ちちおや》は本当《ほんとう》に、自《みずか》らの行状《ぎょうじょう》を改《あらた》めたのだろう。

「このゲームに出《で》たとき、ハヤトに怒《おこ》られちゃってさ。親父《おやじ》をこう、ガツンとね。」

「一喝《いっかつ》した、ということか……？」

「そ。ちょっと気合《きあい》入れてな。」

そんな軽《かる》い言葉《ことば》で片《かた》づく話《はなし》ではない。

一代《いちだい》で莫大《ばくだい》な富《とみ》を築《きず》き上《あ》げるためには、美徳《びとく》だけでなく悪徳《あくとく》にも恵《めぐ》まれている必要《ひつよう》がある。やさしさと凶暴《きょうぼう》さ、繊細《せんさい》さとふてぶてしさを併《あわ》せ持《も》つ怪物《かいぶつ》でなければ、実業家《じつぎょうか》として大成《たいせい》することはできない。

時《とき》に数百人《すうひゃくにん》、数千人《すうせんにん》の人生《じんせい》を笑《わら》いながら狂《くる》わせてきた彼《かれ》の父親《ちちおや》が、家庭《かてい》でどんな人間《にんげん》だったのかは想像《そうぞう》に難《かた》くない。経済的《けいざいてき》な命綱《いのちづな》を握《にぎ》られた状態《じょうたい》で父親《ちちおや》に食《く》ってかかることは、このゲームに参加《さんか》することよりずっとおそろしかっただろう。

俺《おれ》は灰払《はいばら》と、その父親《ちちおや》に抱《いだ》いていた先入観《せんにゅうかん》をぬぐい去《さ》った。

(早《はや》めに話《はな》して正解《せいかい》だったな。間違《まちが》いなく逸材《いつざい》だ。)

だがそれゆえに、敵《てき》であった場合《ばあい》の危険度《きけんど》は跳《は》ね上《あ》がる。

彼《かれ》の剽軽《ひょうきん》さは生来《せいらい》のもののようだ。悪意《あくい》ある嘘《うそ》やミスリードが混《ま》じったとき、判別《はんべつ》することは極《きわ》めて難《むずか》しい。真《ま》っ先《さき》に俺《おれ》に接触《せっしょく》してきた行動力《こうどうりょく》も見逃《みのが》せない。

「ヒョウちゃん、蒼波院社長《そうはいんしゃちょう》と知《し》り合《あ》いなんだ？」

ごく自然《しぜん》に、山吹《やまぶき》が会話《かいわ》に滑《すべ》りこむ。

「あいつまだ社長《しゃちょう》じゃねーだろ。甘《あま》やかすなよ、山吹《やまぶき》プロー。」

山吹《やまぶき》はゲームのプロという話《はなし》だったが、現状《げんじょう》、目立《めだ》った活躍《かつやく》はしていない。やるとすればこれからだろう。真《ま》っ当《とう》な「人狼《じんろう》ゲーム」の経験者《けいけんしゃ》であるということは、自己紹介《じこしょうかい》のときに聞《き》いている。

(注視《ちゅうし》すべきは山吹《やまぶき》が活発《かっぱつ》に動《うご》き出《だ》すタイミングか。……。)

少《すこ》し離《はな》れた場所《ばしょ》では早緑《さみどり》と銀条《ぎんじょう》、御影《みかげ》が何《なに》か話《はな》し合《あ》っている。

ツバメ、という単語《たんご》が出《で》ているようだが、ライフゲームの続《つづ》きだろうか。

近《ちか》づけば会話《かいわ》を中断《ちゅうだん》されるおそれがあるので、俺《おれ》は適度《てきど》な距離《きょり》で聞《き》き耳《みみ》を立《た》てた。

「じゃあシャチちゃん、陽光館《ようこうかん》に行《い》ったんだ？　……あんまり会《あ》うなってハヤトくん言《い》ってなかったっけ？」

「その話《はなし》より前《まえ》に予定《よてい》してたので。一応《いちおう》、あちらの生徒会長《せいとかいちょう》にも話《はなし》はしました。桔梗路《ききょうじ》さんっていう人《ひと》です。」

銀条《ぎんじょう》と早緑《さみどり》はやや勇《いさ》み足《あし》のようだ。

この2人《ふたり》に関《かん》してはこちらを騙《だま》す危険性《きけんせい》より、地雷《じらい》を踏《ふ》む可能性《かのうせい》を警戒《けいかい》すべきだろう。

「知《し》ってる！　陽光館《ようこうかん》の生徒会長《せいとかいちょう》！　大人《おとな》投《な》げたって人《ひと》でしょ!?　すごいよね！」

「自販機《じはんき》も投《な》げたって言《い》ってましたよ。」

「すごーい!!」

（そんなわけないだろう。与太話《よたばなし》を真《ま》に受《う》けているのか……？）

未成年《こども》の筋肉《きんにく》で大人《おとな》を投《な》げることなどできはしない。カブトムシの幼虫《ようちゅう》が、鎧《よろい》に身《み》を包《つつ》む成虫《せいちゅう》に敵《かな》わないのと同《おな》じ道理《どうり》だ。

大方《おおかた》、会話《かいわ》を盛《も》り上《あ》げるための悪意《あくい》のない虚言《きょげん》だろう。あの女《おんな》――桔梗路《ききょうじ》とは俺《おれ》も知《し》り合《あ》って間《ま》もないが、そういう冗談《じょうだん》を好《この》む人間《にんげん》だということは把握《はあく》している。

(騙《だま》されやすいのか……？　いや……。)

そう装《よそお》っている、と考《かんが》えるべきだろう。

ライフゲーム中《ちゅう》、この2人《ふたり》は他人《たにん》の意見《いけん》を決《けっ》して鵜呑《うの》みにはしなかった。方針《ほうしん》が決《き》まったときの行動《こうどう》が早《はや》かっただけで、軽率《けいそつ》だったわけではない。

今《いま》の話《はなし》を俺《おれ》たちにあえて聞《き》かせているのかもしれない。

(ん……？　血霞《ちがすみ》は……？)

俺《おれ》が視線《しせん》を動《うご》かすと、血霞《ちがすみ》は危険《きけん》を察知《さっち》した魚《さかな》が岩礁《がんしょう》へ逃《のが》れるように、するりとサロンカーへ消《き》えていくところだった。どうやら彼《かれ》も聞《き》き耳《みみ》を立《た》てていたようだ。

(コミュニケーションにストレスを感《かん》じるタイプか。)

話《はな》しぶりを見《み》る限《かぎ》り、彼《かれ》が切《き》れ者《もの》であることは確《たし》かだ。用心深《ようじんぶか》く、感情《かんじょう》に流《なが》されず、それでいて臆病《おくびょう》ではない。闇夜院《やみよいん》や真珠ケ淵《しんじゅがふち》と似《に》たタイプらしい。

「1つだけ、言《い》っておきたいんだけど。」

俺《おれ》はわずかに驚《おどろ》いた。

いつの間《ま》にか、グラスを手《て》にした御影《みかげ》がすぐそばに立《た》っている。

「何《なん》だ？　1つといわず、4つでも5つでも構《かま》わない。」

「伯爵《はくしゃく》の力《ちから》で何《なに》かを変《か》えようなんて、思《おも》うな。」

「っ。」

冷《つめ》たい指《ゆび》に心臓《しんぞう》をつかまれるような感覚《かんかく》。

(こいつ、なぜそれを……。)

確《たし》かに俺《おれ》は「人狼《じんろう》サバイバル」に自主参加《じしゅさんか》し、伯爵《はくしゃく》に願《ねが》いを叶《かな》えさせるつもりだ。

だがそれを、まだこいつには話《はな》していない。

——いや、過去《かこ》のゲームの映像《えいぞう》を見《み》たと匂《にお》わせたからだ。伯爵《はくしゃく》のゲームが「人狼《じんろう》」である以上《いじょう》、参加者《さんかしゃ》を分析《ぶんせき》すればするほど先入観《せんにゅうかん》にとらわれ、判断《はんだん》を誤《あやま》るおそれがある。

にも拘《かか》わらずそんなことをするのは、他《ほか》の参加者《さんかしゃ》を出《だ》し抜《ぬ》いて、個人的《こじんてき》な願《ねが》いを叶《かな》えようと企《たくら》む者《もの》しかいない。

「さっきの話《はなし》がはったり《ブラフ》かどうかなんて関係《かんけい》ない。目《め》を見《み》ればわかる。」

俺《おれ》の疑念《ぎねん》に先回《さきまわ》りした御影《みかげ》は、真珠《しんじゅ》ケ淵《がふち》と闇夜院《やみよいん》に目《め》を向《む》けた。

「事情《じじょう》はあるんだろうけど、今《いま》から言《い》うこと、忘《わす》れるな。」

御影《みかげ》は空《から》のカクテルグラスをナイフのように俺《おれ》に突《つ》きつけ、ささやく。

「あんたたちは欲《よく》に目《め》がくらんでるだけだ。」

「…………」

それだけ言《い》って、御影《みかげ》は静《しず》かに俺《おれ》のそばを離《はな》れた。

どうやら御影《みかげ》はもう1人《ひとり》の自主参加者《じしゅさんかしゃ》——闇夜院《やみよいん》のことまで見透《みす》かしているらしい。

(わかっているさ。)

俺《おれ》は欲《よく》に目《め》がくらんでいる。それは見下《みさ》げ果《は》てた行為《こうい》だろう。

だが、ならばいつ、だれが、社会《しゃかい》をより良《よ》いものにしてくれるのか。

俺《おれ》はグラスの中身《なかみ》を静《しず》かに飲《の》み干《ほ》した。

伯爵《はくしゃく》に促《うなが》され、俺《おれ》たちはラウンジカーへ移動《いどう》した。

そこには大《おお》きめのテーブルと、等間隔《とうかんかく》に設置《せっち》された椅子《いす》が用意《ようい》されている。サロンカーのソファと違《ちが》い、持《も》ち運《はこ》びの容易《ようい》なチェアタイプだ。

壁面《へきめん》と天井《てんじょう》はアーチ状《じょう》のガラス張《ば》りで、夕暮《ゆうぐ》れに沈《しず》みゆく砂漠《さばく》の景色《けしき》が俺《おれ》たちを包《つつ》んでいる。

さっきまで窓《まど》の外《そと》は牧草地《ぼくそうち》だったはずだ。それに、このあたりに広大《こうだい》な砂漠《さばく》などないし、日《ひ》が暮《く》れるほどの時間《じかん》が経過《けいか》したとも思《おも》えない。が、それを指摘《してき》する者《もの》はいない。

「司会《しかい》を務《つと》めるが、不都合《ふつごう》はあるか？」

異論《いろん》がないことを確認《かくにん》し、俺《おれ》はディスプレイを見《み》る。

「伯爵《はくしゃく》。17時《じ》だ。」

『占《うらな》い師《し》には参加者《さんかしゃ》を選択《せんたく》してもらうよ。今回《こんかい》、ライフゲームのクリア特典《とくてん》で祈禱師《きとうし》にレベルアップしているので、対象《たいしょう》は２人《ふたり》だ。それ以外《いがい》の参加者《さんかしゃ》も、いずれかの参加者《さんかしゃ》２名《めい》を選択《せんたく》してほしい。』

俺《おれ》は貸与《たいよ》スマートフォンに表示《ひょうじ》された参加者《さんかしゃ》のうち、２人《ふたり》を選《えら》んだ。

『それでは、18時《じ》まで存分《ぞんぶん》に議論《ぎろん》してほしい。』

「まず、占《うらな》い師《し》に役職開示《やくしょくかいじ》……CO《カミングアウト》してもらうが、この判断《はんだん》に反対《はんたい》の者《もの》はいるか？」

――いない。

「では、占《うらな》い師《し》改《あらた》め祈禱師《きとうし》は挙手《きょしゅ》してほしい。」

手《て》を挙《あ》げたのは――

「あたし、占《うらな》い師《し》だよ。」

「ワタシも。」

「おれも。」

早緑《さみどり》キツネ、真珠《しんじゅ》ヶ淵《がふち》マシラ、御影《みかげ》コウモリが手《て》を挙《あ》げている。

（3人《にん》だと……？）

ありえない事態《じたい》ではないが、俺《おれ》は面食《めんく》らった。

「リュウオウ。つづき。」

「……では、それぞれの占《うらな》い結果《けっか》を共有《きょうゆう》してほしい。」

「あたしから行《い》くね？　ヒョウくん、シロ。メイリュウちゃんもシロ。」

「ワタシの結果《けっか》は、銀《ぎん》の字《じ》がシロ、吹《ふき》の字《じ》もシロです。」

「リュウオウはシロ。クジャクさんがシロ。」

結果《けっか》が出《で》そろったところで、沈黙《ちんもく》が下《お》りた。

「まず、占《うらな》い師《し》が３人《にん》いる状況《じょうきょう》について意見《いけん》を聞《き》きたい。人狼《じんろう》に詳《くわ》しい者《もの》は？」

「オレかな、たぶん。」

視線《しせん》が集《あつ》まるより早《はや》く、山吹《やまぶき》が声《こえ》を上《あ》げ、あごをなでた。

「ひとまず、村人《むらびと》が占《うらな》い師《し》を騙《かた》ってる可能性《かのうせい》は除外《じょがい》するよ？　その場合《ばあい》、３人《にん》の内訳《うちわけ》は、占《うらな》い師《し》・共犯者《きょうはんしゃ》・狼《おおかみ》もしくは占《うらな》い師《し》・狼《おおかみ》・狼《おおかみ》だよね。」

「異論《いろん》はない。このケースにおける一般的《いっぱんてき》な対応《たいおう》を教《おし》えてくれるか。」

「ＣＯ《カミングアウト》のタイミングが同時《どうじ》だったから、ローラー……総当《そうあ》たりだね。占《うらな》い師《し》を順番《じゅんばん》に吊《つ》っていく。」

「理由《りゆう》を教《おし》えてくれるか？」

「９人中《にんちゅう》３人《にん》が人外《じんがい》……つまり敵《てき》のゲームで、この３人《にん》の中《なか》に２人《ふたり》も人外《じんがい》がいるから。３人《にん》吊《つ》った時点《じてん》で、狼《おおかみ》が確実《かくじつ》に１人《ひとり》消《き》えるよね。」

「たぶんひとりはきょうはんしゃだとおもうけど。」

「そうだね。だから、吊《つ》りの結果《けっか》がクロで確定《かくてい》したら、そこでストップしてもいい。生存《せいぞん》している占《うらな》い師《し》の内訳《うちわけ》が、共犯者《きょうはんしゃ》と本物《ほんもの》の占《うらな》い師《し》っていう状況《じょうきょう》なら、それ以上占《いじょううらな》い師《し》を吊《つ》る理由《りゆう》はないよね。共犯者《きょうはんしゃ》は村人陣営《むらびとじんえい》としてカウントされるわけだから。……逆《ぎゃく》に、吊《つ》りの結果《けっか》がシロなら、全員消《ぜんいんき》えるかクロが出《で》るまで吊《つ》りを続《つづ》ける。」

「残《のこ》る1人《ひとり》の人外《じんがい》は確実《かくじつ》に霊媒師《れいばいし》を騙《かた》るでしょうけどね。」

「そうだね。でもその流《なが》れになったら、占《うらな》い師《し》と霊媒師以外《れいばいしいがい》は全員本物《ぜんいんほんもの》の村人《むらびと》ってことになるから、ある意味楽《いみらく》だよ。占《うらな》い先《さき》を指定《してい》したり、ライフゲームの解答順《かいとうじゅん》をこっちで決《き》めて、狼《おおかみ》の動《うご》きを縛《しば》っていけばいい。」

「じゃあ、ＣＯ《カミングアウト》する霊媒師《れいばいし》が1人《ひとり》だけだったら面倒《めんどう》ですね。」

「いや、その場合《ばあい》は結果《けっか》を信《しん》じて動《うご》くだけだよ。潜伏《せんぷく》してる狼《おおかみ》を占《うらな》いで炙《あぶ》り出《だ》して吊《つ》ってく感《かん》じになるね。」

「最初《さいしょ》の襲撃《しゅうげき》で霊媒師《れいばいし》が消《き》えなければ、だけど。」

「もちろんそうだね。可能性《かのうせい》は低《ひく》いけど。」

「狼視点《おおかみしてん》だと、9人中《にんちゅう》7人《にん》が餌《えさ》。共犯者《きょうはんしゃ》の目星《めぼし》がついていなければ、霊媒師《れいばいし》を襲撃《しゅうげき》できる確率《かくりつ》は7分《ぶん》の1だから、ざっと15パーセント。」

「騎士《きし》……ってか、聖騎士《せいきし》の守護《しゅご》が入《はい》るかもしれないから、実際《じっさい》にはもっと低《ひく》いよね。

……っていうのが一般論《いっぱんろん》かな。」

礼《れい》を言《い》いつつ、考《かんが》える。

（霊媒師《れいばいし》に名乗《なの》らせるかどうかだな。）

最悪《さいあく》なのは本物《ほんもの》の霊媒師《れいばいし》が襲撃《しゅうげき》を受《う》け、偽物《にせもの》が明日《あした》CO《カミングアウト》し、その結果《けっか》が鵜呑《うの》みにされる――いわば霊媒師《れいばいし》が乗《の》っとられるパターンだ。それを回避《かいひ》するためには、今日《きょう》の時点《じてん》で霊媒師《れいばいし》にCO《カミングアウト》させるしかない。

「では、今回《こんかい》のゲームでその一般論《いっぱんろん》が通《つう》じるかを吟味《ぎんみ》しよう。」

「ぶぶんてきにはつうじる。きほんせんりゃくはローラーでいいとおもう。」

「そだな。今回《こんかい》のキモは、『襲撃退場《しゅうげきたいじょう》したことがシロの証明《しょうめい》にならない』ってだけで、攻《せ》め方《かた》を普通《ふつう》の人狼《じんろう》と変《か》える必要《ひつよう》はないだろ、たぶん。」

灰払《はいばら》が頭《あたま》の後《うし》ろに手《て》を回《まわ》す。

「マーナガルムは狼《おおかみ》が2人《ふたり》とも生《い》きてるときに1回《かい》だけ連続襲撃《れんぞくしゅうげき》できるし、味方《みかた》の狼《おおかみ》も餌《えさ》にできる。ダイアウルフは襲撃《しゅうげき》された村人《むらびと》のフリして退場《たいじょう》して、後《あと》で復活《ふっかつ》できる。ポイントはここだな。」

「『態《たい》』の話《はなし》、忘《わす》れてない?」

「今《いま》は必要《ひつよう》ねーもん。だれも襲撃《しゅうげき》されてないんだからさ。」

「同意《どうい》する。現状《げんじょう》のマーナガルムは『連続襲撃《れんぞくしゅうげき》ができる』『狼《おおかみ》を襲撃《しゅうげき》できる』『守護《しゅご》が成《せい》功《こう》した場合《ばあい》に退場《たいじょう》する』という性質《せいしつ》の狼《おおかみ》、という認識《にんしき》で問題《もんだい》ないはずだ。」

「たとえば今日《きょう》、占《うらな》い師《し》のだれかを吊《つ》って、夜《よる》に占《うらな》い師《し》の1人《ひとり》が襲撃《しゅうげき》されるとするじゃん? 明日《あした》の霊媒結果《れいばいけっか》がシロになって、じゃあ生《い》き残《のこ》ってる占《うらな》い師《し》は狼《おおかみ》か、って話《はなし》になると、そうとも限《かぎ》らないんだよな。」

「そうだね。襲撃《しゅうげき》されたのはダイアウルフって可能性《かのうせい》がある。これは襲撃《しゅうげき》されたのが2人《ふたり》でも変《か》わらない。村人陣営《むらびとじんえい》2人《ふたり》が襲撃《しゅうげき》されたのかもしれないし、村人陣営《むらびとじんえい》1人《ひとり》とダイアウルフってパターンもありえる。」

「ダイアウルフがじめつたいじょうで、むらびとじんえいだけがしゅうげきされたパターンもありえる。」

「ややこしいですね……。」

「難《むずか》しく考《かんが》えなくていいよ。どのみち、総当《そうあ》たりで占《うらな》い師《し》を消《け》すんだから。ダイアウルフが襲撃《しゅうげき》されるにせよ、自滅退場《じめつたいじょう》するにせよ、メイたちは数字上《すうじじょう》、有利《ゆうり》になる。」

「狼陣営《おおかみじんえい》が1人《ひとり》減《へ》るってことには変《か》わりないもんね。後《あと》で復活《ふっかつ》するとか、マーナガルムが『態《たい》』をゲットできるとかを抜《ぬ》きにすればだけど。」

「あの、微妙《びみょう》に気《き》になってるんですけど、ダイアウルフの復活《ふっかつ》って意味《いみ》ありますか？」

銀条《ぎんじょう》が首《くび》をかしげた。

「戻《もど》ってきたら顔《かお》バレますし、狼陣営《おおかみじんえい》が2人生存《ふたりせいぞん》してても、陣営《じんえい》のカウントはマイナス1されるから、奇襲気味《きしゅうぎみ》にゲームエンドは狙《ねら》えませんし……悪《わる》あがきじゃないですか？」

「戻《もど》ったその日《ひ》に、オレたちがダイアウルフを吊《つ》れるんならな。」

のんびりした灰払《はいばら》の言葉《ことば》に、あっと銀条《ぎんじょう》が声《こえ》を上《あ》げる。

「オレたちがライフゲームで地雷踏《じらいふ》んだら、投票《とうひょう》はスキップされるだろ？　ダイアウルフちゃんは悠々《ゆうゆう》と席《せき》について、メシ食《く》って、襲撃《しゅうげき》して、ぐっすり寝《ね》れるわけ。」

「そうだな。狼陣営《おおかみじんえい》は能動的《のうどうてき》に地雷《じらい》を設定《せってい》できる。ダイアウルフの発想力《はっそうりょく》次第《しだい》では、そういう展開《てんかい》もありうる。」

もっとも、頭脳戦《ずのうせん》に相当《そうとう》の自信《じしん》がなければ実行《じっこう》しないだろう。

ライフゲームで村人陣営《むらびとじんえい》が地雷《じらい》を踏《ふ》まなければ、成否《せいひ》を問《と》わず、復活《ふっかつ》したダイアウルフは確定《かくてい》で吊《つ》られてしまう。マーナガルムが生存《せいぞん》しているうちは強《つよ》く出《で》られるかもしれないが、いなくなっていたら丸裸《まるはだか》も同然《どうぜん》だ。

「どっちがじくになるかだよね、マーナガルムとダイアウルフの。」

血霞《ちがすみ》が長《なが》い髪《かみ》を指《ゆび》に巻《ま》きつけてはほどく。

「ダイアウルフじくなら、いまいった、ちょうきせんよりのせんぽうになるとおもう。マーナガルムじくなら、『たい』をくしして、たんきけっせんかな。」

「ま、狼《おおかみ》もだいぶ悩《なや》んでるだろうな、その辺《へん》は。」

「そうだな。天秤《てんびん》はこちらに傾《かたむ》いている。」

「？　どーゆー意味《いみ》？」

「役職《やくしょく》がレベルアップして、騎士《きし》が聖騎士《せいきし》になっただろう？　守護《しゅご》が成功《せいこう》する可能性《かのうせい》も上《あ》がったことになる。裏返《うらがえ》せば、狼側《おおかみがわ》が襲撃《しゅうげき》に失敗《しっぱい》する可能性《かのうせい》も高《たか》まった。マーナガルムは連続襲撃《れんぞくしゅうげき》を躊躇《ちゅうちょ》するだろう。」

「かといって、連続襲撃《れんぞくしゅうげき》を使《つか》わないままだと、ダイアウルフが先《さき》に消《け》されちまうかもしれねー。お気《き》の毒様《どくさま》って感《かん》じだな。」

連続襲撃《れんぞくしゅうげき》を行《おこな》う最大《さいだい》のチャンスはゲーム初日《しょにち》だ。なぜなら、ゲームが進《すす》めば参加者《さんかしゃ》の人数《にんずう》は減《へ》り、ライフゲームをクリアしやすくなるからだ。灰払《はいばら》の言《い》うとおり、ダイアウルフが先《さき》に消《け》される展開《てんかい》もありえる。それを踏《ふ》まえて、狼《おおかみ》が何《なに》を考《かんが》えるかだ。

「狼《おおかみ》のとりうる戦法《せんぽう》は血霞《ちがすみ》のまとめでほぼ問題《もんだい》ないだろう。皆《みな》、大丈夫《だいじょうぶ》か？」

何人《なんにん》かがうなずいたことを確認《かくにん》し、俺《おれ》は視線《しせん》を動《うご》かす。

「では、祈禱師諸君《きとうししょくん》に占《うらな》い先《さき》を選《えら》んだ理由《りゆう》を聞《き》きたい。」

「あたしは、ヒョウくんがクロだったら危《あぶ》ないから最初《さいしょ》に占《うらな》いました。」

早緑《さみどり》が真《ま》っ先《さき》に反応《はんのう》した。

「ヒョウくんって、なんとなく何《なに》やっても許《ゆる》される雰囲気《ふんいき》あるし、変《へん》なことしてもそれが普通《ふつう》みたいな感《かん》じがあるの。だから、実際《じっさい》に狼《おおかみ》だったときに見破《みやぶ》りづらいかなって。」

「思《おも》い当《あ》たるフシがありすぎて何《なん》も言《い》えねーわ。」

「メイリュウちゃんはやっぱり知識《ちしき》かな。心強《こころづよ》いけど、誘導《ゆうどう》されたときに反論《はんろん》できなくて地雷踏《じらいふ》んじゃいそうって思《おも》って。なんか、メイリュウちゃんの誘導《ゆうどう》で地雷踏《じらいふ》んでも、メイリュウちゃんは悪《わる》くないよって空気《くうき》になりそうじゃない？」

「……なるね、それは。ひとのせきにんにはしたくない。けど。」

「そこにつけ入《い》る隙《すき》がある、という考《かんが》え方《かた》ですか。なるほど。」

「リュウオウさんのことも言《い》っていい？」

「？　何《なに》かあるのか？」

「リュウオウさんも司会《しかい》だし、頭《あたま》いいのはわかるんだけど、あんまりライフゲームですごい意見《いけん》は出《だ》してないし、あたしたちを誘導《ゆうどう》しようとはしなかったよね？　だから占《うらな》い先《さき》から外《はず》したの。たぶん、司会《しかい》を続《つづ》けるならずっとこんな感《かん》じだから、変《へん》なことしたら気《き》づきやすいかなって。」

(鋭《するど》いな。)

確《たし》かに俺《おれ》はライフゲームで不必要《ふひつよう》な波風《なみかぜ》を立《た》てなかった。司会《しかい》である以上《いじょう》、中立《ちゅうりつ》でなければならないと考《かんが》えたからだ。裏《うら》を返《かえ》せば、俺《おれ》の動《うご》き方《かた》の変化《へんか》は読《よ》みやすい。

「クジャさんは……あ、話《はな》しすぎたね。ごめん。」

「いや、いいよ。オレに何《なに》かある？　本物《ほんもの》の占《うらな》い師《し》として言《い》いたいこと。」

山吹《やまぶき》は早緑《さみどり》をじっと見《み》つめた。

「クジャさんもちょっと人《ひと》の陰《かげ》に入《はい》るよねって話《はなし》。まだ占《うらな》わなくていいかなって。」

怪《あや》しい動《うご》き——こちらの言動《げんどう》を誘導《ゆうどう》したらすぐにわかるぞ、という牽制《けんせい》だ。

(俺《おれ》と山吹《やまぶき》にだけ、わざわざ釘《くぎ》を刺《さ》すのか。)

「ではワタシね。」

真珠《しんじゅ》ケ淵《がふち》は落《お》ち着《つ》き払《はら》っていた。

「銀《ぎん》の字《じ》を占《うらな》ったのは潜伏先《せんぷくさき》として有効《ゆうこう》だからです。早《そう》の字《じ》ほどうかつではなく、それでいて、無知《むち》を装《よそお》ってこちらの警戒網《けいかいもう》を潜《くぐ》り抜《ぬ》けそうな気《き》がしました。」

「オレは？」

「吹《ふき》の字《じ》を占《うらな》ったのは、お前《まえ》がプロだからです。意味《いみ》、わかりますね？」

「いや、わかんないな。オレの専門《せんもん》は音楽系《おんがくけい》のゲームだからさ。今《いま》、マシラちゃんは場《ば》を荒《あ》らそうとしてる？」

「違《ちが》います。」

「違《ちが》うんだ？　じゃあ、オレがプロだから占《うらな》ったっていう言葉《ことば》の真意《しんい》は、オレがゲーム慣《な》れしてるから、狼《おおかみ》の自分《じぶん》に邪魔《じゃま》って意味《いみ》かな？」

（なぜ疑問形《ぎもんけい》で返《かえ》した……？）

「それも違《ちが》います。お前《まえ》が敵《てき》だった場合《ばあい》、経験《けいけん》を盾《たて》に村人陣営《むらびとじんえい》を引《ひ》き裂《さ》く危険性《きけんせい》が高《たか》いからです。本当《ほんとう》にそれが理由《りゆう》だから、お前《まえ》を占《うらな》ったのですよ。んふふ。」

真珠《しんじゅ》ヶ淵《がふち》の意味深《いみしん》な笑《え》みを受《う》けて、山吹《やまぶき》も笑《わら》った。

「そっか。じゃあ、コウモリちゃんはどうかな？　なんでオレと氷霜院《ひょうそういん》サンを占《うらな》ったの？」

「クジャクさんを占《うらな》った理由《りゆう》はマシラと同《おな》じです。クロだったらやっかいそうかなって。リュウオウはどこかのタイミングで強引《ごういん》なまとめ役《やく》になりそうだったから。」

「コウモリちゃんは本物《ほんもの》の占《うらな》い師《し》なんだよね？」

「？　そうですけど。」

「ライフゲームでオレたちに変《へん》な誘導《ゆうどう》とかした？」

「してませんけど。……？」

（こいつ……。）

山吹《やまぶき》の言動《げんどう》を注視《ちゅうし》した俺《おれ》は気《き》づいた。

この男《おとこ》、人《ひと》の顔《かお》を見《み》る時間《じかん》が長《なが》い。目《め》を合《あ》わせているのではなく、明《あき》らかに『観察《かんさつ》』している。それに、妙《みょう》なタイミングで質問《しつもん》を投《な》げかけている。

（コールドリーディングの類《たぐ》いか。）

おそらく山吹《やまぶき》は相手《あいて》の表情《ひょうじょう》の変化《へんか》から、回答《かいとう》の真偽《しんぎ》を薄《うす》く読《よ》みとっている。眼球《がんきゅう》の動《うご》きなのか鼻腔《びこう》の拡縮《かくしゅく》なのかは定《さだ》かではないが、何《なに》かを「観《み》て」いることは確《たし》かだ。

（だからこの雰囲気《ふんいき》か……。）

俺《おれ》は目線《めせん》を動《うご》かさず、肌《はだ》に触《ふ》れる妙《みょう》なよそよそしさに意識《いしき》を向《む》けた。

山吹《やまぶき》が質問《しつもん》を投《な》げはじめた途端《とたん》、口数《くちかず》の減《へ》った者《もの》がいる。

おそらく、山吹《やまぶき》のコールドリーディングを知《し》っている者《もの》が複数人《ふくすうにん》いて、事情《じじょう》を知《し》らない者《もの》は知《し》らないままでいるべき、と考《かんが》えて黙《だま》ったのだろう。

一方《いっぽう》で、山吹本人《やまぶきほんにん》は明《あき》らかにそれを隠《かく》そうとしていない。察《さっ》しのいい者《もの》に自分《じぶん》の技能《ぎのう》をちらつかせ、牽制《けんせい》しているように見《み》える。

(山吹《やまぶき》が村人陣営《むらびとじんえい》なら生《い》き残《のこ》りの方便《ほうべん》。狼《おおかみ》なら……。)

空気《くうき》がひりつきはじめた。

だれも武器《ぶき》など持《も》っていないが、互《たが》いを射程距離《しゃていきょり》に収《おさ》めたような、嫌《いや》な緊張感《きんちょうかん》がある。

「占《うらな》い師《し》の総当《そうあ》たり……ローラーが提案《ていあん》されているが、これに反対《はんたい》の者《もの》はいるか?」

反論《はんろん》なし。

「では、占《うらな》い師《し》のだれを吊《つ》るかについて意見《いけん》を聞《き》きたい。」

「その前《まえ》に、メイは霊媒師《れいばいし》のCO《カミングアウト》を提案《ていあん》する。」

「オレも。今夜襲撃《こんやしゅうげき》でだれか減《へ》ったとき、霊媒師《れいばいし》だったかもって悩《なや》むのイヤだな。乗《の》っとられるかもしれねーし。」

「れいばいしがしゅうげきされたら、けっかはおなじじゃない?」

「少《すく》なくとも乗《の》っとりは起《お》きねーだろ。それに、そこは聖騎士様《せいきしさま》の出番《でばん》だろ?」

幸《さいわ》い、今夜《こんや》の聖騎士《せいきし》は最大《さいだい》2人《ふたり》を守護《しゅご》することができる。

ＣＯ《カミングアウト》した霊媒師《れいばいし》が狼《おおかみ》にむざむざ襲撃《しゅうげき》されることはないはずだ。

「決定権《けっていけん》そのものは霊媒師《れいばいし》が持《も》つべきで、俺《おれ》たちが強制《きょうせい》することではない。それを踏《ふ》まえて挙手《きょしゅ》を願《ねが》う。霊媒師《れいばいし》のＣＯ《カミングアウト》に賛成《さんせい》の者《もの》。」

闇夜院《やみよいん》、灰払《はいばら》、早緑《さみどり》、銀条《ぎんじょう》、山吹《やまぶき》。

「反対《はんたい》の者《もの》。」

血霞《ちがすみ》、御影《みかげ》、真珠ヶ淵《しんじゅがふち》。

「オウくんは？」

「賛成《さんせい》だ。霊媒師《れいばいし》が襲撃《しゅうげき》で落《お》ち、そこに偽物《にせもの》が居座《いすわ》る事態《じたい》は避《さ》けたい。」

とはいえ、これは命《いのち》がけだ。強制《きょうせい》はできない。俺《おれ》はそう添《そ》えたうえで切《き》り出《だ》す。

「あくまでも自己《じこ》の判断《はんだん》に従《したが》ってほしいが、霊媒師《れいばいし》がいるなら名乗《なの》り出《で》てほしい。」

手《て》を挙《あ》げたのは――２人《ふたり》。

闇夜院《やみよいん》と血霞《ちがすみ》。

「承知《しょうち》した。この件《けん》について、これ以上《いじょう》の話《はな》し合《あ》いは控《ひか》えよう。今《いま》の時点《じてん》で君《きみ》たちにできることはないのだから、水《みず》かけ論《ろん》にしかならない。」

これで狼《おおかみ》および共犯者《きょうはんしゃ》の所在《しょざい》がはっきりした。全員《ぜんいん》が役職《やくしょく》を騙《かた》っている。

「では、どの占《うらな》い師《し》を吊《つ》るべきかについて意見《いけん》を聞《き》きたい。まずは、当《とう》の占《うらな》い師《し》に頼《たの》みたいのだが、どうだろう。」

「ワタシは影《かげ》の字《じ》です。ライフゲームの発言《はつげん》が大胆《だいたん》すぎでした。本物《ほんもの》はワタシなので言《い》うまでもないですが、占《うらな》い師《し》ならレベルアップの有用性《ゆうようせい》を知《し》っているのだから、慎重《しんちょう》に立《た》ち回《まわ》るはずです。積極的《せっきょくてき》な発言《はつげん》で印象《いんしょう》を強《つよ》めて、長《なが》く生《い》き延《の》びようとしている。狼《おおかみ》の可能《かのう》性《せい》が高《たか》いと言《い》えます。」

「おれはキツネ。マシラはライフゲームの動《うご》き一《ひと》つで言《い》いすぎだから、混乱《こんらん》を誘《さそ》ってる共《きょう》犯者《はんしゃ》。だったら消去法《しょうきょほう》でキツネが狼《おおかみ》。」

「あたしは微妙《びみょう》だけど……マシラちゃんかな。この中《なか》だといちばんライフゲームで活躍《かつやく》してたでしょ？　長《なが》く生存《せいぞん》するの狙《ねら》ってるのはマシラちゃんかなって。」

「……以上《いじょう》を踏《ふ》まえて、諸君《しょくん》の意見《いけん》を聞《き》きたい。」

「私《わたし》は正直《しょうじき》ピンと来《き》ませんので、後回《あとまわ》しでお願《ねが》いします。」

「結構《けっこう》だ。銀条《ぎんじょう》以外《いがい》の者《もの》から行《い》こう。」

「微《び》っ妙《みょう》だけど真珠《しんじゅ》ヶ淵《がふち》かな。御影《みかげ》は狼《おおかみ》くさすぎて逆《ぎゃく》に違《ちが》うだろ、これ。」

「オレもマシラちゃんかな。ライフゲームクリアの功労者《こうろうしゃ》だし、言《い》ってることはわかるけど、大胆《だいたん》だったのはむしろマシラちゃんでしょ。コウモリちゃんとがめるのは変《へん》だよ。」

「ワタシは発言《はつげん》が多《おお》かっただけで大胆《だいたん》ではなかったはずですよ、吹《ふき》の字《じ》。」

「おれはコウモリ。はつげんがすくなすぎる。」

「……おれはゲームに慣《な》れてない。それに、さっきまで占《うらな》い師《し》をローラーするかどうかが話《はなし》の軸《じく》だったんだから、おれが横《よこ》やりを入《い》れるのは変《へん》だ。キツネもマシラも、そのときは黙《だま》ってたはず。」

「ん。いまのいいかたもそうだけど、ライフゲームでのぶんせきのするどさにたいして、ぎろんでのきれあじがにぶい。めだちすぎずかくれすぎずのたちいちをたもとうとしているようにみえる。」

「そこまで来《き》たら言《い》いがかりだ。」

「おれはせいかくがわるいんだ。」

「メイはミドちゃん。今《いま》になって発言《はつげん》が増《ふ》えるのは気《き》に入《い》らない。」

「一日《いちにち》でも長《なが》く生《い》きて、一人《ひとり》でも多《おお》く占《うらな》わなきゃいけないんだから、必死《ひっし》になるよ！」

「本物《ほんもの》の占《うらな》い師《し》なら騙《かた》りが出《で》ることは容易《ようい》に予見《よけん》できるんだから、ライフゲームの時点《じてん》からそうした兆候《ちょうこう》は出《で》るはず。騙《かた》りが出《で》て急《きゅう》に生存《せいぞん》を意識《いしき》しはじめるのは変《へん》。」

「俺《おれ》は今《いま》のところ御影《みかげ》だな。他《ほか》の２人《ふたり》に比《くら》べ、引《ひ》き気味《ぎみ》の印象《いんしょう》がぬぐえない。占《うらな》い師《し》が２択《たく》ならともかく、３択《たく》の状態《じょうたい》でここまで引《ひ》くのか、という疑念《ぎねん》がある。」

話《はな》し合《あ》いは長《なが》く続《つづ》いた。占《うらな》い師《し》３人《にん》と会話《かいわ》のラリーを交《か》わしつつ、今回《こんかい》のゲームの特殊《とくしゅ》性《せい》について、結論《けつろん》の出《で》ない問《と》いがいくつも投《な》げこまれたからだ。

会話《かいわ》を重《かさ》ねれば重《かさ》ねるほど、正答《せいとう》から遠《とお》ざかっていくような感覚《かんかく》。

確率《かくりつ》を収束《しゅうそく》させるように話《はな》し合《あ》ったライフゲームとは真逆《まぎゃく》だ。

『18時《じ》をお知《し》らせするよ。』

クラシック音楽《おんがく》が流《なが》れはじめた。

これは『威風堂々《いふうどうどう》』だ。

『参加者《さんかしゃ》はいずれかの参加者《さんかしゃ》を選択《せんたく》してほしい。なお、終了《しゅうりょう》するまで離席《りせき》は禁止《きんし》だよ。』

俺《おれ》は貸与《たいよ》スマートフォンで参加者《さんかしゃ》を選択《せんたく》する。

議論《ぎろん》は尽《つ》くした。後《あと》は賽《さい》の目次第《めしだい》だ。

『結果《けっか》をお知《し》らせするよ。……真珠ヶ淵《しんじゅがふち》マシラくん、4票《ひょう》。御影《みかげ》コウモリくん、3票《びょう》。早《さ》緑《みどり》キツネくん、2票《ひょう》。最多得票者《さいたとくひょうしゃ》は真珠ヶ淵《しんじゅがふち》マシラくんだ。』

ふん、と真珠ヶ淵《しんじゅがふち》はわざとらしく鼻《はな》を鳴《な》らす。

「先行《さきゆ》きが明《あか》るいですね。」

場《ば》が静《しず》まり返《かえ》った。

通例《つうれい》なら、参加者《さんかしゃ》は物理的《ぶつりてき》に『退場《たいじょう》』させられる。

それは人体《じんたい》の変化《へんか》や破壊《はかい》を伴《ともな》い、これが命《いのち》がけのゲームだということを否応《いやおう》なしに思《おも》い知《し》らされる、ある種《しゅ》のショーだ。

だがいくら待《ま》っても、その瞬間《しゅんかん》はやってこなかった。

参加者《さんかしゃ》の顔《かお》に疑問《ぎもん》が浮《う》かびはじめたころ、その変化《へんか》は起《お》きた。

(！　速度《そくど》が……。)

クルーズトレインが徐々《じょじょ》に速度《そくど》を落《お》としはじめた。

窓《まど》の外《そと》を高速《こうそく》で流《なが》れていた夕暮《ゆうぐ》れの砂漠《さばく》が、乗用車《じょうようしゃ》ほどのスピードとなり、自転車《じてんしゃ》ほどのスピードとなり、人《ひと》が走《はし》る速度《そくど》となり、歩《ある》く速度《そくど》となり、やがて完全《かんぜん》に停止《ていし》する。

『では、最多得票者《さいたとくひょうしゃ》の真珠ヶ淵《しんじゅがふち》マシラくんには下車《げしゃ》していただくよ。』

「下車《げしゃ》……降《お》りるということ？」

『そのとおり。』

あたりは砂漠《さばく》だ。駅《えき》など存在《そんざい》しない。このクルーズトレインも、本当《ほんとう》にレールの上《うえ》を走《はし》っているのか判然《はんぜん》としない。

この場所《ばしょ》での下車《げしゃ》は、確《たし》かに「この世《よ》からの退場《たいじょう》」を意味《いみ》する。

「……相変《あいか》わらず趣味《しゅみ》の良《よ》いこと。」

ドアが開《ひら》き、わずかな砂《すな》ぼこりが入《はい》りこんでくる。

しずしずとドアへ向《む》かう背中《せなか》に、俺《おれ》は「真珠ヶ淵《しんじゅがふち》。」と言葉《ことば》を投《な》げた。

「言《い》い残《のこ》すことがあれば聞《き》こう。」

「特《とく》にありません。情報《じょうほう》も少《すく》ないですし、惑《まど》わすようなことは言《い》いたくない。」

そう言《い》いつつも、わずかに顔《かお》の向《む》きを変《か》えた真珠ヶ淵《しんじゅがふち》は御影《みかげ》を見《み》ていた。

「ワタシの占《うらな》い結果《けっか》を信《しん》じなさい。それと、ライフゲームでは慎重《しんちょう》に判断《はんだん》しなさい。」

ドアが閉《と》じ、クルーズトレインが走《はし》り出《だ》す。

窓《まど》に張《は》りついた俺《おれ》は、砂丘《さきゅう》のあちこちからサソリやヘビが這《は》い出《だ》すのを認《みと》めた。

ごうごうという音《おと》に目《め》をやると、高層《こうそう》ビルすらのみこみかねない巨大《きょだい》な砂嵐《すなあらし》までこちらへ迫《せま》ってくる。

電車《でんしゃ》はあっという間《ま》に速度《そくど》を上《あ》げ、すべては置《お》き去《ざ》りにされる。

命《いのち》も、罪《つみ》も。

『投票時間《とうひょうじかん》を終了《しゅうりょう》するよ。参加者《さんかしゃ》はゲストルームへ戻《もど》ってほしい。』

参加者《さんかしゃ》はほとんど言葉《ことば》も交《か》わさず、それぞれのゲストルームへ向《む》かった。

俺《おれ》はいくつかの考《かんが》えを書《か》き留《と》め、シャワーを浴《あ》び、眠《ねむ》りに就《つ》く。

翌朝《よくあさ》、伯爵《はくしゃく》は2名《めい》の退場《たいじょう》を告《つ》げた。

襲撃《しゅうげき》以外《いがい》に、自滅《じめつ》や守護成功《しゅごせいこう》に伴《ともな》う退場《たいじょう》もあるため、アナウンスは簡潔《かんけつ》だった。

『早緑《さみどり》キツネくんと灰払《はいばら》ヒョウくんが退場《たいじょう》したよ。』

残《のこ》り、6人《にん》。

6 心《こころ》は孤《こ》独《どく》な狩人《かりゅうど》

(早緑《さみどり》と灰払《はいばら》か……。)

湯《ゆ》を注《そそ》ぎながら、俺《おれ》は昨夜《ゆうべ》積《つ》み上《あ》げた考察《こうさつ》の7割《わり》ほどを捨《す》て去《さ》った。

襲撃《しゅうげき》は1回《かい》なのか2回《かい》なのか。2回《かい》の場合《ばあい》、追加《ついか》で消《き》えた1人《ひとり》は村人《むらびと》なのか、ダイアウルフなのか、あるいは守護成功《しゅごせいこう》によってマーナガルム自身《じしん》が消《き》えたのか。

茶《ちゃ》を一口《ひとくち》飲《の》んだところで、御影《みかげ》がダイニングカーに現《あらわ》れた。

「おはよう、御影《みかげ》。」

「え？ あ、うん。おはよう……ございます。」

御影《みかげ》は居心地《いごこち》が悪《わる》そうな顔《かお》で左右《さゆう》に視線《しせん》を走《はし》らせる。

「注《つ》ごうか？ カモミールティーにはリラックス効果《こうか》がある。」

ポットを掲《かか》げると、御影《みかげ》は困《こま》ったような顔《かお》をした。

「オウくん、朝《あさ》からうるさいよ……。」

「本当《ほんとう》に。隣《となり》まで声《こえ》が響《ひび》いてますよ。」

闇夜院《やみよいん》と銀条《ぎんじょう》が現《あらわ》れたところで、御影《みかげ》は2人《ふたり》の陰《かげ》に入《はい》った。

もしかすると、血霞《ちがすみ》と同《おな》じタイプだったのか。

「気分《きぶん》を害《がい》したら申《もう》し訳《わけ》ない。俺《おれ》はコミュニケーションが下手《へた》なんだ。」

「大丈夫《だいじょうぶ》だよ、カゲちゃん。この人《ひと》はこういう人《ひと》なだけ。悪意《あくい》はない。」

なおも御影《みかげ》に声《こえ》を投《な》げようとすると、銀条《ぎんじょう》の長身《ちょうしん》が間《あいだ》に入《はい》る。

「はいはい、離《はな》れて離《はな》れて。何《なん》の話《はなし》をしてたんですか？」

「いや、特《とく》に何《なに》か話《はな》していたわけではないが……小細工《こざいく》はないだろうな、という話《はなし》をするつもりだった。」

過去《かこ》の伯爵《はくしゃく》のゲームでは、手品師《てじなし》じみたトリックで勝利《しょうり》をもぎとることのできるケースがあった。最多参加《さいたさんか》の赤村《あかむら》と黒宮《くろみや》が最《もっと》も警戒《けいかい》していたのもそれだ。

ルールに記載《きさい》されていない事項《じこう》は抜《ぬ》け穴《あな》と認識《にんしき》され、そこに参加者《さんかしゃ》がどういったアプローチをとろうと伯爵《はくしゃく》は関知《かんち》しない。それどころか、楽《たの》しんでさえいる。結果《けっか》、人狼《じんろう》の枠《わく》を超《こ》えた奇手奇策《きしゅきさく》が横行《おうこう》している。

実際《じっさい》に俺《おれ》も、そういった手《て》が通《つう》じることを学《まな》んでからは、ゲームの舞台《ぶたい》で何《なに》が利用《りよう》できるかを観察《かんさつ》し、思考《しこう》するようになった。

――そこで、俺《おれ》は自分《じぶん》の表情筋《ひょうじょうきん》が動《うご》くのを感《かん》じた。

「？　その変《へん》な笑《わら》いは何《なに》、オウくん。」

「ん？　ああ、いや、何《なん》でもない。」

俺《おれ》は自分《じぶん》の顔《かお》に薄《うす》く浮《う》かんでいた不謹慎《ふきんしん》な笑《わら》いを手《て》でぬぐう。

それはあまりにも滑稽《こっけい》な考《かんが》えで、今抱《いまかか》えていたくはなかった。

「……細工《さいく》ができないっていう意見《いけん》にはおれも同意《どうい》する。」

伯爵《はくしゃく》の「人狼《じんろう》サバイバル」では、ルールの抜《ぬ》け穴《あな》を突《つ》く行為《こうい》が許《ゆる》される。

だが、今回《こんかい》はそれが不可能《ふかのう》だ。

昼《ひる》のゲーム、『ライフゲーム』は１００％《パーセントかいわ》会話で完結《かんけつ》する。そして夕方以降《ゆうがたいこう》に始《はじ》まる人狼《じんろう》も１００％《パーセントかいわ》会話のゲームだ。

議論《ぎろん》、投票《とうひょう》、襲撃《しゅうげき》はゲームの進行上《しんこうじょう》避《さ》けられないため、妨害《ぼうがい》できない。だれかを無理《むり》やり禁止事項違反《きんしじこういはん》に追《お》いこもうにも、その行為自体《こういじたい》が禁《きん》じられている。

だから――

「だから油断《ゆだん》しないほうがいい。」

俺《おれ》の言《い》おうとした言葉《ことば》が、御影《みかげ》の口《くち》から出《で》た。ただしそれは、俺《おれ》が意図《いと》していたものと異《こと》なる響《ひび》きを持《も》っていた。

「渾敦《こんとん》がいますからね。」

銀条《ぎんじょう》が深《ふか》くうなずく。

「今回《こんかい》ルールを削除《さくじょ》できるのは1回《かい》だけですけど、何《なに》が起《お》きるかわかりません。」

「うん。今回《こんかい》は一発逆転《いっぱつぎゃくてん》なんてできないから、むこうの策《さく》にはまったら、ほぼ負《ま》ける。」

（……そういう見方《みかた》もあるか。）

俺《おれ》が警戒《けいかい》を促《うなが》そうとしたのは、投票《とうひょう》に直接干渉《ちょくせつかんしょう》するゲリやルー・ガルーだ。奇手奇策《きしゅきさく》が通《つう》じない場合《ばあい》、投票数《とうひょうすう》の増減《ぞうげん》は勝敗《しょうはい》を直接左右《ちょくせつさゆう》する。

当然《とうぜん》、ライフゲームの地雷《じらい》で投票《とうひょう》そのものをスキップさせられる事態《じたい》は絶対《ぜったい》に避《さ》けなければならない。そういう話《はなし》をするつもりだった。

だが、御影《みかげ》と銀条《ぎんじょう》の警戒《けいかい》も理解《りかい》できる。一方《いっぽう》で、ルールを一文削《いちぶんけず》った程度《ていど》では、どうしようもない局面《きょくめん》であることも確《たし》かだ。

結局《けっきょく》のところ、狼《おおかみ》の戦術《せんじゅつ》を見破《みやぶ》ることができるかどうかにすべてがかかっている。


『ライフゲームを始《はじ》めよう。2日目《ふつかめ》のテーマをお知《し》らせするよ。』

朝《あさ》8時《じ》10分《ぷん》。サロンカーに集《あつ》まった俺《おれ》たちに、伯爵《はくしゃく》がそう宣言《せんげん》する。

少《すこ》し時間《じかん》が遅《おく》れているのは、俺《おれ》たちがダイアウルフの復活《ふっかつ》を警戒《けいかい》したからだ。

(さすがに自滅退場《じめつたいじょう》して翌日復活《よくじつふっかつ》はありえないか……。)

昨日話《きのうはな》した遅延戦術《ちえんせんじゅつ》の可能性《かのうせい》もゼロではない。だがそれにしても、自滅退場《じめつたいじょう》した翌日《よくじつ》にのこのこ復活《ふっかつ》するほどダイアウルフも無謀《むぼう》ではないだろう。

もちろん、復活《ふっかつ》した後《あと》に身《み》を隠《かく》すことはできない。ライフゲームの参加《さんか》は強制《きょうせい》であり、議論《ぎろん》や投票《とうひょう》も強制参加《きょうせいさんか》だからだ。不参加《ふさんか》は禁止事項違反《きんしじこういはん》を意味《いみ》する。

8時《じ》を10分過《ぷんす》ぎても灰払《はいばら》、早緑《さみどり》のどちらも現《あらわ》れないことを確認《かくにん》した後《あと》に、ライフゲームの開始《かいし》は宣言《せんげん》された。昨日《きのう》と同《おな》じく、生物《せいぶつ》の選択《せんたく》と入力《にゅうりょく》も行《おこな》われた。

『テーマは、「1度《ど》の出産《しゅっさん》あるいは産卵数《さんらんすう》」。上限生物《じょうげんせいぶつ》は「マンボウ」。条件《じょうけん》は「ナシ」とするよ。』

ドリンクを用意《ようい》し終《お》え、ソファに腰《こし》かけている参加者《さんかしゃ》の表情《ひょうじょう》が、わずかにゆがんだ。

(難題《なんだい》だな。)

1度《ど》の出産《しゅっさん》あるいは産卵数《さんらんすう》。寿命以上《じゅみょういじょう》に手《て》がかりがなく、イメージしづらい。

ただ――

「ゼロはありえない。最小値《さいしょうち》は1だ。」

当《あ》たり前《まえ》のことではあるが、出産数《しゅっさんすう》あるいは産卵数《さんらんすう》がゼロなら、その生物《せいぶつ》は絶滅《ぜつめつ》する。

それ以前《いぜん》に、ゼロなら出産《しゅっさん》とも産卵《さんらん》とも呼《よ》ばないだろう。

「しょうがいでうむこ、またはうむたまごのかず、じゃないんだよね。」

『そのとおりだよ、血霞《ちがすみ》ラブカくん。1度《ど》の出産《しゅっさん》あるいは産卵《さんらん》で産《う》む数《かず》だ。その平均値《へいきんち》を基準《きじゅん》とする。』

「……なら、初手《しょて》はヒトでいいとメイは思《おも》う。」

通常《つうじょう》、人類《じんるい》は1度《ど》の出産《しゅっさん》で1人《ひとり》の子《こ》を産《う》む。もちろん、双子《ふたご》なら2人《ふたり》、三《み》つ子《ご》なら3人《にん》だが、件数《けんすう》としては決《けっ》して多《おお》くない。

そこまで考《かんが》え、気《き》づく。

「伯爵《はくしゃく》。今回《こんかい》のテーマである出産数《しゅっさんすう》や産卵数《さんらんすう》は小数点以下《しょうすうてんいか》もカウントされるのか？　される場合《ばあい》、四捨五入《ししゃごにゅう》はどうなる？」

『小数点以下《しょうすうてんいか》はカウントされないよ、氷霜院《ひょうそういん》リュウオウくん。平均値《へいきんち》が小数点以下《しょうすうてんいか》になる場合《ばあい》、一律《いちりつ》で切《き》り捨《す》て処理《しょり》させてもらう。』

「……どういうことです？」

「ヒトは双子《ふたご》や三《み》つ子《ご》を産《う》むだろう。１度《ど》の出産数《しゅっさんすう》の平均値《へいきんち》は１ではなく、１・０５程度《ていど》になるはずだ。」

小数点以下《しょうすうてんいか》までカウントされるのなら、小刻《こきざ》みに数字《すうじ》を重《かさ》ねていくこともできるのだが、そうはいかないらしい。

現在《げんざい》、生存者《せいぞんしゃ》は６人《にん》だ。この６人全員《にんぜんいん》が有効《ゆうこう》な解答《かいとう》をできればゲームはクリアとなる。

「ちなみにマンボウの産卵数《さんらんすう》ってどれぐらいになるんですか、伯爵《はくしゃく》。」

『今回《こんかい》は３億個《おくこ》と定義《ていぎ》するよ、銀条《ぎんじょう》シャチくん。』

「3億《おく》……!?　そんなに……。」

「たいはんはたまごのままたべられておわりだよ。ぎょるいってそういうものだから。」

「昨日《きのう》のライフゲームで挙《あ》げた生《い》き物《もの》を再利用《さいりよう》するのか、考《かんが》えなきゃね。」

野菜《やさい》スティックをかじりながら、山吹《やまぶき》がホワイトボードを示《しめ》した。時間《じかん》ギリギリまでゲストルームから出《で》てこなかった彼《かれ》の肌《はだ》や髪《かみ》からは、ずいぶん芳醇《ほうじゅん》な香気《こうき》を感《かん》じる。

「伯爵《はくしゃく》のリストは100％回避《パーセントかいひ》できるけど、狼《おおかみ》が地雷《じらい》を仕掛《しか》けるならここなんだよね。そこまで含《ふく》めてどうするかって話《はなし》になるけど……。」

昨日《きのう》の解答《かいとう》は、メダカ、モグラ、エンゼルフィッシュ、モルモット、チーター、クマ、ゴリラ、サイ、ゾウ。

「この中《なか》で、出産《しゅっさん》あるいは産卵数《さんらんすう》を知《し》っている生物《せいぶつ》はいるだろうか？」

回答《かいとう》はない。――俺《おれ》もそうだ。

「ゾウとかサイとかは1匹《ぴき》じゃないですか、サイズ的《てき》に。チーターとかゴリラは複数産《ふくすうう》んでてもおかしくない気《き》はしますけど、モルモットやモグラよりは少《すく》ない感《かん》じがします。メダカとエンゼルフィッシュは多《おお》いでしょ、たぶん。」

「そうだな。寿命《じゅみょう》のときは『サイズと比例《ひれい》するのではないか』という仮定《かてい》をもとに話《はなし》を進《すす》めたが、今回《こんかい》は逆方向《ぎゃくほうこう》の発想《はっそう》をすべきだろう。」

哺乳類《ほにゅうるい》は魚類《ぎょるい》ほど大量《たいりょう》の子《こ》を産《う》みはしない。

それはサイズ差《さ》も関係《かんけい》しているだろうし、生息環境《せいそくかんきょう》の要因《よういん》が大《おお》きい。

「大《おお》きなカテゴリで数値《すうち》の低《ひく》い順《じゅん》から並《なら》べた場合《ばあい》、哺乳類《ほにゅうるい》、鳥類《ちょうるい》、爬虫類《はちゅうるい》、両生類《りょうせいるい》、魚類《ぎょるい》の順《じゅん》になると俺《おれ》は推測《すいそく》する。生存数《せいぞんすう》が6人《にん》なら、それぞれのカテゴリから1つずつ挙《あ》げることでクリア確率《かくりつ》は高《たか》くなると思《おも》うが、どうだろうか。」

「ん〜。ちょっと危《あぶ》ないって思《おも》うかな、オレは。両生類《りょうせいるい》ってカエルとかでしょ？　1度《ど》に産《う》む卵《たまご》の数《かず》、メダカとかより大《おお》きくならないかな？」

「ヘビとかワニとかも、正直《しょうじき》いくつ卵《たまご》を産《う》むのか推測《すいそく》しづらい。カテゴリのことはいったん忘《わす》れて、ある程度《ていど》確証《かくしょう》が持《も》てる順番《じゅんばん》で挙《あ》げていったほうがいいと思《おも》う。」

「哺乳類《ほにゅうるい》の出産数《しゅっさんすう》は、授乳器官《じゅにゅうきかん》の数《かず》でおおよそ推測《すいそく》できるよ。」

闇夜院《やみよいん》がティーカップを口元《くちもと》へ運《はこ》ぶ。

「ヒトなら最大《さいだい》2つだよね。」

「あ、確《たし》かにそうですね。イヌやネコは一度《いちど》にたくさんの子《こ》どもがお母《かあ》さんに集《あつ》まるイメージがあります。」

「でも、授乳器官《じゅにゅうきかん》の数《かず》って、そもそもだれか知《し》ってる……？」

御影《みかげ》の問《と》いに答《こた》える者《もの》はいない。——それはそうだ。

「だが、ヒトより少《すく》ない生物《せいぶつ》がいないことは間違《まちが》いないだろう。しかし……。」

「ヒトは地雷《じらい》っぽいよね。真《ま》っ先《さき》に挙《あ》げるだろうってわかるし。」

「ウマが候補《こうほ》になりませんか。ウマって、あんまり双子《ふたご》が産《う》まれたりしませんよね。」

「確《たし》かに聞《き》いたことがない。競走馬《きょうそうば》でそういったことが起《お》きれば、必《かなら》ず話題《わだい》を呼《よ》ぶはずだ。」

「競走馬《きょうそうば》は調整《ちょうせい》してるんじゃない？」

「かもしれない。だが、野生馬《やせいば》の1回《かい》あたりの出産数《しゅっさんすう》も4頭《とう》や6頭《とう》ではないだろう。」

「ねえ、ニワトリをわすれてない？」

「！　確《たし》かに忘《わす》れていた。1日《にち》あたり1個《こ》だな。」

「はくしゃく。ニワトリのたまごって、ひとつのたまごにきみがふたつついてることもあるけど、それってさんらんすうにカウントされてる？」

『されないよ、血霞《ちがすみ》ラブカくん。』

「らしいよ。どうする？」

ヒト、ウマ、ニワトリ。——どれも地雷《じらい》のリスクがある。

「俺《おれ》が行《い》くが、構《かま》わないだろうか。」

異論《いろん》がないことを、少《すこ》し時間《じかん》をかけて待《ま》つ。

今日《きょう》からは手番希望《てばんきぼう》が重《かさ》なった場合《ばあい》、前日《ぜんじつ》のライフゲームでより手番《てばん》の遅《おそ》かった者《もの》が優《ゆう》先《せん》されるためだ。だが、だれも手《て》を挙《あ》げなかった。

「伯爵《はくしゃく》。解答《かいとう》は……『ゾウ』。」

3秒《びょう》ほど、間《ま》が空《あ》く。

『有効《ゆうこう》な解答《かいとう》と認《みと》めるよ。』

「……ニワトリじゃないんだ。」

「誘導《ゆうどう》されている可能性《かのうせい》があるからな。」

闇夜院《やみよいん》と血霞《ちがすみ》は霊媒師《れいばいし》を名乗《なの》っている。片方《かたほう》は敵《てき》だ。

仮《かり》に血霞《ちがすみ》が狼《おおかみ》で、ニワトリが地雷《じらい》だった場合《ばあい》、少《すく》なくとも今日《きょう》、血霞《ちがすみ》は吊《つ》られずに生《せい》存《ぞん》できてしまう。

「役職者《やくしょくしゃ》の提案《ていあん》は鵜呑《うの》みにできない。」

反応《はんのう》を探《さぐ》るべく視線《しせん》を投《な》げたが、血霞《ちがすみ》は難《むずか》しい顔《かお》で考《かんが》えこんでいた。

「はくしゃく。かりにリュウオウのかいとうが『ニワトリ』で、おれがこのあと、『うこっけい』ってこたえたばあい、それはゆうこうなかいとうになるの？」

「うこっ、こっけ……？」

「烏骨鶏《うこっけい》だ、山吹《やまぶき》。書《か》いて字《じ》のごとく、内臓《ないぞう》や骨《ほね》まで烏《からす》のように黒《くろ》いニワトリだ。」

『それは無効《むこう》な解答《かいとう》だよ。』

「ニワトリのひんしゅのひとつだからね。じゃあ、おおかみがニワトリをじらいにしていしたとき、うこっけいっていうかいとうにたいしてじらいは？」

『発動《はつどう》するよ。』

「じゃあ、きんぎょってかいとうのあとに、フナってこたえるのは？」

(金魚《きんぎょ》の後《あと》に……フナ？)

『有効《ゆうこう》な解答《かいとう》と認《みと》めるよ。』

うー、と血霞《ちがすみ》が機嫌《きげん》の悪《わる》いネコめいたうなり声《ごえ》を漏《も》らした。

「きんぎょって、もとはフナなんだよ。せだいこうたいすると、フナっぽいいろにせんぞがえりすることがある……ってきいてる。」

『だが、一般的《いっぱんてき》に金魚《きんぎょ》とフナは区別《くべつ》されている。よって、金魚《きんぎょ》という解答《かいとう》の後《あと》にフナという解答《かいとう》があった場合《ばあい》、有効《ゆうこう》と判定《はんてい》するよ。』

血霞《ちがすみ》はまた不満《ふまん》そうにうなった。

(抜《ぬ》け穴《あな》を探《さが》しているのか。)

このゲーム、定義《ていぎ》にあいまいさが見《み》え隠《かく》れしている。それは不安要素《ふあんようそ》であるものの、つけ入《い》る隙《すき》でもある。

「オウくん。ゾウって1頭《とう》……？」

「確信《かくしん》はないが、1度《ど》に1頭《とう》か……最大《さいだい》でも2頭程度《とうていど》と見《み》る。ウマもそうだが、あの骨格《こっかく》の生物《せいぶつ》が母胎《ぼたい》に複数収《ふくすうおさ》まるとは思《おも》えない。」

「ニュースでも聞《き》きませんよね、ゾウの赤《あか》ちゃんがいっぱい産《う》まれたなんて話《はなし》。」

「次《つぎ》は3から5ぐらいを狙《ねら》おうか。鳥類《ちょうるい》とかどうかな。ツバメは危《あぶ》ないんだっけ？」

「メダカのように有名《ゆうめい》だけど生態《せいたい》がプレーンな生《い》き物《もの》か、あまり有名《ゆうめい》じゃない生物《せいぶつ》にすれば、伯爵《はくしゃく》のリストは回避《かいひ》できるとメイは考《かんが》えてる。狼《おおかみ》もマイナー寄《よ》りの生物《せいぶつ》を地雷《じらい》に指《し》定《てい》することはないはず。」

「……ツグミ、シギ、ウミネコ。」

名前《なまえ》を挙《あ》げつつ、俺《おれ》は御影《みかげ》、闇夜院《やみよいん》、血霞《ちがすみ》の顔色《かおいろ》をうかがう。

この中《なか》に地雷《じらい》があれば何《なん》らかの反応《はんのう》があるはずだからだ。

俺《おれ》の意図《いと》を察《さっ》してか、山吹《やまぶき》も身《み》じろぎした。

「モズ、カワセミ、ライチョウ、キジ、カモ、カッコウ。」

闇夜院《やみよいん》と御影《みかげ》は表情《ひょうじょう》を変《か》えず、血霞《ちがすみ》は聞《き》いてもいないようだ。

「さっきの仮説《かせつ》が正《ただ》しければ、大《おお》きくて強《つよ》い鳥《とり》は卵《たまご》が少《すく》なくて、小《ちい》さくて弱《よわ》い鳥《とり》は卵《たまご》が多《おお》そうですよね。……モズでいきたいですけど、いいですか。」

銀条《ぎんじょう》の早《はや》すぎる決断《けつだん》に、俺《おれ》と闇夜院《やみよいん》は待《ま》ったをかけた。

（モズ……有名《ゆうめい》な生態《せいたい》は『早贄《はやにえ》』だが……。）

モズは捕《と》らえたカエルやトカゲを、木《き》の枝《えだ》や有刺鉄線《ゆうしてっせん》に刺《さ》す習性《しゅうせい》がある。おそらくは保《ほ》存食《ぞんしょく》にするためだ。

「………銀条《ぎんじょう》。別《べつ》の生《い》き物《もの》にしてくれないか。」

俺《おれ》は少《すこ》し考《かんが》え、そう提案《ていあん》した。

「どうしてです？……もしかして、早贄《はやにえ》ですか？」

「ああ。あれが餌《えさ》を保存《ほぞん》するための行為《こうい》だと１００％証明《パーセントしょうめい》されているならいいんだが、諸説《しょせつ》ある場合《ばあい》、伯爵《はくしゃく》が目《め》をつけそうだと感《かん》じた。」

たとえば、異性《いせい》への求愛《きゅうあい》だとか、狩猟《しゅりょう》の感覚《かんかく》を忘《わす》れないための訓練《くんれん》だとか。

一般的《いっぱんてき》な見地《けんち》を示《しめ》した後《あと》に、こういう説《せつ》もある、と補足《ほそく》するのはいかにも伯爵《はくしゃく》の好《す》きそうな話法《わほう》だ。

「わかりました。じゃあカワセミにします。」

「ギンちゃん……ちゃんと頭使《あたまつか》ってる？　カワセミだって、ウズラみたいに1日《にち》1個《こ》かもしれない。選《えら》ぶ根拠《こんきょ》は？」

「毎日卵《まいにちたまご》を産《う》むとは思《おも》えないです。だってカワセミって川《かわ》の虫《むし》とか魚《さかな》をとるために、けっこう素早《すばや》く飛《と》びますよね。毎日卵《まいにちたまご》を抱《かか》えてるならそんなことできませんよ。ニワトリとかウズラは基本的《きほんてき》に地面《じめん》を歩《ある》き回《まわ》るから、毎日卵《まいにちたまご》を抱《かか》えても平気《へいき》なんだと思《おも》います。」

銀条《ぎんじょう》は気《き》を悪《わる》くしたふうでもなく、落《お》ち着《つ》いた調子《ちょうし》で答《こた》えた。

「ウズラとカワセミってサイズはそんなに違《ちが》わないと思《おも》いますけど、重《おも》いのはウズラですよね。カワセミは飛《と》び回《まわ》らなきゃいけないから、脂肪《しぼう》をつけられないはずです。だったら、ウズラは脂肪《しぼう》の分《ぶん》だけ余計《よけい》にエネルギーを持《も》ってるので、毎日卵《まいにちたまご》を産《う》んでも平気《へいき》で、カワセミは一定《いってい》の周期《しゅうき》で、まとまった数《かず》を産《う》んでるってことじゃないですか？」

数《かず》は、と言《い》いながら銀条《ぎんじょう》はこぶしをこめかみに添《そ》える。

「最低《さいてい》4個《こ》か、5個《こ》ぐらいじゃないですかね。あんまり大《おお》きくないし。」

「俺《おれ》は支持《しじ》する。正《ただ》しいかどうかはともかく、理屈《りくつ》としては通《とお》っていると感《かん》じた。」

「……。いいと思《おも》うよ、カワセミで。」

「じゃ、伯爵《はくしゃく》。私《わたし》の手番《てばん》です。『カワセミ』。」

『有効《ゆうこう》な解答《かいとう》と認《みと》めるよ。』

残《のこ》り4人《にん》。

「提案《ていあん》だ。ここから2桁《ふたけた》に乗《の》せよう。」

カワセミの産卵数《さんらんすう》が4から5というのは推測《すいそく》にすぎず、寿命以上《じゅみょういじょう》に信頼性《しんらいせい》が低《ひく》い。カワセミのサイズと卵《たまご》のサイズを考《かん》えれば10以上《いじょう》はありえないとわかるのだが、7や8の可能性《かのうせい》は十分《じゅうぶん》にある。

そう説明《せつめい》すると、承諾《しょうだく》は得《え》られたが、御影《みかげ》が難《むずか》しそうな顔《かお》をする。

「哺乳類《ほにゅうるい》は使《つか》えなくなるんじゃないの、それ。」

「ああ。卵生生物《らんせいせいぶつ》を中心《ちゅうしん》にせざるをえない。だがゲームの性質上《せいしつじょう》、ギリギリを攻《せ》めるのは危険《きけん》だ。上限《じょうげん》も大《おお》きい。少《すこ》しゆとりを持《も》たせるべきだと考《かん》える。」

「2桁《ふたけた》で小《ちい》さめってことは、10から20〜30だよね。いるかな、そんなの。」

「はくしゃく。いちどのさんらんのていぎのかくにん。つらなってないとだめ、とかじゃないんだよね。」

『そのとおりだよ、血霞《ちがすみ》ラブカくん。鳥類《ちょうるい》の卵《たまご》は連《つら》なっていないけれど、1度《ど》の産卵数《さんらんすう》を1個《こ》とは定義《ていぎ》しないし、君《きみ》たちもそう認識《にんしき》するはずだ。』

血霞《ちがすみ》は手《て》の甲《こう》を唇《くちびる》に当《あ》て、黙考《もっこう》に沈《しず》む。

「ウミガメとかどうかな。ピンポン球《だま》ぐらいの卵《たまご》をたくさん産《う》むって聞《き》くけど。」

「あれ30ぐらいだっけ？　孵化《ふか》した子《こ》ガメが海《うみ》に出《で》るシーンを見《み》たことあるけど、50か、もっと上《うえ》だったような……。」

「カメはリスト入《い》りの可能性《かのうせい》が高《たか》いとメイは思《おも》う。」

「ワニとかどうでしょう。大《おお》きくて卵生《らんせい》です。」

「……悪《わる》くないな。生態《せいたい》にも『なぜ』の入《はい》りこむ余地《よち》が少《すく》ない。」

後《あと》は狼《おおかみ》が指定《してい》しているか否《いな》か。ヤツらは昨夜《ゆうべ》の時点《じてん》でテーマを知《し》っているが——

(予想《よそう》していないはずだ。「産卵数《さんらんすう》」という観点《かんてん》で、ウミガメは出《で》ても、ワニはまず出《で》てこない。)

「オウくん。数《かず》、推測《すいそく》できる？」

「ウミガメは砂浜《すなはま》に掘《ほ》った穴《あな》に産卵《さんらん》し、母親《ははおや》はその場《ば》を去《さ》ると聞《き》くが、ワニが同《おな》じことをするとは思《おも》えない。生息環境《せいそくかんきょう》がはるかに過酷《かこく》だからだ。」

「ナイル川《がわ》とかアマゾン川《がわ》でそれやったら、普通《ふつう》に絶滅《ぜつめつ》しそうですね。」

「ああ。営巣《えいそう》して母親《ははおや》が子《こ》を護《まも》っていると予想《よそう》する。数《かず》は20程度《ていど》ではないだろうか。」

「いいんじゃない？　おれはしじするよ。」

問題《もんだい》はだれが手番《てばん》をとるかだ。

俺《おれ》と銀条《ぎんじょう》は真《ま》っ先《さき》に飛《と》びついたが、ライフゲームで早《はや》い手番《てばん》をとった場合《ばあい》、翌日《よくじつ》のゲームでだれかと希望《きぼう》が競合《きょうごう》した際《さい》、自動的《じどうてき》に手番《てばん》を奪《うば》われてしまう。

（本当《ほんとう》は今日吊《きょうつ》られる御影《みかげ》が先手《せんて》をとるべきだが……。）

とらなかったのは本物《ほんもの》であるという意思表示《いしひょうじ》か。それ以外《いがい》の要因《よういん》か。

「じゃ、オレが行《い》くよ。伯爵《はくしゃく》、『ワニ』で。」

『その解答《かいとう》は……有効《ゆうこう》だよ。』

「オーケー。じゃ、次行《つぎい》こうか。数《かず》、１００ぐらいの生《い》き物《もの》っていないかな。」

「結果《けっか》から逆算《ぎゃくさん》したほうがいいと思《おも》う。」

御影《みかげ》が素早《すばや》く言葉《ことば》をはさむ。

「数万《すうまん》から数百万《すうひゃくまん》の卵《たまご》を産《う》む生《い》き物《もの》、数千《すうせん》の卵《たまご》を産《う》む生《い》き物《もの》、数百《すうひゃく》の卵《たまご》を産《う》む生《い》き物《もの》で区《く》切《ぎ》って、３人《にん》で分担《ぶんたん》するとミスしづらい。」

「数百個《すうひゃっこ》も卵《たまご》を産《う》む生《い》き物《もの》……。」

「カエルという手《て》がある。ただ、正確《せいかく》な個数《こすう》がわからないうえに、地雷《じらい》リスト入《い》りしている可能性《かのうせい》が高《たか》い。」

「はくしゃく。プランクトンはせいぶつにふくむ?」

『含《ふく》まれるよ、血霞《ちがすみ》ラブカくん。ゾウリムシやミジンコが該当《がいとう》するね。ただし、植物《しょくぶつ》プランクトンは含《ふく》まれない。』

「……なら、サンゴはゆうこうなかいとうになる?」

『有効《ゆうこう》な解答《かいとう》だよ。』

「ん……プラナリアはゆうこうなかいとうになる?」

『有効《ゆうこう》な解答《かいとう》と認《みと》めるよ。』

「そのばあい、さんらんすうは? プラナリアはたまごをうまないけど。」

『プラナリアは産卵《さんらん》しないけれど、有効《ゆうこう》な解答《かいとう》と認《みと》めよう。繁殖《はんしょく》ではなく分裂《ぶんれつ》で増《ふ》えるので1としてカウントするよ。』

「……すごい粘《ねば》ってますね、血霞《ちがすみ》さん。クレーマーみたい。」

「制度《せいど》をハックして得《とく》をしようとする姿《すがた》、控《ひか》えめに言《い》ってさもしい。」

「きこえてるんですけど。」

「命《いのち》がけなんだから責《せ》める筋合《すじあ》いはないと思《おも》うよ。それで、どうしよっか。」

「メイは魚卵系《ぎょらんけい》を推奨《すいしょう》する。サーモン、ニシン、チョウザメあたり。」

「……あ！　イクラ、数《かず》の子《こ》、キャビアですね！」

「そう。サーモンは数百《すうひゃく》、ニシンは数千《すうせん》、チョウザメは数万《すうまん》と予想《よそう》する。」

「サーモンはメジャーすぎると思《おも》う。海《うみ》に住《す》んでるのに川《かわ》をさかのぼったりするし、エピソードもけっこうありそう。」

「ニシンとチョウザメはそういうのないですよね。」

「じゃあ、ワニ以上《いじょう》ニシン未満《みまん》で候補《こうほ》があればって感《かん》じだね。」

「おれはサケにちかいさかなをすいしょうするけど。マスとか。」

「トラウトか。確《たし》かに肉質《にくしつ》はサーモンに近《ちか》いと聞《き》くが、産卵数《さんらんすう》も近《ちか》いだろうか。」

「メイリュウ。アリとかハチはどう？」

「アリは反対《はんたい》。リスト入《い》りの危険性《きけんせい》がある。」

「それはハチもじゃない？」

「種類《しゅるい》を指定《してい》したらいけそうじゃないですか？　ミツバチとか、スズメバチにすれば。」

「はくしゃく。ハチというくくりでせつめいされてたり、おおかみがハチというしていをしたばあい、ミツバチやスズメバチはじらいあつかいになるの？」

『その場合《ばあい》は地雷《じらい》にならないよ。』

「というか、ハチというくくりで伯爵《はくしゃく》が話《はな》すことはないと思《おも》う。ミツバチとスズメバチに限《かぎ》っても、共通項《きょうつうこう》が少《すく》ない。」

「じゃあ、地雷《じらい》のリスクは低《ひく》いってことですよね。」

「その2つで選《えら》ぶならスズメバチだろうか。巣《す》が巨大化《きょだいか》しやすいと聞《き》く。ミツバチも一般《いっぱん》的《てき》な養蜂《ようほう》のイメージから察《さっ》するに、産卵数《さんらんすう》は多《おお》いはず。」

「はくしゃく。ミツバチのさんらんすうは、しいくベースじゃなくてやせいベースだよね？」

『そのとおりだよ、血霞《ちがすみ》ラブカくん。』

「クマバチとかアシナガバチのほうが地雷《じらい》を避《さ》けやすくありませんか。」

「その2つの巣《す》、形《かたち》とサイズがメイにはわからない。」

「あー……確《たし》かに。大《おお》きさで有名《ゆうめい》なのはスズメバチですね。」

「アリも種類《しゅるい》を指定《してい》すればいけそうだよね、シロアリとか。」

「確証《かくしょう》があるなら候補《こうほ》に入《はい》ると思《おも》うけど、おれはスズメバチのほうがいいと思《おも》う。巣《す》が大《おお》きいってはっきりしてるし。どうかな？」

異論《いろん》は出《で》ず、御影《みかげ》は解答《かいとう》の姿勢《しせい》に入《はい》る。

「……じゃあ、おれが行《い》く。伯爵《はくしゃく》。『スズメバチ』。」

『その解答《かいとう》は。』

俺《おれ》は次《つぎ》の解答《かいとう》を考《かんが》えはじめていた。

だから、耳《みみ》を疑《うたが》った。

『有効《ゆうこう》ではないよ。』

「……え？」

『前《まえ》の手番《てばん》で提示《ていじ》された生物《せいぶつ》の数値《すうち》より小《ち》さい。よって、本日《ほんじつ》のライフゲームは失敗《しっぱい》だ。』

その場《ば》の空気《くうき》がほんのわずかに毒素《どくそ》を含《ふく》んだような、奇妙《きみょう》な雰囲気《ふんいき》が残《のこ》った。

（外《はず》した……？）

俺《おれ》は敗北感《はいぼくかん》ではなく困惑《こんわく》を感《かん》じた。それは他《ほか》のメンバーも同様《どうよう》で、次《つぎ》に出《だ》す言葉《ことば》を見《み》つけられない者《もの》がほとんどだった。

「ラーブカちゃん？」

――ただ、山吹《やまぶき》を除《のぞ》いては。

「なーんかせわしないと思《おも》ってたけど、そういうこと？」

「？　……え、なに。」

次々《つぎつぎ》に視線《しせん》が向《む》けられ、空気《くうき》が重《おも》く、硬《かた》くなる。

無言《むごん》の圧力《あつりょく》に気《け》おされてか、血霞《ちがすみ》は自分《じぶん》で答《こた》えにたどり着《つ》く。

「……もしかして、おれがさきにかいとうしたっておもわれてる？」

「残念《ざんねん》ながら、状況的《じょうきょうてき》にその可能性《かのうせい》を考《かんが》えている。」

「！　さっきからラブカさんが変《へん》な質問《しつもん》を投《な》げ続《つづ》けてたのは、自分《じぶん》の解答《かいとう》をごまかすためだったってことですか。」

「そう。メイ視点《してん》だとこいつ狼《おおかみ》だから確定《かくてい》なんだけど。」

質問《しつもん》を投《な》げかけるフリをして、自分《じぶん》の手番《てばん》を無理《むり》やり割《わ》りこませ、数値《すうち》が極《きわ》めて大《おお》きな生物《せいぶつ》を挙《あ》げる。段階《だんかい》を踏《ふ》んで数値《すうち》を上《あ》げようとしていた俺《おれ》たちはまんまと引《ひ》っかかり、ライフゲームは失敗《しっぱい》に終《お》わる。

確《たし》かに、理屈《りくつ》は通《とお》る。血霞《ちがすみ》は先《さき》ほど「サンゴ」を引《ひ》き合《あ》いに出《だ》したが、あれは確《たし》か、海中《かいちゅう》に大量《たいりょう》の卵《たまご》をばらまいて繁殖《はんしょく》する生態《せいたい》のはずだ。スズメバチより多《おお》くの卵《たまご》を産《う》んでいたとしても不思議《ふしぎ》ではない。

「まってよ。ありえないでしょ。」

血霞《ちがすみ》は依然《いぜん》として冷静《れいせい》だったが、早口《はやくち》になっていた。

「はくしゃく。ゲームのしんこうにかかわることだから、はっきりこたえてほしいんだけど。きょうのおれのてばんはまだだよね。かいとうもしてないはず。」

『お答《こた》えしよう、血霞《ちがすみ》ラブカくん。今日《きょう》のライフゲームで君《きみ》は手番《てばん》を終《お》えていない。解答《かいとう》もしていないよ。』

「ほら。」

「え、そうなんですか……？　割《わ》りこんだわけではなく？」

「メイは信《しん》じられない。」

「でも、伯爵《はくしゃく》の性格的《せいかくてき》にありえないと思《おも》う。そういう揚《あ》げ足《あし》とりみたいなやり方《かた》。……確《たし》かにラブカは手番《てばん》を希望《きぼう》してなかった。解答《かいとう》の意思《いし》がない人間《にんげん》の言葉《ことば》を拾《ひろ》って、無理《むり》やりに手番《てばん》にしたら、ゲームの根本《こんぽん》がくずれる。」

「カスミくん側《がわ》にその意思《いし》があれば話《はなし》は別《べつ》。」

「おれがしてたのはしつもんだ。かいとうのいしはなかった。それはきいてたでしょ。」

血霞《ちがすみ》の声音《こわね》に、あきれに近《ちか》い敵意《てきい》がにじんだ。

「このゲームはこざいくがきかない。だからといって、ミスをなすりつけるのはさもしいんじゃないの、メイリュウ。」

「その理屈《りくつ》は通《とお》らない。自分《じぶん》が紛《まぎ》らわしいことをしている自覚《じかく》はお前《まえ》にもあったはず。李《り》下《か》に冠《かんむり》を正《ただ》さずだよ。」

「まぎらわしいことをしているからといって、せめられるりゆうはないよ。こっちのいとをおまえがただしくにんしきしてればね。そのための。」

「はいはい、そこまで。」

銀条《ぎんじょう》が手《て》をたたいた。

「ライフゲームの失敗《しっぱい》にデメリットはありません。役職者《やくしょくしゃ》は能力《のうりょく》を使《つか》えるんですから、冷《れい》静《せい》になってください。」

正論《せいろん》だ。ここで言《い》い争《あらそ》いをしても、何《なに》かが進展《しんてん》することはない。

血霞《ちがすみ》も闇夜院《やみよいん》もむっつりした顔《かお》で黙《だま》りこんだ。

「伯爵《はくしゃく》。実際《じっさい》の数字《すうじ》を聞《き》きたい。スズメバチの1度《ど》の産卵数《さんらんすう》は？」

『残念《ざんねん》ながら、それはお答《こた》えできないよ、御影《みかげ》コウモリくん。』

「どうして？　こっちを納得《なっとく》させるのもGM《ゲームマスター》の務《つと》めじゃないの。」

『これ以降《いこう》のゲームのヒントになりうるので、具体的《ぐたいてき》な数値《すうち》はお出《だ》しできない。』

「それだとお前《まえ》が……いや、いい。」

伯爵《はくしゃく》が嘘《うそ》をついている可能性《かのうせい》に言及《げんきゅう》しようとしたのだろう。

だが、それはおそらくない。伯爵《はくしゃく》が狼陣営《おおかみじんえい》に肩入《かたい》れするような輩《やから》なら、そもそも俺《おれ》たちは一度《いちど》たりとも彼《かれ》に勝利《しょうり》できないだろう。

（スズメバチの産卵数《さんらんすう》は、ワニより少《すく》ないのか……。）

ハチの巣《す》といえば、大量《たいりょう》の卵《たまご》あるいは幼虫《ようちゅう》が生育《せいいく》できる個室《こしつ》の集合体《しゅうごうたい》であるはず。

ワニの産卵数《さんらんすう》や営巣《えいそう》まわりの推測《すいそく》が外《はず》れていたか、あるいは、スズメバチの産卵《さんらん》事情《じじょう》に認識《にんしき》の相違《そうい》があったのかもしれない。

たとえば、1度《ど》に20個程度《こていど》の卵《たまご》を産《う》み、それを1週間《しゅうかん》かけて毎日《まいにち》繰《く》り返《かえ》すような生態《せいたい》なら、巣《す》の総収容数《そうしゅうようすう》と、「1度《ど》の産卵数《さんらんすう》がワニより少《すく》ない」という事実《じじつ》が両立《りょうりつ》する。

俺《おれ》がその考《かんが》えを口《くち》にすると、納得《なっとく》の空気《くうき》が流《なが》れた。

血霞《ちがすみ》と闇夜院《やみよいん》はなおも何《なに》か言《い》い合《あ》おうとしていたが、銀条《ぎんじょう》がなかば無理《むり》やり矛《ほこ》を収《おさ》めさせた。

議論時間《ぎろんじかん》が始《はじ》まって間《ま》もなく、御影《みかげ》の指先《ゆびさき》が血霞《ちがすみ》をとらえた。

「……へえ。」

血霞《ちがすみ》は一瞬眉《いっしゅんまゆ》を上《あ》げ、また普段《ふだん》の表情《ひょうじょう》に戻《もど》る。

「やっぱりおまえがおおかみか。」

「まあ、鵜呑《うの》みにはできませんよね。」

「ハティの態《たい》があるからね。それに、コウモリちゃんはシロと決《き》まったわけじゃない。」

「いったん霊媒師《れいばいし》の話《はなし》を聞《き》こう。血霞《ちがすみ》、闇夜院《やみよいん》。」

「マシラはシロ。」

「シンちゃん、シロ。」

「ラブカ、クロ。」

この2人《ふたり》のうち1人《ひとり》は本物《ほんもの》の霊媒師《れいばいし》だ。結果《けっか》は信《しん》じていいだろう。

――霊媒師《れいばいし》が名乗《なの》り出《で》ておらず、村人《むらびと》が霊媒師《れいばいし》を騙《かた》っている、などという状況《じょうきょう》なら話《はなし》は別《べつ》だが、可能性《かのうせい》が極《きわ》めて低《ひく》いので検討《けんとう》に値《あたい》しない。

(真珠ヶ淵《しんじゅがふち》は確定《かくてい》シロか。)

占《うらな》い師《し》3人《にん》のうち、最低《さいてい》1人《ひとり》は狼《おおかみ》だ。

消去法《しょうきょほう》で早緑《さみどり》と御影《みかげ》のいずれかが狼《おおかみ》。そして早緑《さみどり》は退場《たいじょう》している。

「御影《みかげ》。今日《きょう》は君《きみ》を吊《つ》ることになる。」

「覚悟《かくご》はしてる。それより、話《はな》し合《あ》いをしたい。」

ラウンジカーの窓《まど》の外《そと》には、地平線《ちへいせん》まで氷原《ひょうげん》が広《ひろ》がっている。

ペンギンもシロクマもいない。動《うご》くものといえば、時折《ときおり》吹《ふ》く強《つよ》い風《かぜ》が巻《ま》き上《あ》げる、氷《こおり》の粒《つぶ》だけだ。

「昨日《きのう》の襲撃《しゅうげき》で灰払《はいばら》と早緑《さみどり》が消《き》えた。この襲撃《しゅうげき》の意味《いみ》を考《かんが》えよう。」

「闇夜院《やみよいん》さんと血霞《ちがすみ》さんのどっちが怪《あや》しいか、じゃなくていいんですか?」

「それも大事《だいじ》だが、狼陣営《おおかみじんえい》の戦略《せんりゃく》を読《よ》み解《と》きたい。無策《むさく》で進《すす》めればおそらく詰《つ》みだ。」

俺《おれ》は指《ゆび》を2本《ほんた》立てる。

「退場者《たいじょうしゃ》2名《めい》についての考《かんが》え方《かた》は2つ。一《ひと》つ、ダイアウルフの自滅《じめつ》と通常襲撃《つうじょうしゅうげき》。一《ひと》つ、マーナガルムの連続襲撃《れんぞくしゅうげき》。この場合《ばあい》、内訳《うちわけ》は問《と》わない。」

「ダイアウルフがじめつしたのならふっかつする。あしたのあさ、まってればわかるよ。」

「明日《あした》と言《い》い切《き》れる根拠《こんきょ》は？」

「きょうじゃはやすぎる。あさってじゃおそすぎる。それだけ。」

「その場合《ばあい》、候補《こうほ》は早緑《さみどり》だな。彼女《かのじょ》がダイアウルフで、君《きみ》もしくは闇夜院《やみよいん》がマーナガルムというのが妥当《だとう》な線《せん》だろう。」

「おれはひていするけど、そういうすいりになるね。そのばあい、マーナガルムは『たい』をひとつだけてにいれてるってことになる。おれしてんだと、それはハティのたいだ。きのうのじてんでおれはCO《カミングアウト》してたから、ねらいをさだめやすい。」

「マーナガルムの連続襲撃《れんぞくしゅうげき》の場合《ばあい》も、ラブカちゃん視点《してん》だと、獲得《かくとく》した態《たい》の片方《かたほう》はハティってことになるね。」

「そうだね。もしくは、コウモリがうそつきか。」

「メイは否定《ひてい》する。昨日《きのう》は一度《いちど》に2人《ふたり》を守護《しゅご》できる聖騎士《せいきし》がいた。その状況《じょうきょう》でリスクをとりに行《い》ったマーナガルムが、ハティなんて弱《よわ》い態《たい》をとるわけがない。」

「では闇夜院《やみよいん》の意見《いけん》を聞《き》かせてほしい。」

「パターン分《わ》けについては同《おな》じだから省略《しょうりゃく》する。マーナガルムがとる態《たい》はハティではなくルー・ガルーの2つ。戦法《せんぽう》は、ゲリによる投票権《とうひょうけん》のはく奪《だつ》、しかる後《のち》にルー・ガルーで自分《じぶん》の投票数《とうひょうすう》を増《ふ》やすこと。なぜならここから先《さき》、霊媒師《れいばいし》のどちらを吊《つ》るかで必《かなら》ずもめることになるから。ほんの1票《ぴょう》の差《さ》が明暗《めいあん》を分《わ》ける。」

小細工《こざいく》の通《つう》じない今回《こんかい》のゲームでは投票《とうひょう》の重要性《じゅうようせい》が高《たか》まる。俺《おれ》と同《おな》じ考《かんが》えだ。

「キツネちゃんクロ説《せつ》もあるけど、どう思《おも》う？」

「メイはありえないと思《おも》う。すでに占《うらな》い師《し》を総当《そうあ》たりでつぶす作戦《さくせん》が通《とお》っている状況《じょうきょう》で、ミドちゃんをわざわざ襲《おそ》う理由《りゆう》がない。」

「ぎゃくでしょ。あのじょうきょうなら、うらないしのキツネをせいきしはまもらない。ぎゃくに、シャチ、ヒョウ、リュウオウ、クジャクはまもられているかくりつがたかい。キツネをねらうのはりにかなってる。」

「灰払《はいばら》さん、襲《おそ》われましたけどね。」

「おれはヒョウとそんなにはなしてないけど、ああいうタイプはのこしたくない、っていうきもちはわかる。にたタイプをしってるから。」

「それはありそうだね。ヒョウちゃん、何《なに》かやりそうなオーラあったし。」

それに、騎士《きし》の立場《たちば》になったとき、灰払《はいばら》の守護優先度《しゅごゆうせんど》が高《たか》いかと問《と》われると、否定《ひてい》せざるをえない。今《いま》の状況《じょうきょう》なら彼以上《かれいじょう》に護《まも》るべき人間《にんげん》がいる。灰払《はいばら》の退場《たいじょう》は、そうした考《かんが》えを狼《おおかみ》に見透《みす》かされた結果《けっか》とも言《い》えるだろう。

「違《ちが》う。」

御影《みかげ》が暗《くら》い声《こえ》でつぶやいた。

「マーナガルムは『渾敦《こんとん》の態《たい》』をとってるか、とろうとしてる。だから最初《さいしょ》にヒョウを狙《ねら》ったんだ。あいつがいちばん、そういう奇手《きしゅ》に強《つよ》そうだから。」

「一文《いちぶん》だけでゲームを破壊《はかい》できるとは思《おも》えない。役職《やくしょく》のルールを消《け》してるなら、占《うらな》いか霊媒《れいばい》のどっちかが不能《ふのう》になってるはずだけど、メイもカゲちゃんも普通《ふつう》にできている。」

「騎士《きし》かもしれない。」

「それは否定《ひてい》しない。ただ、有効性《ゆうこうせい》は低《ひく》い。」

「コウモリちゃん、消《け》したらやばそうなルール、騎士《きし》以外《いがい》に何《なに》か思《おも》い当《あ》たる？」

「それは……ちょっとわからないです。いろいろできそうだから。」

「わるいことならいくらでもできる。じゅうようなのは、しょうぶのきめてになるかどうか。ライフゲームかんけいのルールをけされてたら、とっくにえいきょうがでてるはずだけど、そんなけはいはない。とうひょうまわりをいじられてるならきょうわかるけど、どれをけされても、おおかみがゆうりになるとはおもえない。」

「妥当《だとう》な線《せん》はマーナガルムの退場要件《たいじょうようけん》だろうな。」

「襲撃《しゅうげき》に失敗《しっぱい》したら退場《たいじょう》する、ってヤツだね。ライフゲームは参加者《さんかしゃ》の人数《にんずう》が減《へ》れば減《へ》るほどクリアしやすくなって、聖騎士《せいきし》が生《う》まれやすくなるから、マーナガルム視点《してん》だとそのルールは消《け》しておきたいよね。」

御影《みかげ》は黙《だま》っている。納得《なっとく》していないようだ。

おそらく、もっと大《おお》がかりなゲームチェンジが起《お》きることを危惧《きぐ》しているのだろう。

だが、ルールのどこを削《けず》っても、一文《いちぶん》だけで大規模《だいきぼ》なゲームチェンジは起《お》こせない。それはルールを精読《せいどく》すればだれにでもわかる。

(最有力《さいゆうりょく》なのは血霞《ちがすみ》の言《い》う、「守護成功時《しゅごせいこうじ》の退場要件《たいじょうようけん》の削除《さくじょ》」だが……。)

「カゲちゃんのシロクロ、メイにはまだ判断《はんだん》がつかないけど、占《うらな》い師《し》に潜《ひそ》んでる狼《おおかみ》がミドちゃんで、自滅退場《じめつたいじょう》してる状況《じょうきょう》だったら少《すこ》しよくない。」

「復活《ふっかつ》したダイアウルフって、実質狼陣営《じっしつおおかみじんえい》としてのカウントがゼロになるけど、投票権《とうひょうけん》までなくなるわけじゃないからね。」

「そう。投票権《とうひょうけん》をはく奪《だつ》するゲリの態《たい》か、自分《じぶん》の投票数《とうひょうすう》を増《ふ》やすルー・ガルーの態《たい》があれば、明日《あした》の投票《とうひょう》、狼陣営《おおかみじんえい》と村人陣営《むらびとじんえい》の投票数《とうひょうすう》は2票同士《ひょうどうし》、または3票同士《びょうどうし》になる。霊媒《れいばい》師《し》のどちらを吊《つ》るのか間違《まちが》えたら、ほぼ確定《かくてい》で村人陣営《むらびとじんえい》の負《ま》け。」

「綱渡《つなわた》りですね、思《おも》った以上《いじょう》に……。」

「そうかな。おれはちがうとおもう。マーナガルムがれんぞくしゅうげきできるのは、おおかみがふたりいきのこっているときだけだ。ローラーのほうしんがかたまって、じっさいにマシラがつられたきのうのじてんで、れんぞくしゅうげきのチャンスはきえかけていた。」

そこで言葉《ことば》を切《き》り、血霞《ちがすみ》は無気力《むきりょく》そうに見《み》える顔《かお》を御影《みかげ》に向《む》けた。

「これは、マーナガルムがかたってるのがうらないしでもれいばいしでもおなじ。」

冷《つめ》たい表情《ひょうじょう》で自分《じぶん》を見返《みかえ》す御影《みかげ》から目《め》をそらし、血霞《ちがすみ》は続《つづ》ける。

「それで、ふつかめにコウモリとキツネのどっちがつられるかなんて、マーナガルムにもわからない。なら、しょにちにれんぞくしゅうげきをつかおうってかんがえるのがしぜんだ。いまのメイリュウのすいりはかのうせいがひくい。」

「メイは可能性《かのうせい》に言及《げんきゅう》しただけで、その確率《かくりつ》が高《たか》いとは言《い》ってない。でも、あえてかみついてあげる。」

闇夜院《やみよいん》は蔑《さげす》みを混《ま》ぜた笑《え》みを浮《う》かべる。

「今回《こんかい》のゲーム、狼《おおかみ》は共犯者《きょうはんしゃ》がだれなのか知《し》らなかったし、共犯者《きょうはんしゃ》も狼《おおかみ》がだれなのか知《し》らない状態《じょうたい》だった。でも、共犯者《きょうはんしゃ》はゲームを荒《あ》らさなければならない。そう考《かんが》えると、共《きょう》犯者《はんしゃ》が占《うらな》い師《し》に名乗《なの》りを上《あ》げるのは容易《ようい》に想像《そうぞう》できる。霊媒師《れいばいし》だと荒《あ》らすのがワンテンポ遅《おく》れてしまうから。となると、狼陣営《おおかみじんえい》のうち、長期生存《ちょうきせいぞん》が重要《じゅうよう》なマーナガルムは霊媒師《れいばいし》を騙《かた》ると考《かんが》えるのが自然《しぜん》。占《うらな》い師《し》を騙《かた》ったダイアウルフがローラーですりつぶされるより、自滅《じめつ》を選《えら》ぶ可能性《かのうせい》はあると考《かんが》えて差《さ》し支《つか》えないはず。頭《あたま》から否定《ひてい》するのはおかしい。」

「そのばあいでも、マーナガルムがダイアウルフをかむかのうせいはあるよね。」

「その可能性《かのうせい》こそ低《ひく》い。仲間《なかま》の数《かず》を減《へ》らしてまで獲得《かくとく》すべき『態《たい》』はない。リスクに対《たい》してリターンが見合《みあ》わない。」

その後《ご》も続《つづ》いた話《はな》し合《あ》いは、実質《じっしつ》、闇夜院《やみよいん》と血霞《ちがすみ》の一騎討《いっきう》ちとなった。

明日《あした》、判断《はんだん》を間違《まちが》えれば敗北《はいぼく》が待《ま》っている。


『18時《じ》だ。投票《とうひょう》を始《はじ》めてもらうよ。』

エルガーの『威風堂々《いふうどうどう》』で、話《はな》し合《あ》いは打《う》ち切《き》られた。

——投票先《とうひょうさき》は決《き》まっている。

『結果《けっか》をお知《し》らせするよ。……御影《みかげ》コウモリくん、7票《ひょう》。最多得票者《さいたとくひょうしゃ》は。』

「えっ、7票《ひょう》!?」

「ここにいるのは6人《にん》だ。7票《ひょう》ということは……。」

「ルー・ガルーの態《たい》を使《つか》われてる。」

保持《ほじ》する「態《たい》」1つと引《ひ》き換《か》えに、自身《じしん》の投票数《とうひょうすう》を増《ふ》やす「態《たい》」。

「ルー・ガルーの態《たい》はそれ単体《たんたい》だと意味《いみ》がない。別《べつ》の態《たい》を1つ、手放《てばな》す必要《ひつよう》がある。つまり灰払《はいばら》と早緑《さみどり》はどちらも襲撃《しゅうげき》で消《け》されたということだ。当然《とうぜん》ながら、1度《ど》襲撃《しゅうげき》に成功《せいこう》したマーナガルムが、2度目《どめ》の襲撃《しゅうげき》を防《ふせ》がれて退場《たいじょう》した可能性《かのうせい》も消《き》えた。」

少《すく》なくとも、今《いま》この瞬間《しゅんかん》、マーナガルムは生存《せいぞん》している。

『最多得票者《さいたとくひょうしゃ》の御影《みかげ》コウモリくんにはご退場《たいじょう》いただくよ。』

クルーズトレインが速度《そくど》を落《お》としていく。

生《い》き物一《ものひと》ついない氷原《ひょうげん》の景色《けしき》が流《なが》れ、そして止《と》まる。

「……何《なに》か言《い》い残《のこ》すことはあるか、御影《みかげ》。」

開《ひら》いたドアから吹《ふ》きこむ風《かぜ》は、鼻腔《びこう》を凍《い》てつかせるようだった。

「渾敦《こんとん》に気《き》をつけて。」

外《そと》に出《で》た御影《みかげ》の口《くち》から、白《しろ》い息《いき》がこぼれる。

「くどいけど、今回変《こんかいへん》なことをされてたら、本当《ほんとう》に手《て》の打《う》ちようがない。ルールをもう一《いち》度《ど》よく読《よ》んで。」

御影《みかげ》は俺《おれ》たちに背《せ》を向《む》け、空《そら》を見上《みあ》げた。

人工《じんこう》の光《ひかり》がないこの場所《ばしょ》なら、星《ほし》がきれいに見《み》えるのかもしれない。

「クジャクさん、後《あと》、よろしくお願《ねが》いします。」

「任《まか》せて。たまにはいいところ見《み》せるよ。……あ、見《み》せられないね……。」

御影《みかげ》の背中《せなか》が笑《わら》ったような気《き》がした。

ドアが閉《と》じ、氷《こおり》の地獄《じごく》が遠《とお》ざかる。


その夜《よる》、銀条《ぎんじょう》シャチがこの世《よ》から消《き》え去《さ》った。

7

破《やぶ》れ、砕《くだ》け、壊《こほ》て

『それでは、ライフゲームを開始《かいし》するよ。』

サロンカーには重苦《おもくる》しい空気《くうき》が漂《ただよ》っていた。

(俺《おれ》でも山吹《やまぶき》でもなく、銀条《ぎんじょう》か……。)

彼女《かのじょ》は優《すぐ》れた分析家《ぶんせきか》でも、並外《なみはず》れた推理力《すいりりょく》の持《も》ち主《ぬし》でもなかった。

だが、この集団《しゅうだん》には不可欠《ふかけつ》の存在《そんざい》だったことが今《いま》になってよくわかる。

闇夜院《やみよいん》と血霞《ちがすみ》は一言《ひとこと》も口《くち》を利《き》かず、冷《さ》めた目《め》で互《たが》いを見《み》つめている。

この硬質《こうしつ》な空気《くうき》を山吹《やまぶき》はあえてくずさず、観察《かんさつ》に徹《てっ》している。俺《おれ》も霊媒師《れいばいし》2人《ふたり》が緊張《きんちょう》を解《と》きたがらない気持《きも》ちがわかるので、そのままにしている。

銀条《ぎんじょう》がいれば、あの強引《ごういん》な包容力《ほうようりょく》とでも呼《よ》ぶべきもので、うまく場《ば》を収《おさ》めてくれたのかもしれない。だが彼女《かのじょ》はもういない。空気《くうき》はただただ硬《かた》く、重《おも》い。

狼《おおかみ》が狙《ねら》っているのは不和《ふわ》だ。

不和《ふわ》は混乱《こんらん》を呼《よ》び、混乱《こんらん》は独断専行《どくだんせんこう》を呼《よ》ぶ。それは命《いのち》とりになる。

狼陣営《おおかみじんえい》の地雷設定《じらいせってい》が行《おこな》われ、伯爵《はくしゃく》が宣言《せんげん》する。

『本日《ほんじつ》のテーマは、「直近《ちょっきん》10年《ねん》で人《ひと》の命《いのち》を奪《うば》った数《かず》」だよ。』

静《しず》かな走行音《そうこうおん》と振動《しんどう》だけが不気味《ぶきみ》に響《ひび》いている。

『上限生物《じょうげんせいぶつ》は「ヒト」。条件《じょうけん》は「肉眼《にくがん》で視認《しにん》できる生物《せいぶつ》」だ。』

「……一気《いっき》に難《むずか》しくなったな。」

ライフゲームの難度《なんど》は参加者《さんかしゃ》の人数《にんずう》に比例《ひれい》するので、日数《にっすう》が経《た》てば経《た》つほど村人陣営《むらびとじんえい》が有利《ゆうり》になる。そんな考《かんが》えをあざ笑《わら》うかのようなテーマだ。

「にくがんでしにんできるってことは、びせいぶつはナシだよね。」

『微生物《びせいぶつ》は肉眼《にくがん》で視認《しにん》できないので、条件《じょうけん》を満《み》たしていないよ、血霞《ちがすみ》ラブカくん。ウイルスや細菌《さいきん》も含《ふく》まれないと考《かんが》えてほしい。』

「いのちをうばうのていぎは、ちょくせつてきにあやめた、ってことでいいの。」

『その認識《にんしき》で間違《まちが》っていないよ。その生物《せいぶつ》による物理的干渉《ぶつりてきかんしょう》が直接《ちょくせつ》の原因《げんいん》となって人《ひと》の命《いのち》が失《うしな》われたケースを指《さ》す、と考《かんが》えてほしい。』

「しんだあとにたべられた、というばあいはカウントされないんだよね。」

『その認識《にんしき》で問題《もんだい》ないよ。直接《ちょくせつ》の要因《よういん》となっていない場合《ばあい》はカウントされない。』

「ある生物《せいぶつ》が、黴菌《ばいきん》やウイルスを人体《じんたい》にもたらした場合《ばあい》は？　命《いのち》を奪《うば》ったのは黴菌《ばいきん》やウイルスになる？　それとも、もたらした生物《せいぶつ》のほう？」

『もたらした生物《せいぶつ》のほうだよ、闇夜院《やみよいん》メイリュウくん。』

質問《しつもん》が途切《とぎ》れ、俺《おれ》たちはディスプレイから視線《しせん》を外《はず》す。

「わかりやすいところだと肉食獣《にくしょくじゅう》かな。サメ、ワニ、トラ、ライオンとか。」

「メイ、このランキングのトップはわかる。」

「俺《おれ》もだ。」

「へえ。なにがトップなの？」

「蚊《か》だ。」

デング熱《ねつ》やマラリアを媒介《ばいかい》する蚊《か》。ウイルスや微生物《びせいぶつ》、細菌《さいきん》を除《のぞ》いた場合《ばあい》、これ以上《いじょう》に人類《じんるい》の命《いのち》を奪《うば》った生物《せいぶつ》は、現状存在《げんじょうそんざい》しない。

——遠《とお》からず、ヒトに追《お》い抜《ぬ》かれるのかもしれないが。

「メイの予想《よそう》だと、蚊《か》の次《つぎ》がヒト。３位以下《いいか》を当《あ》てることになる。」

「サメはそこまでじゃないとおもうな。」

血霞《ちがすみ》がジュースから延《の》びるストローをかむ。

「サメのせいそくいきは、きほんてきにヒトのゆうえいいきとかさならない。あさせにいるのはこがたのこたいか、わかいこたいだから、おおきなヒトをわざわざおそわない。」

「トラとライオンも正直微妙《しょうじきびみょう》だよね。トラって個体数減《こたいすうへ》ってるって聞《き》くし、ライオンも暮《く》らしてるのはサバンナとかだから、そこまで人多《ひとおお》くないでしょ。」

「逆《ぎゃく》にワニはイメージより多《おお》いとメイは推測《すいそく》する。」

「そうだな。サメと違《ちが》って活動領域《かつどうりょういき》が人間《にんげん》の生活圏《せいかつけん》と重《かさ》なっている。俺《おれ》の知《し》る限《かぎ》り、生息《せいそく》域《いき》も広《ひろ》い。ナイル川《がわ》にもアマゾン川《がわ》にも生息《せいそく》しているし、米国《べいこく》のアリゲーターも有名《ゆうめい》だ。」

「東南《とうなん》アジアにもあるよね、ワニだけ集《あつ》めたワニ園《えん》。」

「で、どれぐらいヒトのいのちをうばってるとおもう？」

「サメより１桁《ひとけた》は上《うえ》だろう。サメが10ならワニは１００、サメが１００ならワニは１００0ぐらいのイメージだ。」

「おおすぎない？」

「サメの生息域《せいそくいき》に踏《ふ》みこむ人間《にんげん》と、ワニの生息域《せいそくいき》に踏《ふ》みこむ人間《にんげん》の割合《わりあい》を考《かんが》えるとそれぐらいだと推察《すいさつ》した。前者《ぜんしゃ》はダイバーやサーファーがほとんどだが、後者《こうしゃ》はそういった背景《はいけい》のない一般人《いっぱんじん》も含《ふく》まれる。」

「メイは異論《いろん》ないよ。」

「イヌも危《あぶ》ないよね。狂犬病《きょうけんびょう》があるから。」

「そうだな。リスト入《い》りしているからそもそも候補《こうほ》にはならないが、ランキングの上位《じょうい》であることは間違《まちが》いない。」

「おれはハエとサソリをていあんする。」

血霞《ちがすみ》が小《ちい》さく手《て》を挙《あ》げた。

「カのいんしょうがつよすぎるけど、ハエだってさいきんやウイルスをばいかいする。カとちがって、ちょくせつヒトのたいないになにかをいれたりしないけど、ランキングの10いいないにははいってるとおもう。」

「同意《どうい》だ。」

「サソリも……すくなくとも15いいないにはいるとおもう。」

「サソリって砂漠《さばく》にしかいないよね？　そんな高《たか》いかな？」

「違《ちが》うよ、ブキくん。サソリは熱帯雨林《ねったいうりん》にもいる。見《み》た目《め》のせいで勘違《かんちが》いしがちだけど、あれはムカデに近《ちか》い。どこにでもいる。……どちらかというとメイは、サソリにそこまでの猛毒《もうどく》があるとは思《おも》えない、という点《てん》を指摘《してき》したい。」

闇夜院《やみよいん》の目《め》に敵意《てきい》が宿《やど》る。

「たとえば毒《どく》ヘビは獲物《えもの》に鳥類《ちょうるい》や哺乳類《ほにゅうるい》を含《ふく》むから、毒《どく》も強力《きょうりょく》なはず。でもサソリの主食《しゅしょく》は昆虫《こんちゅう》か、自分《じぶん》を食《た》べないほど小《ち》さなネズミとかのはず。ヒトの命《いのち》を脅《おびや》かす種《しゅ》が多《おお》いとは思《おも》えない。大半《たいはん》は無害《むがい》か、弱毒性《じゃくどくせい》のはずだよ。」

「そんなわけないじゃん。じっさいにヒトのいのちをおびやかすから、サソリはきけんだってにんしきされてるんだよ。」

「人《ひと》の命《いのち》を脅《おびや》かす種《しゅ》が少数《しょうすう》だってメイは言《い》ってる。」

「しゅぞくにおけるわりあいと、じっさいのかずはべつのはなしだよ。」

「えーと。どう思《おも》います？　氷霜院《ひょうそういん》サン。」

「毒性《どくせい》については闇夜院《やみよいん》の説《せつ》を支持《しじ》するが、生息域《せいそくいき》や活動範囲《かつどうはんい》の広《ひろ》さを考《かんが》えると、年《ねん》に数《すう》百程度《ひゃくていど》の犠牲《ぎせい》が出《で》ていても不思議《ふしぎ》ではないと思《おも》う。」

「こんきょにとぼしいならひかえてもいいけど。」

「言《い》い出《だ》したのはお前《まえ》でしょ。」

「……カバやゾウはどうだろう。」

「カバは獰猛《どうもう》って聞《き》いたことあるね。ゾウも子連《こづ》れだったら危険《きけん》そうだけど、そもそも数《かず》が少《すく》ないんじゃないかな。それでも、どっちもサメより多《おお》そうなイメージがあるかな。」

「サメとの比較《ひかく》でいいのなら、ライオンも候補《こうほ》になると思《おも》う。」

「せいそくいきをかんがえるなら、ライオンやゾウより、カバのほうがおおいはず。ワニとおなじで、かわにすんでるから。」

「あと、メイはクラゲも候補《こうほ》に入《い》れたい。」

「クラゲか。確《たし》かに毒性《どくせい》があるな。」

「うん。それに皮膚接触《ひふせっしょく》だから、海中《かいちゅう》で毒《どく》に中《あ》てられたら溺《おぼ》れる危険性《きけんせい》が高《たか》い。」

「はくしゃく。そういうばあいも、うばったいのちにふくまれるよね？」

『含《ふく》まれるよ、血霞《ちがすみ》ラブカくん。』

「なら、タコやカイもこうほにはいるかな。」

「タコや、カイ……？　毒性《どくせい》があるものがいるのか？」

「いる。タコはヒョウモンダコがゆうめいだし、カイは、イモガイっていうきけんなのがいる。かずはすくないとおもうけど。」

「オレはウマも候補《こうほ》としてアリだと思《おも》うな。昔《むかし》はけっこういたって聞《き》くよね、ウマに蹴《け》られて命《いのち》を落《お》としたって人《ひと》。後《うし》ろに立《た》っちゃいけないんだよね、確《たし》か。」

「ハチもランキング上位《じょうい》だろう。」

「だろうね。どくせいそのものはよわくても、あいつらはむれる。ふくすうかいさされたらアナフィラキシーショックでいのちをおとしかねない。」

「クマもありえるね。」

「十分《じゅうぶん》にありえるな。ただ、彼《かれ》らは個体数《こたいすう》が少《すく》ない。食性《しょくせい》も純粋《じゅんすい》な肉食《にくしょく》ではなく、雑食《ざっしょく》だろう。犠牲者数《ぎせいしゃすう》はサメより多《おお》いだろうが、ライオンよりは少《すく》ないと推察《すいさつ》する。」

「オオカミ……は生息数《せいそくすう》がそもそも少《すく》ないよね。」

「そうだね。それならむしろ、ネコかがいいとおもうよ。ヒョウとか、ピューマとか。あいつらはうごくいきものをせっきょくてきにねらうとおもうから。」

それ以上《いじょう》の意見《いけん》は出《で》なかった。

今《いま》の俺《おれ》たちの想像力《そうぞうりょく》で絞《しぼ》り出《だ》せる生物《せいぶつ》は、これでほぼすべてだろう。

「伯爵《はくしゃく》。命《いのち》を奪《うば》った事例《じれい》がゼロの生物《せいぶつ》を挙《あ》げても構《かま》わないのだろう？」

『問題《もんだい》ないよ、氷霜院《ひょうそういん》リュウオウくん。』

「小《ちい》さい数字《すうじ》から刻《きざ》もう。順番《じゅんばん》は……。」

「おれがいく。じゅんばんがおそいと、またへんなうたがいかけられそうだし。」

昨日《きのう》の一件《いっけん》をまだ気《き》にしているらしい。だが確《たし》かに、最初《さいしょ》の手番《てばん》なら地雷《じらい》を踏《ふ》むことはあっても、ゲームが失敗《しっぱい》することはまずない。そして血霞《ちがすみ》が狼《おおかみ》なら地雷《じらい》はそもそも不発《ふはつ》に終《お》わる。ここで彼《かれ》が手番《てばん》をとるのは理《り》にかなっている。

「テントウムシとかでいい？」

「ミミズにして。テントウムシだと伯爵《はくしゃく》のリスト入《い》りの危険性《きけんせい》がある。」

「はくしゃく。おれのてばんだ。『ミミズ』。」

『有効《ゆうこう》な解答《かいとう》だよ。』

「闇夜院《やみよいん》。悪《わる》いが次《つぎ》を頼《たの》めるか。」

残《のこ》る狼《おおかみ》は闇夜院《やみよいん》と血霞《ちがすみ》のどちらかだ。片方《かたほう》が早《はや》い手番《てばん》をとった以上《いじょう》、もう片方《かたほう》にも近《ちか》い手番《てばん》をとらせるしかない。

「いいよ。何《なん》にする？　サメはありきたりだと思《おも》うけど。」

「クラゲはどうだろう、山吹《やまぶき》。」

「いいんじゃないですか。クラゲって種類《しゅるい》も多《おお》いし、ひとくくりに説明《せつめい》できることも少《すく》ないと思《おも》いますし。」

「伯爵《はくしゃく》。メイの手番《てばん》。『クラゲ』。」

『有効《ゆうこう》な解答《かいとう》と認《みと》めよう。』

重要《じゅうよう》なのはここからだ。

ここから、狼《おおかみ》の指定《してい》した地雷《じらい》を踏《ふ》む確率《かくりつ》が高《たか》まる。

「イメージのしやすさを考《かんが》えるに、ワニとライオンは避《さ》けるべきだろう。さりとてトラはそもそも伯爵《はくしゃく》の地雷《じらい》リストに入《はい》っている危険性《きけんせい》がある。」

「狙《ねら》いどころはクマ、ヒョウ、ピューマ……。」

「肉食動物《にくしょくどうぶつ》は地雷指定《じらいしてい》されやすいと見《み》る。雑食《ざっしょく》もしくは草食《そうしょく》が妥当《だとう》だろう。」

「ゾウ……かな。」

「もしくはカバだな。……。」

ゾウは寿命問題《じゅみょうもんだい》で1度出《どで》ている。心理的《しんりてき》に頼《たよ》りやすい解答《かいとう》だ。狼《おおかみ》が狙《ねら》うならここだろう。

「俺《おれ》が行《い》くが、いいだろうか。」

「もちろん。」

「山吹《やまぶき》は何《なん》と答《こた》えるつもりだ？」

「ハエかサソリで考《かん》え中《ちゅう》ですね。」

「はくしゃく。とくていのハエがばいかいするびょうきがそんざいするばあい、そのこまかいなまえをださないとゆうこうなかいとうにならない？」

『出《だ》さなくとも有効《ゆうこう》な解答《かいとう》になるよ、血霞《ちがすみ》ラブカくん。蚊《か》も種類《しゅるい》ごとに厳密《げんみつ》な区分《くわ》けをしているわけではないからね。』

「伯爵《はくしゃく》。俺《おれ》が解答《かいとう》する。『カバ』だ。」

『その解答《かいとう》は。』

唾《つば》をひとかたまり、飲《の》む。

『有効《ゆうこう》だよ。』

俺《おれ》が胸《むね》をなでおろしたその瞬間《しゅんかん》だった。

どおん、と。

間近《まぢか》で花火《はなび》がさく裂《れつ》したかのような、轟音《ごうおん》が響《ひび》いた。

車体《しゃたい》もほんのわずかだが横《よこ》に揺《ゆ》れ、だれもがソファにしがみつく。

「な、なに!?　今《いま》の！」

『残念《ざんねん》ながら、その解答《かいとう》は地雷《じらい》に指定《してい》されている。』

伯爵《はくしゃく》はうれしがるでも悲《かな》しむでもなく、穏《おだ》やかに告《つ》げた。

『本日《ほんじつ》の投票《とうひょう》時間《じかん》はスキップされるよ。』

(読《よ》まれていた……!?　いや……。)

「伯爵《はくしゃく》。今《いま》の、どっち？　伯爵《はくしゃく》が説明《せつめい》してた生物《せいぶつ》？　それとも狼《おおかみ》の指定《してい》？」

『お答《こた》えできかねるよ、闇夜院《やみよいん》メイリュウくん。』

それはそうだろう。これまでプレイヤー側《がわ》にいっさいの情報《じょうほう》を与《あた》えなかったのだから、伯爵《はくしゃく》のリストに入《はい》っているかどうかを今《いま》さら教《おし》えるわけがない。

「おちついて。ライフゲームのせいひと、じらいのばくはつはむかんけいだ。クジャクのかいとうがとおれば、とうひょうスキップだけですむ。」

「……そうだね。切《き》り替《か》えていこう。」

「はくしゃく。ヒトのいのちをうばうほどのどくせいをもつサソリはすくないとおもうけど、サソリってかいとうで、そういうサソリもふくめたかいとうとしてゆうこうだとみとめられるんだよね？」

『有効《ゆうこう》な解答《かいとう》と認《みと》めるよ。』

「メイも確認《かくにん》。コブラという解答《かいとう》の場合《ばあい》、コブラ以外《いがい》の毒《どく》ヘビによる犠牲者《ぎせいしゃ》はカウントされないの？」

『カウントされないよ。毒《どく》ヘビ全体《ぜんたい》の数値《すうち》を、ということなら毒《どく》ヘビあるいはヘビという解答《かいとう》をしてもらいたい。』

「ヘビという解答《かいとう》が地雷《じらい》の場合《ばあい》、毒《どく》ヘビという解答《かいとう》は有効《ゆうこう》になるの？」

『有効《ゆうこう》な解答《かいとう》と認《みと》めるよ。』

そこでディスプレイの伯爵《はくしゃく》は一拍置《いっぱくお》いた。

『失礼《しつれい》。解答《かいとう》としては有効《ゆうこう》だけど、ヘビが地雷《じらい》の場合《ばあい》、毒《どく》ヘビも地雷《じらい》として扱《あつか》われるよ。コブラという解答《かいとう》であれば、ヘビが地雷《じらい》の場合《ばあい》でも、地雷《じらい》としては扱《あつか》わない。』

「ヘビは確定《かくてい》で地雷《じらい》。毒《どく》ヘビも地雷《じらい》。でも、種類《しゅるい》さえ指定《してい》できれば通《とお》るってこと……。」

闇夜院《やみよいん》は悔《くや》しそうにうなった。

「いちばん多《おお》く命《いのち》を奪《うば》ってるのはコブラ……？　でも、自信《じしん》がない……。」

「じしんがないならやめなよ。クジャク。あとはおまえがきめて。」

「……オーケー。じゃ、伯爵《はくしゃく》。解答《かいとう》は『サソリ』で。」

『その解答《かいとう》は。』

冷《つめ》たい沈黙《ちんもく》が、ずいぶん長《なが》く続《つづ》いたように感《かん》じられた。

『有効《ゆうこう》ではないよ。』

「え……!?」

『前《まえ》の手番《てばん》の参加者《さんかしゃ》が挙《あ》げた数値《すうち》より小《ちい》さい。よって、ライフゲームは失敗《しっぱい》だよ。』

硬《かた》い空気《くうき》に亀裂《きれつ》の入《はい》る、不快《ふかい》な音《おと》が聞《き》こえた気《き》がした。

だれ一人《ひとり》、非難《ひなん》の言葉《ことば》も不満《ふまん》の言葉《ことば》も発《はっ》さなかったが、息苦《いきぐる》しさは増《ま》すばかりだった。


そして、17時《じ》。

「カゲちゃん、シロ。」

「コウモリはクロだ。」

ラウンジカーの外《そと》は、空《そら》も見《み》えないほど鬱蒼《うっそう》とした熱帯雨林《ねったいうりん》。

ここで初《はじ》めて、能力者《のうりょくしゃ》の結果《けっか》が2つに分《わ》かれた。

「メイ視点《してん》だとミドちゃんがクロで確定《かくてい》。マーナガルム……カスミくんは初日《しょにち》にミドちゃんを襲撃《しゅうげき》してる。」

「ちがう。キツネはシロだ。どういうせんりゃくなのかしらないけど、コウモリがおおかみだ。メイリュウがきょうはんしゃなわけないから、こいつがマーナガルムだ。」

どちらの言《い》い分《ぶん》が正《ただ》しいのか、そのときはわからなかった。

――その日《ひ》の夜《よる》、血霞《ちがすみ》ラブカが退場《たいじょう》するまでは。


「ち、違《ちが》う!!　メイは狼《おおかみ》じゃない！」

翌朝《よくあさ》、ダイニングカーで俺《おれ》と山吹《やまぶき》を認《みと》めるや、闇夜院《やみよいん》はそう吠《ほ》えた。

髪《かみ》はずいぶん乱《みだ》れ、顔色《かおいろ》も悪《わる》い。

だが、眠《ねむ》れない夜《よる》を過《す》ごしたのは俺《おれ》と山吹《やまぶき》も同《おな》じだ。

このタイミングで霊媒師《れいばいし》が襲撃《しゅうげき》されるわけがないのだから、消《き》えるのは俺《おれ》か山吹《やまぶき》のどちらかしかありえない。

だが、俺《おれ》は襲《おそ》われなかった。山吹《やまぶき》も襲《おそ》われなかった。

消《き》えたのは霊媒師《れいばいし》を名乗《なの》っていた血霞《ちがすみ》だった。

「違《ちが》う、ということはないだろう、闇夜院《やみよいん》。」

このゲームではマーナガルムが狼《おおかみ》を襲撃《しゅうげき》できる。が、それは狼陣営《おおかみじんえい》が2人《ふたり》とも生存《せいぞん》している場合《ばあい》に限《かぎ》られる。昨夜時点《ゆうべじてん》で、狼《おおかみ》が2人生《ふたりい》き残《のこ》っていた可能性《かのうせい》はゼロ。よって、血霞《ちがすみ》は村人陣営《むらびとじんえい》。本物《ほんもの》の霊媒師《れいばいし》だったということだ。

「カスミくんはマーナガルムだった！　だから、守護《しゅご》が成功《せいこう》して——。」

「じゃあ、もう1人《ひとり》の狼《おおかみ》……ダイアウルフはだれなのかな、メイリュウちゃん。」

山吹《やまぶき》はあくびをかみ殺《ころ》した。髪《かみ》は寝乱《ねみだ》れたままだ。

毎朝《まいあさ》ぎりぎりまで姿《すがた》を現《あらわ》さなかった彼《かれ》も、今日《きょう》ばかりは開錠《かいじょう》と同時《どうじ》にゲストルームを飛《と》び出《だ》し、俺《おれ》や闇夜院《やみよいん》と同《おな》じく最速《さいそく》でダイニングカーへ来《き》たのだろう。

「ミドちゃん……。」

「は、すでに退場《たいじょう》している。仮《かり》に早緑《さみどり》がダイアウルフで、今日復活《きょうふっかつ》するとしても、それは朝《あさ》6時《じ》だ。襲撃失敗《しゅうげきしっぱい》でマーナガルムが退場《たいじょう》するのは前日深夜《ぜんじつしんや》だ。理論上《りろんじょう》、ゲームエンドの判定《はんてい》が復活《ふっかつ》より先《さき》に行《おこな》われる。違《ちが》うか、伯爵《はくしゃく》。」

『そのとおりだよ、氷霜院《ひょうそういん》リュウオウくん。』

「それに、2日目《ふつかめ》の投票数《とうひょうすう》見《み》たでしょ？　ルー・ガルーの能力《のうりょく》が使《つか》われてたのは間違《まちが》いないし、そうなるとキツネちゃんはマーナガルムの襲撃《しゅうげき》で退場《たいじょう》してるんだよ。復活《ふっかつ》はできない。」

「ど、どこかに隠《かく》れてるのかも……。」

「それもありえない。ライフゲームと投票《とうひょう》への参加《さんか》はルールに明記《めいき》された義務《ぎむ》だ。参加《さんか》しなければ禁止事項違反《きんしじこういはん》で退場《たいじょう》だろう。」

つまり――

「狼《おおかみ》は君《きみ》しかありえないんだ、闇夜院《やみよいん》。」

「違《ちが》うって言《い》ってるじゃん……！」

そう言《い》うしかないだろう。

少《すく》なくとも今日《きょう》、俺《おれ》と山吹《やまぶき》が何《なに》かの間違《まちが》いで闇夜院《やみよいん》を投票先《とうひょうさき》から外《はず》せば、彼女《かのじょ》は勝利《しょうり》するのだから。

だが、そうはならない。

ルー・ガルーの態《たい》を使《つか》えば、闇夜院《やみよいん》は自身《じしん》の投票数《とうひょうすう》を増《ふ》やすことができる。

だが、俺《おれ》と山吹《やまぶき》の投《とう》じる2票《ひょう》と同数《どうすう》なので、彼女《かのじょ》の退場《たいじょう》と敗北《はいぼく》は揺《ゆ》らがない。

ゲリの態《たい》とルー・ガルーの態《たい》を併用《へいよう》すれば闇夜院《やみよいん》の勝《か》ちだが、そのためには複数《ふくすう》の条件《じょうけん》をクリアしている必要《ひつよう》があり、勝利《しょうり》が確定《かくてい》しているのなら俺《おれ》たちを惑《まど》わす必要《ひつよう》はない。

どう考《かんが》えても、闇夜院《やみよいん》がやろうとしているのは悪《わる》あがきだ。

「すまないが、シャワーを浴《あ》びてくる。」

「オレも。」

「待《ま》って！」

「君《きみ》もそうするんだ、闇夜院《やみよいん》。」

俺《おれ》は闇夜院《やみよいん》の華奢《きゃしゃ》な肩《かた》を両手《りょうて》で包《つつ》む。

「最後《さいご》まで諦《あきら》めないという気概《きがい》は買《か》う。だからこそ、君《きみ》も身支度《みじたく》を整《ととの》えるべきだ。髪《かみ》を振《ふ》り乱《みだ》して、食事《しょくじ》もろくにとっていない姿《すがた》では、その気概《きがい》を損《そこ》なう。」

闇夜院《やみよいん》は下唇《したくちびる》をかむと、俺《おれ》の手《て》を振《ふ》りはらい、ゲストルームへ消《き》えた。


そして、朝《あさ》8時《じ》がやってきた。

伯爵《はくしゃく》のアナウンスに従《したが》い、俺《おれ》たちは貸与《たいよ》スマートフォンを操作《そうさ》する。

『本日《ほんじつ》のライフゲームのテーマは「視力《しりょく》」だ。上限《じょうげん》は——、条件《じょうけん》——。』

もはやこのゲームを行《おこな》う理由《りゆう》はない。

今日《きょう》の夜《よる》、投票時間《とうひょうじかん》に闇夜院《やみよいん》を弔《つ》ればすべて終《お》わる。役職《やくしょく》のレベルアップどころか、議《ぎ》論時間《ろんじかん》すら不要《ふよう》と言《い》えるだろう。

(だが……。)

だが、何《なに》か胸騒《むなさわ》ぎがあった。

その答《こた》えを虚空《こくう》に求《もと》めはじめるより早《はや》く、声《こえ》が響《ひび》く。

「伯爵《はくしゃく》！　最初《さいしょ》の手番《てばん》はメイ！」

勢《いきお》いよく、まっすぐに闇夜院《やみよいん》が手《て》を挙《あ》げた。

「解答《かいとう》は。」

突《つ》き刺《さ》すような視線《しせん》が、俺《おれ》と山吹《やまぶき》に向《む》けられる。

「『ゴクラクチョウ』！」

「⁉」

『その解答《かいとう》は。』

どおん、と。

間近《まぢか》に雷《かみなり》が落《お》ちるような轟音《ごうおん》とともに、車体《しゃたい》が揺《ゆ》れる。

『地雷《じらい》に指定《してい》されている。本日《ほんじつ》の投票時間《とうひょうじかん》はスキップされるよ。』

「何《なん》だと……？」

ライフゲームには、渾敦《こんとん》ですら消《け》すことのできないルールが存在《そんざい》する。

※狼陣営《おおかみじんえい》が「地雷《じらい》」に指定《してい》された生物《せいぶつ》の名前《なまえ》を挙《あ》げても、スキップは発動《はつどう》しない。

「言《い》ったでしょ、違《ちが》うって……！」

闇夜院《やみよいん》は手《て》を挙《あ》げた姿勢《しせい》のまま、俺《おれ》を見《み》た。

「メイは本物《ほんもの》の霊媒師《れいばいし》なんだって……！」

俺《おれ》もまた村人陣営《むらびとじんえい》。当然《とうぜん》、共犯者《きょうはんしゃ》でもない。

なら、狼《おおかみ》は——

山吹《やまぶき》クジャクと目《め》が合《あ》う。

8 非《ひ》才《さい》の牙《きば》

「オレじゃないです、氷霜院《ひょうそういん》サン。」

山吹《やまぶき》はソファに座《すわ》ったまま両手《りょうて》を小《ちい》さく上《あ》げ、無抵抗《むていこう》のポーズをとった。

「マジで。……オレじゃない。」

「だが、俺《おれ》はありえないんだ、山吹《やまぶき》。昨日《きのう》、地雷《じらい》を踏《ふ》んでいるからな。」

山吹《やまぶき》は違《ちが》う。彼《かれ》の解答《かいとう》でゲームは失敗《しっぱい》に終《お》わったが、地雷《じらい》を踏《ふ》んではいない。

地雷《じらい》を踏《ふ》んでいない者《もの》は狼《おおかみ》の可能性《かのうせい》がある。

「……メイリュウちゃんが真霊媒師《しんれいばいし》なら、コウモリちゃんとマシラちゃんはシロ。キツネちゃんがクロってことになるけど、ラブカちゃんもクロならゲームエンドになってないといけない。なら、キツネちゃんはシロだったってことになる。」

占《うらな》い師《し》が3人《にん》ともシロ。そんなことがありえるのだろうか。

――ありえるのだろう。それ以外《いがい》に、この状況《じょうきょう》を説明《せつめい》できない。

検討《けんとう》に値《あたい》しないと思《おも》っていた、村人《むらびと》の役職騙《やくしょくがた》りが発生《はっせい》したということか。

「占《うらな》い師《し》3人《にん》の結果《けっか》をもう一回見《いっかいみ》ると、コウモリちゃんはオレと氷霜院《ひょうそういん》サンにシロを出《だ》して、ラブカちゃんにクロを出《だ》した。マシラちゃんはシャチちゃんとオレにシロを出《だ》した。キツネちゃんはヒョウちゃんとメイリュウちゃんにシロを出《だ》した。」

「……どれが信頼《しんらい》に値《あたい》するか、判断《はんだん》がつかない。」

「そうですね。内訳《うちわけ》はたぶん、真占《しんうらな》い師《し》、村人《むらびと》、共犯者《きょうはんしゃ》ですよ。本物《ほんもの》は1人《ひとり》だ。」

山吹《やまぶき》の顔《かお》には遠慮《えんりょ》がちな微笑《びしょう》が浮《う》かんでいる。

「俺視点《おれしてん》だと、狼《おおかみ》は君以外《きみいがい》ありえない。本物《ほんもの》の占《うらな》い師《し》は早緑1人《さみどりひとり》だ。」

「オレ視点《してん》でも同《おな》じです。少《すく》なくとも、氷霜院《ひょうそういん》サンにシロを出《だ》してるコウモリちゃんは偽者《にせもの》だ。」

「俺《おれ》がクロということはありえない。それは地雷《じらい》の件《けん》で明《あき》らかだ。」

「そうでしたね。でも、オレもクロじゃないんです。占《うらな》い師《し》のうち2人《ふたり》がシロを出《だ》してるんだから。」

「早緑《さみどり》が本物《ほんもの》だった場合《ばあい》、その前提《ぜんてい》は覆《くつがえ》るが。」

「それはそうですけど……うーん。困《こま》ったな。」

「ブキくんのクロは動《うご》かないとして、カゲちゃんが村人《むらびと》で、カスミくんがシロの可能性《かのうせい》もある。その場合《ばあい》、クロ確定《かくてい》はミドちゃんだけ。」

「確《たし》かにその可能性《かのうせい》はあるが、御影《みかげ》が占《うらな》い師《し》を騙《かた》る村人《むらびと》だとして、無関係《むかんけい》のだれかにクロを出《だ》すだろうか。御影《みかげ》が共犯者《きょうはんしゃ》なら話《はなし》は通《とお》るが、その場合《ばあい》、真珠ヶ淵《しんじゅがふち》は君《きみ》の霊媒《れいばい》でシロが確定《かくてい》しているので村人《むらびと》ということになり、早緑《さみどり》がクロ……残《のこ》りが山吹《やまぶき》……？　なら、血霞《ちがすみ》も村人《むらびと》でありながら霊媒師《れいばいし》を騙《かた》ったということか……？」

その場合《ばあい》、ルー・ガルーの態《たい》の件《けん》はどうなるだろう。

パターン別《べつ》に考《かんが》えてみたが、村人《むらびと》の役職騙《やくしょくがた》りがありえるのなら、信頼《しんらい》に値《あたい》する情報《じょうほう》があまりにも少《すく》なく、すべての可能性《かのうせい》が怪《あや》しく見《み》えてくる。

「ややこしいね……。」

なぜ村人《むらびと》が役職者《やくしょくしゃ》を騙《かた》るなどという悪手《あくしゅ》を、という疑問《ぎもん》は頭《あたま》から追《お》い出《だ》す。

現実問題《げんじつもんだい》として、俺《おれ》と闇夜院《やみよいん》がシロ確定《かくてい》の状況《じょうきょう》なら、山吹《やまぶき》が狼《おおかみ》としか考《かんが》えられない。

だが、違和感《いわかん》がある。

(山吹《やまぶき》がクロなら、今《いま》の投票《とうひょう》スキップで勝利《しょうり》が確定《かくてい》しているはず……。)

先《さき》ほどの俺《おれ》と彼《かれ》の状況《じょうきょう》と同《おな》じだ。勝《か》ちどきを上《あ》げ、敵《てき》の健闘《けんとう》を称《たた》えるフェーズに入《はい》っているはず。なのに、山吹《やまぶき》はまだ緊張《きんちょう》を解《と》いていない。

何《なに》か思《おも》い違《ちが》いがあるのか。

(……騎士《きし》か。)

山吹《やまぶき》が狼《おおかみ》なら、早《はや》い段階《だんかい》で村人《むらびと》の役職騙《やくしょくがた》りが透《す》けて見《み》えていたのだ。仮《かり》に彼《かれ》の仲間《なかま》が血霞《ちがすみ》なら、占《うらな》い師《し》2人《ふたり》のうち1人《ひとり》は素性《すじょう》が不明《ふめい》だ。その不確《ふたし》かさを抱《かか》えたままこの状況《じょうきょう》に直面《ちょくめん》した山吹《やまぶき》の考《かんが》えそうなことは——

(闇夜院《やみよいん》と俺《おれ》のどちらが騎士《きし》なのかわからない……?)

この状況《じょうきょう》、襲撃《しゅうげき》で俺《おれ》を狙《ねら》えば勝《か》ちは確定《かくてい》する。

が、闇夜院《やみよいん》が騎士《きし》で、その守護《しゅご》が成功《せいこう》した場合《ばあい》、ゲームはもう1日《にち》続《つづ》いてしまう。

(闇夜院《やみよいん》が本物《ほんもの》の霊媒師《れいばいし》でないだと……?)

荒唐無稽《こうとうむけい》な話《はなし》だ。もしそうなら、本物《ほんもの》の霊媒師《れいばいし》はどこだという話《はなし》になる。それに、闇夜《やみよ》院《いん》が偽霊媒師《にせれいばいし》なら真珠《しんじゅ》ヶ淵《がふち》と御影《みかげ》のシロクロすら疑《うたが》わしくなってしまう。

（いや、それで苦《くる》しむのは村人陣営《むらびとじんえい》の俺《おれ》だけ……！）

山吹《やまぶき》は狼《おおかみ》だ。もう片方《かたほう》の狼《おおかみ》がだれなのかを知《し》っている。村人陣営《むらびとじんえい》がどんな小細工《こざいく》を弄《ろう》そうと、その結果《けっか》に惑《まど》わされることはない。彼《かれ》にとって重要《じゅうよう》なのは騎士《きし》がだれなのかで、1%《パーセント》でも闇夜院《やみよいん》がそうである可能性《かのうせい》を考《かんが》えると、軽率《けいそつ》に勝利宣言《しょうりせんげん》はできないのだろう。

だがそれでも、山吹《やまぶき》の優位《ゆうい》は変《か》わらない。

今夜《こんや》の襲撃《しゅうげき》が成功《せいこう》すればゲームエンドだ。

その山吹《やまぶき》は、じっと俺《おれ》を見《み》つめている。

「氷霜院《ひょうそういん》サン、狼《おおかみ》ですね？」

「違《ちが》う。」

一言《ひとこと》で足《た》りた。

俺《おれ》は嘘《うそ》をついていない。その事実《じじつ》が山吹《やまぶき》の苦笑《くしょう》をゆがませた。

「嘘《うそ》つく練習《れんしゅう》とか、してます？」

「していない。ビジネスとは契約《けいやく》と信頼《しんらい》の世界《せかい》だ。嘘《うそ》を持《も》ちこめば破滅《はめつ》する。」

「じゃあなんでこうなってるんですか……！」

山吹《やまぶき》は弱音《よわね》らしきものを吐《は》き、俺《おれ》を見据《みす》えた。

「……オレとメイリュウちゃんのどっちが騎士《きし》か、迷《まよ》ってますよね？」

「違《ちが》う。」

「じゃあ、もう勝《か》ち確定《かくてい》ですよね？」

「違《ちが》う。」

山吹《やまぶき》は両手《りょうて》を髪《かみ》に運《はこ》びかけ、すんでのところで踏《ふ》みとどまった。

「わからないんだ、マジで。メイリュウちゃんじゃないなら、もう氷霜院《ひょうそういん》サンしかいないはずなのに……！　この状況《じょうきょう》ならそういう反応《はんのう》にはならないはずなんだ……！」

「違《ちが》うって言《い》ってるじゃん。地雷《じらい》の件《けん》があるんだから。」

「っそう、そうなんだよ。だけど……地雷《じらい》……地雷《じらい》……。」

（……。本当《ほんとう》に山吹《やまぶき》が狼《おおかみ》……？　この演技《えんぎ》が今必要《いまひつよう》か……？）

何《なに》か異様《いよう》な力《ちから》が作用《さよう》している。だが、それが何《なん》なのかがわからない。

はっきりしていることは２つ。

狼《おおかみ》はいる。

そして――

「闇夜院《やみよいん》。」

闇夜院《やみよいん》が目《め》を上《あ》げる。

「ありがとう。今日君《きょうきみ》を吊《つ》っていたら、おそらく俺《おれ》たちは負《ま》けていた。」

それは漠然《ばくぜん》とした予感《よかん》ではあった。

だが狼《おおかみ》は今日《きょう》、闇夜院《やみよいん》が吊《つ》られるシナリオを想定《そうてい》していたはず。

彼女《かのじょ》が自《みずか》ら地雷《じらい》を踏《ふ》んだことで、それを回避《かいひ》できた。できなければ、敗北《はいぼく》が確定《かくてい》していた可能性《かのうせい》が高《たか》い。

「……貸《か》しだからね、これ。」

「返《かえ》すとも。必《かなら》ず。」

地雷《じらい》を踏《ふ》んでも、ライフゲームをクリアすれば役職《やくしょく》レベルアップの恩恵《おんけい》が得《え》られる。

そう考《かんが》えた俺《おれ》と山吹《やまぶき》は闇夜院《やみよいん》の『ゴクラクチョウ』に続《つづ》く解答《かいとう》を探《さぐ》ったが、結局《けっきょく》、ゲームは失敗《しっぱい》に終《お》わった。

その夜《よる》、闇夜院《やみよいん》メイリュウが消《き》え去《さ》った。


そして朝《あさ》。

俺《おれ》と、山吹《やまぶき》だけが残《のこ》った。

(……そういうことか。)

ダイニングカーでルールブックを再読《さいどく》し終《お》えた俺《おれ》は、ようやく事態《じたい》を把握《はあく》した。

それは山吹《やまぶき》も同《おな》じようだった。

「氷霜院《ひょうそういん》サン。わかりましたよ、オレ。」

「俺《おれ》もだ。……ライフゲームが始《はじ》まる。サロンカーへ行《い》こう。ラウンジカーの様子《ようす》を見《み》てからな。」

俺《おれ》たちはラウンジカーに踏《ふ》み入《い》り、予想《よそう》が的中《てきちゅう》したことを知《し》った。

そして、早足《はやあし》でサロンカーへ戻《もど》る。

このゲームは、内訳《うちわけ》を問《と》わず参加者《さんかしゃ》の人数《にんずう》が2人《ふたり》になった時点《じてん》で勝敗《しょうはい》が決《き》まる。村人陣《むらびとじん》営《えい》2人《ふたり》なら村人《むらびと》の勝利《しょうり》。片方《かたほう》もしくは両方《りょうほう》が狼《おおかみ》なら狼陣営《おおかみじんえい》の勝利《しょうり》。

そして勝敗《しょうはい》に関《かん》するルールは、渾敦《こんとん》をもってしても変更《へんこう》できない。

残《のこ》りの参加者《さんかしゃ》が2人《ふたり》の状況《じょうきょう》でゲームエンドの判定《はんてい》が下《お》りないのなら、もはや理由《りゆう》は1つしかない。

「出《で》てこい。」

サロンカーに入《はい》るや否《いな》や、俺《おれ》はそう告《つ》げた。

「いるんだろう。」

灰払《はいばら》がだれかをからかう声《こえ》も、銀条《ぎんじょう》と早緑《さみどり》のおしゃべりも、今《いま》は聞《き》こえない。真珠ケ淵《しんじゅがぶち》と闇夜院《やみよいん》の言《い》い争《あらそ》いも、御影《みかげ》や血霞《ちがすみ》の独特《どくとく》の存在感《そんざいかん》も、ここにはない。

すべてを置《お》き去《ざ》りにして走《はし》り続《つづ》けた電車《でんしゃ》は、しんと静《しず》まり返《かえ》っている。

「伯爵《はくしゃく》。シャッターを開《あ》けてほしい。」

側面《そくめん》のシャッターが、ゆっくりと開《ひら》いていく。

景色《けしき》より先《さき》に陽光《ようこう》が差《さ》しこみ、室内《しつない》に影《かげ》を作《つく》っていく。

細工《さいく》はじつに単純《たんじゅん》だった。

ライフゲームへの参加《さんか》と、議論《ぎろん》および投票《とうひょう》への参加《さんか》は義務《ぎむ》。ゆえに小細工《こざいく》は通《つう》じない。その考《かんが》えが愚《おろ》かな思《おも》いこみだった。

確《たし》かにライフゲームには参加《さんか》しなければならない。

だが、姿《すがた》を見《み》せる必要《ひつよう》はない。ルールブックには「8時《じ》に集合《しゅうごう》する」とは書《か》かれているが、顔《かお》を見《み》せろとは書《か》かれていない。

初日《しょにち》にソファを動《うご》かすとき、他《ほか》ならぬ俺《おれ》が口《くち》にしたのだ。『このソファには脚《あし》があるから、引《ひ》きずるな』と。

脚《あし》があるということは、座面《ざめん》と床《ゆか》との間《あいだ》に空間《くうかん》があるということ。

そこに潜《ひそ》み、小声《こごえ》で解答《かいとう》すれば、ライフゲームには参加《さんか》できる。

今回《こんかい》、伯爵《はくしゃく》は遠隔《えんかく》でGM《ゲームマスター》を務《つと》めている。彼《かれ》の性格上《せいかくじょう》、ゲームの盤面《ばんめん》に死角《しかく》はない。小声《こごえ》だから、遠隔《えんかく》だからという理由《りゆう》で参加者《さんかしゃ》の声《こえ》を拾《ひろ》わない、あるいは聞《き》きとれないということもありえない。

解答《かいとう》に対《たい》しては伯爵《はくしゃく》がジャッジを行《おこな》うが、それも簡単《かんたん》にすり抜《ぬ》けられる。

血霞《ちがすみ》だ。

彼《かれ》の執拗《しつよう》な質問《しつもん》の真意《しんい》は、抜《ぬ》け道《みち》を探《さが》し出《だ》すことではない。隠《かく》れ潜《ひそ》むもう1人《ひとり》の狼《おおかみ》が解答《かいとう》した際《さい》の、伯爵《はくしゃく》のリアクションをかき消《け》すための手段《しゅだん》だ。

では、議論《ぎろん》と投票《とうひょう》は？　——これも、抜《ぬ》け道《みち》がある。

正確《せいかく》には、抜《ぬ》け道《みち》を『作《つく》る』ことができる。

「マーナガルムは初日《しょにち》に『渾敦《こんとん》の態《たい》』を選《えら》んだ。消《け》されたルールの一文《いちぶん》は、『・議論《ぎろん》および投票《とうひょう》は「彩風《さいふう》クルーズトレイン」のラウンジカーで行《おこな》う。』だろう？」

禁止事項《きんしじこう》を含《ふく》めると、投票《とうひょう》にはさまざまな制約《せいやく》がある。

すべて列挙《れっきょ》すると、「ラウンジカーで」、「貸与《たいよ》スマートフォンを用《もち》い」、「指定《してい》の椅子《いす》を離《はな》れず」、「毎日必《まいにちかなら》ず」、「5分以内《ふんいない》に」行《おこな》わなければならない。

だが、「ラウンジカーで」という指定《してい》さえ消《け》してしまえば、姿《すがた》を隠《かく》して投票《とうひょう》できる。

——あの場所《ばしょ》の椅子《いす》は、持《も》ち運《はこ》びの容易《ようい》なチェアタイプだったのだから。

初日《しょにち》に本人《ほんにん》が、あるいは2日目《ふつかめ》に血霞《ちがすみ》が、ひそかにチェアを自分《じぶん》のゲストルームに移動《いどう》させれば、自室《じしつ》で投票《とうひょう》ができる。「貸与《たいよ》スマートフォンを用《もち》い」、「椅子《いす》から離《はな》れず」、「毎《まい》日必《にちかなら》ず」、「5分以内《ふんいない》に」。

他《ほか》の参加者《さんかしゃ》はラウンジカーで議論《ぎろん》し、投票《とうひょう》するが、それはゲームの進行上《しんこうじょう》、何《なん》の不都合《ふつごう》もない。ラウンジカーで行《おこな》うという一文《いちぶん》が消《け》されても、ラウンジカー以外《いがい》で行《おこな》ってはならないというルールが追加《ついか》されたわけではないからだ。

「俺《おれ》たちは思《おも》い違《ちが》いをしていた。2日目《ふつかめ》に投票数《とうひょうすう》が増《ふ》えていたのはルー・ガルーの態《たい》によるものではない。その場《ば》に現《あらわ》れていないお前《まえ》の投票数《とうひょうすう》が加算《かさん》されていたからだ。

こいつは毎朝《まいあさ》、開錠《かいじょう》と同時《どうじ》に最速《さいそく》でサロンカーに潜《もぐ》りこんでいた。そして手番《てばん》に割《わ》りこんで大《おお》きな数値《すうち》の生物《せいぶつ》を挙《あ》げることで、ライフゲームを失敗《しっぱい》に導《みちび》き続《つづ》けていた。

そして、議論《ぎろん》のために参加者《さんかしゃ》がラウンジカーへ移動《いどう》したタイミングで自分《じぶん》はゲストルームに移動《いどう》し、ルールどおり投票《とうひょう》を行《おこな》っていた。

初日《しょにち》に発動《はつどう》したのが「渾敦《こんとん》の態《たい》」のみで、「ルー・ガルーの態《たい》」が使用《しよう》されていないのなら、「初日《しょにち》に連続襲撃《れんぞくしゅうげき》が成功《せいこう》した」という前提《ぜんてい》がくずれる。

導《みちび》き出《だ》される結論《けつろん》は、「初日《しょにち》に自滅退場《じめつたいじょう》したダイアウルフが翌日復活後《よくじつふっかつご》、身《み》を潜《ひそ》め続《つづ》けていた」以外《いがい》にありえない。

「手《て》の内《うち》は割《わ》れたぞ。そろそろ出《で》てきたらどうだ。」

俺《おれ》はとりわけ大《おお》きなソファを見下《みお》ろした。

血霞《ちがすみ》が腰《こし》を下《お》ろしていたソファ。だれとも馴《な》れ合《あ》わず、いつも早々《そうそう》にダイニングカーを去《さ》っていた彼《かれ》はここで狼《おおかみ》に食事《しょくじ》を与《あた》え、情報交換《じょうほうこうかん》をしていたのだろう。

「……早緑《さみどり》。」

シャッターが完全《かんぜん》に開《ひら》き切《き》った。

そこはビルや民家《みんか》が並《なら》び、美男美女《びなんびじょ》の看板《かんばん》が見《み》え隠《かく》れする市街地《しがいち》だった。

たたん、たたんたたん、たたん、たたん、と。

クルーズトレインに似《に》つかわしくない走行音《そうこうおん》が響《ひび》く。

白《しろ》い光《ひかり》に満《み》ちた車内《しゃない》を建物《たてもの》の影《かげ》がいくつも通《とお》りすぎた。

盗人《ぬすっと》のように這《は》い出《だ》してくるであろう狼《おおかみ》を待《ま》つ俺《おれ》の顔《かお》にも、何本《なんぼん》ものビルや建物《たてもの》の影《かげ》が差《さ》し、床《ゆか》に落《お》ち、後方《こうほう》へ消《き》えていく。

通《とお》りすぎていく影《かげ》の一《ひと》つが、俺《おれ》の後《うし》ろで足《あし》を止《と》めた。

よく見《み》るとそれは、人間《にんげん》のシルエットだった。

振《ふ》り返《かえ》る。

この世《よ》のものとは思《おも》えない、怪鳥《かいちょう》じみた笑《わら》い声《ごえ》が響《ひび》いた。

「……あ～、っひひ。」

ひとしきり笑《わら》った早緑《さみどり》キツネが、目《め》じりの涙《なみだ》を指《ゆび》でぬぐった。

そのむこうには、山吹《やまぶき》の呆然《ぼうぜん》とした顔《かお》が見《み》える。

「2人《ふたり》とも気《き》づくの早《はや》いね～！　びっくりしちゃった！」

「そうだな。ここまで姑息《こそく》な手《て》は想像《そうぞう》できなかった。」

「姑息《こそく》とか卑怯《ひきょう》とか、どうでもいいじゃん。」

早緑《さみどり》はバーカウンターに向《む》かい、ジュースを手《て》に戻《もど》り、ソファに座《すわ》る。

その顔《かお》に浮《う》かぶ笑《え》みは、自信《じしん》に満《み》ちていた。

「だって、勝《か》ったほうの勝《か》ちなんだから。」

「同意《どうい》する。これは命《いのち》がけのゲームだからな。」

「このゲームじゃなくても同《おな》じだよ。」

「……？」

「勝《か》ち方《かた》を選《えら》ぼうとするのは人間《にんげん》の悪《わる》いクセだよ。そういう考《かんが》えが通《つう》じるのは、人間《にんげん》の社《しゃ》会《かい》で、人間《にんげん》に見《み》られて、人間《にんげん》と戦《たたか》うときだけじゃん。」

「！」

「ここ10年《ねん》で、ヒトの命《いのち》をいちばん多《おお》く奪《うば》った生《い》き物《もの》、ヒトは『まだ』2番目《ばんめ》ぐらい。

じゃあ、ヒトの歴史《れきし》が始《はじ》まってからの累計《るいけい》だったら、ヒトの順位《じゅんい》ってどこまで下《した》に落《お》ちるかな？　この世《よ》で本当《ほんとう》にいちばん、ヒトの命《いのち》を奪《うば》ったものって、何《なん》だと思《おも》う？」

俺《おれ》は浮遊感《ふゆうかん》に似《に》た驚《おどろ》きを感《かん》じていた。

——考《かんが》えもしなかった。

それは、ゲームで出《だ》された「テーマ」の一《ひと》つにすぎないからだ。人間《にんげん》にとって、人間《にんげん》以外《いがい》の生物《せいぶつ》の脅威《きょうい》は、とうに克服《こくふく》し切《き》った過去《かこ》だという思《おも》いこみがあった。——だが、そんなことはない。早緑《さみどり》の言《い》うとおり、有史以来《ゆうしいらい》、人間《にんげん》はさまざまな生物《せいぶつ》に命《いのち》を奪《うば》われ続《つづ》けてきたのだから。

我々《われわれ》が生態系《せいたいけい》の頂点《ちょうてん》に立《た》っているのは、地球《ちきゅう》の歴史《れきし》からするとほんの短《みじか》い期間《きかん》にすぎず、それがいつ終《お》わるとも限《かぎ》らない。なのに俺《おれ》はその短《みじか》い期間《きかん》だけを見《み》て、すべてを知《し》ったつもりになっていた。

「ある日突然《ひとつぜん》、石油《せきゆ》がなくなったり、電気《でんき》が止《と》まったらどうする？　火山《かざん》が大噴火《だいふんか》して、地球《ちきゅう》が氷河期《ひょうがき》になっちゃったら？　地震《じしん》と津波《つなみ》で、世界《せかい》がめちゃくちゃになったら？」

ちゅうう、と。早緑《さみどり》がジュースを吸《す》い上《あ》げた。

「あたしは生《い》きるよ。……あと、フクロウも。」

じゅごっと底《そこ》までジュースを吸《す》い、早緑《さみどり》が氷《こおり》で満《み》ちたグラスを揺《ゆ》らす。

「人間《にんげん》の敵《てき》は人間《にんげん》なんかじゃないよ。なのにみんな、生《い》きていくことをスポーツの試合《しあい》みたいに考《かんが》えて、『正《ただ》しく』勝《か》とうとしてる。……関係《かんけい》ないよ。勝《か》ったほうの勝《か》ちだよ。だって本当《ほんとう》におそろしいものは……神様《かみさま》は、ヒトの形《かたち》なんてしてないんだから。」

早緑《さみどり》がストローを放《ほう》り投《な》げ、身《み》を乗《の》り出《だ》した。

「あたしは地球《かみさま》の怖《こわ》さを知《し》ってる。いつも地球《かみさま》に負《ま》けないように考《かんが》えて、備《そな》えてる。」

狼《おおかみ》は耳《みみ》まで口《くち》を裂《さ》いて笑《わら》う。

「あんたたちじゃ勝《か》てないよ。」

（……！）

俺《おれ》は早緑《さみどり》キツネという人物《じんぶつ》について何《なに》も知《し》らない。

彼女《かのじょ》がどんな来歴《らいれき》を持《も》ち、なぜ、どの程度《ていど》、どういった手段《しゅだん》で「地球《かみさま》」に負《ま》けないよう備《そな》えているのかが、わからない。

だが彼女《かのじょ》の気迫《きはく》は本物《ほんもの》で、近《ちか》くにいるだけで息《いき》が詰《つ》まるようだった。

その言葉《ことば》の一つ一《ひとひと》つにも嘘《うそ》やはったりではありえない重《おも》みがあり、話《はなし》を聞《き》き終《お》えた俺《おれ》は軽《かる》い疲労《ひろう》すら感《かん》じていた。

「……興味深《きょうみぶか》い演説《えんぜつ》だ。」

場《ば》をとりつくろう言葉《ことば》を、喉《のど》から絞《しぼ》り出《だ》す。

「だが、君《きみ》はまだ勝《か》っていない。」

こいつの――ダイアウルフの作戦《さくせん》は未遂《みすい》に終《お》わっている。

相棒《あいぼう》であるマーナガルムが、騎士《きし》の守護《しゅご》によって退場《たいじょう》したからだ。

本来《ほんらい》なら昨日《きのう》の時点《じてん》でダイアウルフとマーナガルムが生存《せいぞん》し、村人陣営《むらびとじんえい》は2人《ふたり》の状況《じょうきょう》だったはずだ。復活《ふっかつ》したダイアウルフがいるので、狼陣営《おおかみじんえい》は2人生存《ふたりせいぞん》していても陣営《じんえい》のカウントは「1」となるが、ルー・ガルーの態《たい》で投票数《とうひょうすう》を増《ふ》やした狼陣営《おおかみじんえい》が村人陣営《むらびとじんえい》1人《ひとり》を退場《たいじょう》させればゲームエンド。

投票《とうひょう》がスキップされれば襲撃《しゅうげき》までもつれこむが、狼陣営《おおかみじんえい》は地雷《じらい》を踏《ふ》ませないよう村人《むらびと》陣営《じんえい》を誘導《ゆうどう》することもできる。狼陣営《おおかみじんえい》の勝利《しょうり》はほぼ確定《かくてい》だ。

だが、その未来《みらい》は回避《かいひ》された。

血霞《ちがすみ》は意図《いと》せず退場《たいじょう》し、残《のこ》った闇夜院《やみよいん》の捨《す》て身《み》の行動《こうどう》で俺《おれ》たちは生《い》き延《の》びた。

「負《ま》けてもないよね。これから勝《か》つよ。」

「君《きみ》の活路《かつろ》は針穴《はりあな》ほどしかない。」

もはやライフゲームの成否《せいひ》など関係《かんけい》ない。ダイアウルフは復活以外《ふっかついがい》の能力《のうりょく》を持《も》たないため、投票時間《とうひょうじかん》になれば彼女《かのじょ》はなすすべなく吊《つ》られ、退場《たいじょう》する。

ただ、俺《おれ》たちが地雷《じらい》を踏《ふ》みさえしなければ。

伯爵《はくしゃく》の地雷《じらい》と、彼女《かのじょ》の仕掛《しか》けた地雷《じらい》を見抜《みぬ》くことができるかどうか。

回避《かいひ》して投票時間《とうひょうじかん》にもつれこめば、俺《おれ》たちの勝《か》ち。地雷《じらい》を踏《ふ》めば彼女《かのじょ》の勝《か》ち。

『では、ライフゲームを開始《かいし》するよ。』

成否《せいひ》など関係《かんけい》ない。下手《へた》に成功《せいこう》を狙《ねら》って有名《ゆうめい》な生物《せいぶつ》を挙《あ》げるより、失敗狙《しっぱいねら》いでマイナーな生物《せいぶつ》を挙《あ》げるほうが勝利《しょうり》につながる。

ただ、参加者数《さんかしゃすう》が3人《にん》だとそれはおぼつかない。

伯爵《はくしゃく》の指示《しじ》で、その場《ば》の3人《にん》が貸与《たいよ》スマートフォンを操作《そうさ》する。

『本日《ほんじつ》のテーマは……「睡眠時間《すいみんじかん》」。上限《じょうげん》は「コアラ」。時間《じかん》は20時間程度《じかんていど》。条件《じょうけん》は「哺乳《ほにゅう》類《るい》」だ。』

（睡眠時間《すいみんじかん》……。）

「あたしも参加《さんか》してあげる。手番《てばん》は2番目《ばんめ》で。」

状況《じょうきょう》を察《さっ》するに、昨日《きのう》、こいつが割《わ》りこんだのは山吹《やまぶき》の1つ前《まえ》。手番希望《てばんきぼう》が競合《きょうごう》すれば、山吹《やまぶき》に優先権《ゆうせんけん》が渡《わた》る。

が、それは些細《ささい》な問題《もんだい》だ。彼女《かのじょ》は失敗《しっぱい》せずに手番《てばん》を山吹《やまぶき》へつなぎ、山吹《やまぶき》はとにかく地雷《じらい》を踏《ふ》まずにゲームを終《お》えればいい。クリアすらしなくてもいい。

「……山吹《やまぶき》。」

「わかってます。絶対《ぜったい》に、地雷《じらい》だけは踏《ふ》まないようにしないと。」

生物《せいぶつ》の睡眠時間《すいみんじかん》は、おそらく安全地帯《あんぜんちたい》で生息《せいそく》しているか、被捕食者《ひほしょくしゃ》であるかで決《き》まる。営巣《えいそう》できるものや、穴《あな》を掘《ほ》る、木《き》に登《のぼ》るなどの行為《こうい》で安全《あんぜん》を確保《かくほ》できる生物《せいぶつ》は長《なが》く、それができない動物《どうぶつ》はおそらく短《みじか》い。群《む》れを作《つく》れるかどうか、風景《ふうけい》に溶《と》けこめる姿《すがた》かどうかも重要《じゅうよう》だろう。

今回《こんかい》は地雷《じらい》を避《さ》ければよいだけなので、そこまで考慮《こうりょ》する必要《ひつよう》はないが。

とにかくマイナーで、伯爵《はくしゃく》が説明《せつめい》していないであろう哺乳類《ほにゅうるい》を挙《あ》げればいい。

「解答《かいとう》の候補《こうほ》は……。」

俺《おれ》は山吹《やまぶき》と入念《にゅうねん》に意見《いけん》をすり合《あ》わせ、口《くち》を開《ひら》いた。


どおん、と。

轟音《ごうおん》とともに車体《しゃたい》が揺《ゆ》れる。


「あ……?」

俺《おれ》の口《くち》から、間抜《まぬ》けな声《こえ》が漏《も》れた。

解答《かいとう》である、「アシカ」の響《ひび》きが、まだ耳《みみ》に残《のこ》っていた。

『その――、――。だが――地雷《じらい》――。――投票《とうひょう》――キップ――。』

伯爵《はくしゃく》のアナウンスを耳《みみ》が受《う》けつけない。

――そんな馬鹿《ばか》な。

これだけ熟慮《じゅくりょ》を重《かさ》ねたのに。

伯爵《はくしゃく》のリストを避《さ》けるように、早緑《さみどり》の読《よ》みから外《はず》れるように、慎重《しんちょう》を期《き》したのに。

「言《い》ったじゃん。あんたじゃあたしに勝《か》てないって。」

せせら笑《わら》った早緑《さみどり》が、首《くび》を伸《の》ばすようにして俺《おれ》の目《め》をのぞきこむ。

「戦《たたか》いのスケールが違《ちが》うんだって。」

「っ……!!」

山吹《やまぶき》が手《て》で目《め》を押《お》さえ、顔《かお》を伏《ふ》せる。

投票《とうひょう》ができなくなった以上《いじょう》、残《のこ》されたのは夜《よる》の襲撃《しゅうげき》。

だが、血霞《ちがすみ》の襲撃《しゅうげき》が防《ふせ》がれたということは――

「一昨日《おととい》の夜《よる》、マーナガルムは守護《しゅご》に阻《はば》まれて退場《たいじょう》した。で、その相手《あいて》が霊媒師《れいばいし》以外《いがい》のだれなのか、あたしは当然把握《とうぜんはあく》してる。」

顔《かお》を伏《ふ》せた山吹《やまぶき》が、小《ちい》さく身《み》を震《ふる》わせた。

（いや……まだだ。まだ勝機《しょうき》は……。）

その瞬間《しゅんかん》、早緑《さみどり》が目《め》を光《ひか》らせた。

「勝機《しょうき》なら、今《いま》、消《き》えたよ。」

早緑《さみどり》が立《た》ち上《あ》がり、俺《おれ》の肩《かた》をたたく。

「騎士《きし》さん？」

正体《しょうたい》を現《あらわ》した狼《おおかみ》は、ライフゲームの成功《せいこう》をたやすく阻止《そし》した。


そして、夜《よる》が来《く》る。

たった3人《にん》で迎《むか》える夜《よる》が。

こんこん、と。ノックが聞《き》こえた。

『開《あ》けてよ、子《こ》ヤギちゃん。ママだよ？』

ゲストルームには来訪者《らいほうしゃ》の顔《かお》を映《うつ》すモニターが設置《せっち》されている。

そこに、早緑《さみどり》キツネが映《うつ》し出《だ》されている。

カメラをのぞきこむ顔《かお》はぐにゃりとゆがみ、片方《かたほう》の目《め》が、もう片方《かたほう》の目《め》の何倍《なんばい》も巨大《きょだい》に膨《ふく》らんで見《み》えた。
『ひひひひひひひっっっっっ！！！！！』
俺《おれ》はベッドに座《すわ》ったまま、顔《かお》を伏《ふ》せた。
（どこで間違《まちが》えた……？）
ダイアウルフとマーナガルムの作戦《さくせん》は決《けっ》して複雑《ふくざつ》ではなかった。
血霞《ちがすみ》の異常《いじょう》な行動《こうどう》も、きちんと推理《すいり》すれば意図《いと》を察《さっ》することができたはずだ。
（思《おも》いこみにとらわれていた俺《おれ》のミスか……。）
準備《じゅんび》は入念《にゅうねん》に行《おこな》った。だが、間違《まちが》った準備《じゅんび》だったのか。
『お祈《いの》りはすんだかな？　じゃ、バイバーイ。』
早緑《さみどり》がゲストルームのドアに手《て》をかける。

がごん、と。
鈍《にぶ》い音《おと》が響《ひび》いた。

『……あれ？』
「…………」
がご、がごん、と。
執拗《しつよう》に早緑《さみどり》がドアを開《あ》けようとする間《あいだ》も、俺《おれ》はミスについて考《かんが》えていた。
（狼《おおかみ》をはめる準備《じゅんび》も必要《ひつよう》だったな。守備的《しゅびてき》に動《うご》きすぎたのかもしれない。）
あるいは、ゲーム中《ちゅう》に追加《ついか》で準備《じゅんび》をするぐらいの貪欲《どんよく》さが必要《ひつよう》だったのか。
戦《たたか》いの流動性《りゅうどうせい》に対《たい》して、受《う》け身《み》になってしまっていたのかもしれない。
『……伯爵《はくしゃく》。ドア、開《ひら》かないんだけど。』
伯爵《はくしゃく》が何《なに》かアナウンスしたのだろう。早緑《さみどり》の顔色《かおいろ》が変《か》わった。
『守護《しゅご》、されてる……？』
俺《おれ》はメモをとる手《て》を止《と》め、インターフォンに近《ちか》づいた。
呼《よ》び出《だ》しボタンを押《お》すと、かすかなノイズが通話可能状態《つうわかのうじょうたい》であることを知《し》らせた。
「聞《き》こえるか、早緑《さみどり》。」
聞《き》こえなければドア越《ご》しに話《はな》す予定《よてい》だったが、早緑《さみどり》の目《め》はカメラを向《む》いた。

「君《きみ》は嘘《うそ》があまり巧《うま》くないな。戦《たたか》いのスケールが大《おお》きすぎるせいだろう。」

モニターに映《うつ》る早緑《さみどり》が、目元《めもと》をゆがめる。

「一昨日《おととい》の夜《よる》、マーナガルムが生存《せいぞん》している状況《じょうきょう》なら、君《きみ》たちが襲撃《しゅうげき》で俺《おれ》と山吹《やまぶき》を狙《ねら》うわけがない。騎士《きし》の存否《そんぴ》が不明《ふめい》である以上《いじょう》、守護《しゅご》されている可能性《かのうせい》の高《たか》い確定《かくてい》シロの俺《おれ》たちは、むしろ候補《こうほ》から外《はず》れるはずだ。……君《きみ》たちが狙《ねら》ったのは、俺《おれ》たちの視点《してん》で陣営《じんえい》がはっきりしておらず、ゆえに守護《しゅご》の対象《たいしょう》から外《はず》れているであろう闇夜院《やみよいん》だ。」

だがそこに騎士《きし》の守護《しゅご》が入《はい》り、血霞《ちがすみ》は返《かえ》り討《う》ち同然《どうぜん》の形《かたち》で散《ち》った。

今日《きょう》の夕方《ゆうがた》の時点《じてん》で早緑《さみどり》は俺《おれ》と山吹《やまぶき》のどちらが騎士《きし》なのか、見当《けんとう》をつけていなかった。

ただ、守護《しゅご》した相手《あいて》を闇夜院《やみよいん》だと知《し》っている騎士《きし》は、まだ勝機《しょうき》があると考《かんが》える。そうでない村人《むらびと》は、騎士《きし》が闇夜院《やみよいん》以外《いがい》を守護《しゅご》した可能性《かのうせい》に思《おも》い至《いた》り、絶望《ぜつぼう》する。

今日《きょう》のライフゲーム直後《ちょくご》、早緑《さみどり》は俺《おれ》と山吹《やまぶき》の反応《はんのう》を見比《みくら》べ——

「まんまと騙《だま》されたキツネちゃん、おはよう。」

山吹《やまぶき》は身支度《みじたく》にしっかり時間《じかん》をかけ、サロンカーに現《あらわ》れた。

言葉《ことば》の割《わり》に嫌味《いやみ》を感《かん》じないのは、口調《くちょう》と雰囲気《ふんいき》のせいだろうか。

「……ほーんと、クジャさんに騙《だま》されるとは思《おも》ってなかった。」

早緑《さみどり》は丸《まる》めたローストビーフをサニーレタスとともに口《くち》に放《ほう》りこみ、咀嚼《そしゃく》する。

「ちょっとゲームがうまくて、顔《かお》と声《こえ》がいいだけの一般人《いっぱんじん》なんかにさ。」

「あっはは。耳《みみ》が痛《いた》いな。」

山吹《やまぶき》は粘度《ねんど》の高《たか》い野菜《やさい》スムージーを、マドラーでかき混《ま》ぜた。

「まあ、オレはキツネちゃんみたいな哲学《てつがく》?とか持《も》ってないけどさ。」

山吹《やまぶき》の手《て》が止《と》まる。

「生《い》きていくって大変《たいへん》だよ。スケールとか関係《かんけい》なく。」

その目《め》が、ここではないどこか遠《とお》くを見《み》る。

「だれだって毎日戦《まいにちたたか》ってるんだよ。神様《かみさま》と戦《たたか》うよりは、楽《らく》かもしれないけど。」

早緑《さみどり》はゆがんだ笑《え》みを張《は》りつけたまま、ただ手持《ても》ちのジュースを啜《すす》った。

俺《おれ》も無糖《むとう》の紅茶《こうちゃ》で唇《くちびる》を湿《しめ》らせる。

『8時《じ》だ。ライフゲームを開始《かいし》するよ。』

「……じゃ、始《はじ》めようか。」

「終《お》わりにするんだよ。」

「何《なに》も終《お》わらせはしない。」

正真正銘《しょうしんしょうめい》、これが最後《さいご》の戦《たたか》い。

勝《か》てば生還《せいかん》、負《ま》ければ全滅《ぜんめつ》。

貸与《たいよ》スマートフォンの操作《そうさ》を終《お》える。

『本日《ほんじつ》のテーマは、「声《こえ》の高《たか》さ」。上限《じょうげん》は「ウグイス」。条件《じょうけん》は「鳥類《ちょうるい》のみ」だ。』

9 広《ひろ》い広《ひろ》いこの星《ほし》で、あなたを狙《ねら》う1発《ぱつ》の地雷《じらい》

勝利条件《しょうりじょうけん》は、俺《おれ》と山吹《やまぶき》が地雷《じらい》を踏《ふ》まないこと。

言《い》い換《か》えれば、「伯爵《はくしゃく》が過去《かこ》のゲームで触《ふ》れておらず、早緑《さみどり》が指定《してい》してもいない鳥類《ちょうるい》を2種《しゅ》挙《あ》げること」。

もうそれを容易《ようい》なことだとは思《おも》わない。

昨日《きのう》の「アシカ」。一昨々日《さきおととい》の「カバ」。

どちらも生態《せいたい》に「なぜ」と問《と》う要素《ようそ》の少《すく》ない生物《せいぶつ》だ。おそらく狼《おおかみ》が指定《してい》した生物《せいぶつ》で、その地雷《じらい》は2度《ど》爆発《ばくはつ》している。

早緑《さみどり》は俺《おれ》たちの思考《しこう》の流《なが》れを読《よ》んでいる。イカサマでも小細工《こざいく》でもなく、純粋《じゅんすい》な洞察《どうさつ》と分析《ぶんせき》で俺《おれ》たちの進路《しんろ》を予測《よそく》し、その道《みち》に地雷《じらい》を埋《う》めた。

――『戦《たたか》いのスケールが違《ちが》う』。

そんな概念《がいねん》が存在《そんざい》するとは思《おも》わない。天文学者《てんもんがくしゃ》や地球科学者《ちきゅうかがくしゃ》が、この世《よ》で最《もっと》も優《すぐ》れた知《ち》

性集団《せいしゅうだん》であるとは限《かぎ》らないのだから。

早緑《さみどり》が優位《ゆうい》に立《た》っているのは、文字《もじ》どおり、彼女《かのじょ》が優《すぐ》れているからだ。

悪魔《あくま》に憑依《ひょうい》され、倫理道徳《りんりどうとく》の枷《かせ》から解放《かいほう》された早緑《さみどり》の知略《ちりゃく》は、俺《おれ》と山吹《やまぶき》を上回《うわまわ》っている。

（鳥《とり》……鳥《とり》……。）

スズメ、ツバメ、ハト、カモ、ツル、ハクチョウ、ワシ、タカ。

（知名度《ちめいど》が高《たか》すぎる。）

ガン、キツツキ、カワセミ、サギ、キジ、ライチョウ、モズ、トビ。

早緑《さみどり》と目《め》が合《あ》う。

――笑《わら》っている。

（読《よ》まれている……この思考《しこう》は……。）

俺《おれ》は目《め》を閉《と》じ、暗闇《くらやみ》に浸《ひた》る。

（大丈夫《だいじょうぶ》だ……地雷《じらい》は1発《ぱつ》……。）

暗闇《くらやみ》の中《なか》でも、はっきりと視線《しせん》を感《かん》じる。

早緑《さみどり》の目《め》が、右斜《みぎなな》め上《うえ》から、左後方《ひだりこうほう》から、前方《ぜんぽう》の宙《ちゅう》から、俺《おれ》を見《み》つめている。

弓《ゆみ》なりにゆがんだ目《め》が、俺《おれ》を嘲《あざけ》っている。

（カワセ。）

「カワセミは1回出《かいで》たから大丈夫《だいじょうぶ》かなあ？」

ダメだろう。なら、あえて知名度《ちめいど》の高《たか》いワシか――

「ワシかタカなら大丈夫《だいじょうぶ》かなあ？」

「っ。」

「トビは上昇気流《じょうしょうきりゅう》に乗《の》る動《うご》きが目立《めだ》つもんね。伯爵《はくしゃく》が説明《せつめい》しそうだよね。ツルはカメと並《なら》んで長寿《ちょうじゅ》の象徴《しょうちょう》だよね。……そんなふうに解答《かいとう》を選《えら》んでいいのかな？」

俺《おれ》はタオルか何《なに》かで頭《あたま》を覆《おお》いたくなった。

早緑《さみどり》が、俺《おれ》の頭《あたま》をのぞいている。

「初日《しょにち》の地雷《じらい》、教《おし》えてあげようか？　クジラだよ。」

（クジラ……。）

「2日目《ふつかめ》はねー、ニシン！」

（！　俺《おれ》たちの狙《ねら》っていた……。）

「聞《き》いちゃダメだ。」

山吹《やまぶき》の声《こえ》に目《め》を開《あ》ける。

「動揺《どうよう》すると、人《ひと》は安心《あんしん》できる答《こた》えにすがりつこうとするんです。このゲームでそういう考《かんが》えを持《も》ったら、絶対《ぜったい》に負《ま》ける……！」

「ホントだよ〜？　アッハハハハハ!!!」

手《て》に、額《ひたい》に、汗《あせ》が浮《う》きはじめる。

（落《お》ち着《つ》け。鳥《とり》なら他《ほか》にいくらでもいる。たとえば……。）

ダチョウ、エミ
「ダチョウ、エミュー、キーウィ、ヒクイドリ？　特徴別《とくちょうべつ》に挙《あ》げていく？」

（っ。いや、まだだ。一般《いっぱん》にイメージしづらい奇特《きとく》な鳥類《ちょうるい》といえば。）

ペンギン、ペリカ
「ペンギン、ペリカン……ひととおり出《だ》し終《お》わったから、変《か》わったのに行《い》くよね。」

（見方《みかた》を変《か》える必要《ひつよう》がある。たとえば……。）

「その次《つぎ》はサイズ別《べつ》だよね。ハチドリかな？　メジロ、ホトトギス？」

（サイズではダメだ……！　なら、鑑賞用《かんしょうよう》の。）

「その次《つぎ》は用途《ようと》かな。鑑賞用《かんしょうよう》のインコ、オウム、文鳥《ぶんちょう》？」

全身《ぜんしん》の筋肉《きんにく》と骨《ほね》が、凍《い》てついたように動《うご》かなくなる。

どんな逆張《ぎゃくば》りをしようと、裏《うら》をかこうと、早緑《さみどり》が先回《さきまわ》りしているイメージをぬぐえなくなっている。――負《ま》け犬《いぬ》の思考《しこう》だ。

「はったりだ。地雷《じらい》なんて99・9％《パーセント》踏《ふ》まないって……！」

「2回《かい》も踏《ふ》んでるじゃん。」

そう。0・1％《パーセント》×0・1％《パーセント》、すなわち0・0001％《パーセント》でしか起《お》こりえない現実《げんじつ》が今《いま》目《め》の前《まえ》にある。確率《かくりつ》はもはや信用《しんよう》ならない。

「人《ひと》が雷《かみなり》に打《う》たれる確率《かくりつ》って100万分《まんぶん》の1らしいけど、世界中《せかいじゅう》で毎年《まいとし》、何千人《なんぜんにん》も命《いのち》を落《お》としてるんだよね。」

頬杖《ほおづえ》をついた早緑《さみどり》は、眉《まゆ》を嘲《あざけ》りの形《かたち》にゆがめる。

「車《くるま》とか丈夫《じょうぶ》な建物《たてもの》に入《はい》ってればいいのに、ゴルフ場《じょう》みたいな広《ひろ》い場所《ばしょ》で棒立《ぼうだ》ちだったり、木《き》の近《ちか》くに避難《ひなん》したら、100万分《まんぶん》の1なんて確率《かくりつ》、意味《いみ》なくなるんだよ。」

俺《おれ》の指先《ゆびさき》は、脈動《みゃくどう》に合《あ》わせて震《ふる》えていた。

「雷《かみなり》の音《おと》、聞《き》こえてる？　あんたが今《いま》いるのは車《くるま》かな？　木《き》の下《した》かな？」

サロンカーの外《そと》は、地平線《ちへいせん》まで墓地《ぼち》が広《ひろ》がっている。

白衣《はくい》やヘッドフォン、チョーカーや着物《きもの》のかけられた墓標《ぼひょう》が、視界《しかい》の端《はし》に映《うつ》っている。

鼓動《こどう》が喉《のど》まで届《とど》き、閉《と》じたあごを小刻《こきざ》みに揺《ゆ》らす。

額《ひたい》に浮《う》いた汗《あせ》の一粒《ひとつぶ》が流《なが》れ、睫毛《まつげ》で跳《は》ねる。

俺《おれ》は今《いま》、断崖絶壁《だんがいぜっぺき》から踵《かかと》が突《つ》き出《だ》すほど追《お》い詰《つ》められている。

――絶体絶命《ぜったいぜつめい》の危機《きき》。

それを自覚《じかく》した瞬間《しゅんかん》、表面張力《ひょうめんちょうりょく》で保《たも》たれた水《みず》があふれるように、俺《おれ》は思《おも》わず――笑《わら》いをこぼしていた。

「ふふっ。」

「……氷霜院《ひょうそういん》サン？」

山吹《やまぶき》に怪訝《けげん》な目《め》を向《む》けられた俺《おれ》は、手《て》で口元《くちもと》の笑《え》みを隠《かく》す。

「蒼波院《そうはいん》の気持《きも》ちが少《すこ》しわかる。……愉《たの》しいな、命《いのち》がけの『戦《たたか》い』は。」

俺《おれ》の人生《じんせい》の9割《わり》は接待《せったい》でできていた。この先《さき》もそれは変《か》わらない。

遠《とお》からず俺《おれ》は莫大《ばくだい》な資産《しさん》と人材《じんざい》、地位《ちい》と影響力《えいきょうりょく》を継承《けいしょう》する。兵法《へいほう》に則《のっと》り、あらゆる準備《じゅんび》を怠《おこた》らず、敗北《はいぼく》したときの保険《ほけん》をかけ、勝《か》てるときだけ戦《たたか》っていれば、一生安泰《いっしょうあんたい》だ。

それは実業家《じつぎょうか》としては正《ただ》しい生《い》き方《かた》だ。だが、心《こころ》のどこかに不満《ふまん》があった。

常《つね》に年長者《ねんちょうしゃ》にサポートされながら、正答《せいとう》の用意《ようい》された問《と》いだけを与《あた》えられ、越《こ》えることのできるギリギリのハードルに挑《いど》まされる日々《ひび》。

——それは「戦《たたか》い」ではなく、「ストレッチ」だ。

戦《たたか》いとは、勝《か》ち目《め》のない相手《あいて》に、知《ち》と武《ぶ》と勇《ゆう》を駆使《くし》して立《た》ち向《む》かうこと。

容易《ようい》に勝《か》てる相手《あいて》と組《く》み合《あ》う行為《こうい》は、弱《よわ》い者《もの》いじめと何《なん》ら変《か》わりない。

蟻《あり》の巣《す》に水《みず》を流《なが》しこむ者《もの》を、勇者《ゆうしゃ》や戦士《せんし》とは呼《よ》ばないように。

「……感謝《かんしゃ》する、早緑《さみどり》。」

俺《おれ》は今《いま》、絶体絶命《ぜったいぜつめい》のこの窮地《きゅうち》で、生《う》まれて初《はじ》めて——「戦《たたか》って」いる。

強者《きょうしゃ》に、勇気《ゆうき》を抱《いだ》いて立《た》ち向《む》かっている。

おそろしいが、それ以上《いじょう》に誇《ほこ》らしい気分《きぶん》だ。

「君《きみ》は強《つよ》い。」

以前《いぜん》のゲームで俺《おれ》が任《にん》じられたのは、中継役《ちゅうけいやく》と敵役《てきやく》だ。

今回《こんかい》は最終《さいしゅう》ランナー。負《ま》ければすべてが終《お》わる。

そのスリルと緊張《きんちょう》が、全身《ぜんしん》の血《ち》を沸《わ》き立《た》たせているのがわかる。

両手《りょうて》で髪《かみ》をかき上《あ》げると汗《あせ》が散《ち》り、目《め》や耳《みみ》、脳《のう》から、曇《くも》った膜《まく》が剥《は》がれ落《お》ちるような爽《そう》快感《かいかん》を覚《おぼ》えた。

「この試練《しれん》、謹《つつし》んで受《う》けて立《た》つ。」

集中《しゅうちゅう》の糸《いと》を張《は》る。早緑《さみどり》の声《こえ》が薄《うす》らいで消《き》え、姿《すがた》が見《み》えなくなる。山吹《やまぶき》もいなくなる。

座席《ざせき》すら意識《いしき》できなくなり、座《すわ》った姿勢《しせい》のまま暗闇《くらやみ》に沈《しず》む。


スズメ、ツバメ、ハト、カモ、ツル、ハクチョウ、ワシ、タカ。

ガン、キツツキ、カワセミ、サギ、キジ、ライチョウ、モズ、トビ。

ダチョウ、エミュー、キーウィ、ヒクイドリ。

ペンギン、ペリカン、ハチドリ、メジロ、ホトトギス、インコ、オウム、文鳥《ぶんちょう》。

ミミズク、フクロウ、カカポ、ハシビロコウ、カッコウ、ナイチンゲール。

この中《なか》から、伯爵《はくしゃく》のリスト入《い》りのおそれがあるものを除外《じょがい》する。

カモ、ハクチョウ、ワシ、タカ。ガン、カワセミ、サギ。ダチョウ、エミュー、キーウィ、ハチドリ、メジロ、ホトトギス、文鳥《ぶんちょう》。ミミズク、フクロウ、カカポ、ハシビロコウ、カッコウ、ナイチンゲール。

次《つぎ》に、早緑《さみどり》の狙《ねら》いを読《よ》む。

俺《おれ》が出《だ》したあらゆる解答《かいとう》に先《さき》んじるほどの洞察力《どうさつりょく》を持《も》つ彼女《かのじょ》が、どの解答《かいとう》を選《えら》ぶよう望《のぞ》み、どの解答《かいとう》を選《えら》ばないよう望《のぞ》むのか。

すなわち、彼女《かのじょ》の目《め》で俺《おれ》を見《み》、俺《おれ》を読《よ》む。

（あの攻撃性《こうげきせい》から察《さっ》するに、1度《ど》解答《かいとう》した生物《せいぶつ》を地雷《じらい》に指定《してい》する可能性《かのうせい》は高《たか》い。それが爆《ばく》発《はっ》すれば、俺《おれ》の弱気《よわき》を笑《わら》えるからだ。）

カワセミと文鳥《ぶんちょう》、ミミズクを除外《じょがい》する。

(俺《おれ》を揺《ゆ》さぶり、精神的《せいしんてき》に追《お》いこむことまで計算《けいさん》ずくなら、心理的《しんりてき》に頼《たよ》りたくなる、サイズの大《おお》きな鳥《とり》も危険《きけん》だ。)

ワシとタカ、ダチョウ、エミューを除外《じょがい》する。

(テーマは声《こえ》の高《たか》さだ。歌声《うたごえ》が有名《ゆうめい》な鳥《とり》は連想《れんそう》しやすい。)

メジロ、ホトトギスを除外《じょがい》する。

(他《ほか》に候補《こうほ》はいないか……?)

フクロウ。——彼女《かのじょ》がつぶやいた「フクロウ」が人名《じんめい》なら、盲点《もうてん》に偽装《ぎそう》した疑似餌《ぎじえ》の可能性《かのうせい》がある。除外《じょがい》だ。

カカポ、ハシビロコウ、カッコウ、ナイチンゲール。——カカポとハシビロコウは知名度《ちめいど》が高《たか》く、後《うし》ろの2種《しゅ》は歌声《うたごえ》が有名《ゆうめい》だ。除外《じょがい》する。

(カモ、ハクチョウ、ガン、サギ、キーウィ、ハチドリ。)

キーウィはキウイフルーツと似《に》ている点《てん》で伯爵《はくしゃく》の雑談《ざつだん》に利用《りよう》されうる。ハチドリは世界《せかい》最小種《さいしょうしゅ》の鳥類《ちょうるい》だ。何《なん》らかの特異《とくい》な生態《せいたい》を持《も》っている危険性《きけんせい》がある。よって除外《じょがい》。

（カモ、ハクチョウ、ガン、サギ。）

カモは利用《りよう》されやすい人間《にんげん》に使《つか》う蔑称《べっしょう》だ。逆《ぎゃく》にハクチョウは優雅《ゆうが》さの象徴《しょうちょう》。どちらも彼女《かのじょ》が勝利《しょうり》したあかつきには、選《えら》んだ俺《おれ》への嫌味《いやみ》として使《つか》いやすい。除外《じょがい》。

（ガン、サギ。）

「伯爵《はくしゃく》。……解答《かいとう》する。」

早緑《さみどり》が選《えら》ぶ可能性《かのうせい》が低《ひく》いのは、世界的《せかいてき》に見《み》てより知名度《ちめいど》の低《ひく》い——

俺《おれ》を包《つつ》む暗闇《くらやみ》が晴《は》れる。

「『サギ』。」

『その解答《かいとう》は。』

一拍《いっぱく》の間《ま》。

跳躍《ちょうやく》した体操選手《たいそうせんしゅ》を目《め》で追《お》うような、永遠《えいえん》にも似《に》た数秒《すうびょう》。

『有効《ゆうこう》だ。地雷《じらい》でもないよ。』

「くっ……！」

早緑《さみどり》がうめいたが、俺《おれ》は緊張《きんちょう》を緩《ゆる》めない。

地雷《じらい》は避《さ》けたが、ライフゲームはまだ終《お》わらない。成否《せいひ》を問《と》わず、2人目《ふたりめ》も地雷《じらい》を避《さ》けなければ俺《おれ》たちの勝利《しょうり》ではない。

その2人目《ふたりめ》は――

(山吹《やまぶき》、か。)

次《つぎ》の手番《てばん》が山吹《やまぶき》なら、地雷《じらい》さえ踏《ふ》まなければ、成否《せいひ》にかかわらず村人陣営《むらびとじんえい》の勝《か》ち。

次《つぎ》の手番《てばん》が早緑《さみどり》なら、地雷《じらい》が踏《ふ》まれること自体《じたい》がありえない。一方《いっぽう》、成否《せいひ》は厳密《げんみつ》に判定《はんてい》されるので、解答《かいとう》して失敗《しっぱい》すれば、山吹《やまぶき》の手番《てばん》が来《こ》ないままライフゲームは終《お》わり、早緑《さみどり》は投票《とうひょう》で吊《つ》られ、負《ま》ける。しかもテーマは「声《こえ》の高《たか》さ」。判断材料《はんだんざいりょう》はおそろしく少《すく》ない。

昨日《きのう》のライフゲームでは、1番手《ばんて》の俺《おれ》が地雷《じらい》を踏《ふ》んだ。その後《ご》、自暴自棄《じぼうじき》を装《よそお》った山吹《やまぶき》が立《た》て続《つづ》けに解答《かいとう》し、最後《さいご》に早緑《さみどり》が間違《まちが》った解答《かいとう》をしたことでゲームは失敗《しっぱい》に終《お》わった。

つまり今日《きょう》、手番《てばん》の優先権《ゆうせんけん》は前日《ぜんじつ》のゲームで手番《てばん》の遅《おそ》かった早緑《さみどり》にある。山吹《やまぶき》が3番手《ばんて》を希望《きぼう》しても、早緑《さみどり》が3番手《ばんて》を希望《きぼう》すれば彼女《かのじょ》の希望《きぼう》が優先《ゆうせん》される。

早緑《さみどり》が2番手《ばんて》をとるメリットはない。したがって、2番手《ばんて》は山吹《やまぶき》──

「あたしが行《い》く。」

早緑《さみどり》が手《て》を挙《あ》げ、俺《おれ》たちはぎょっとする。

(なぜだ……？　とる必要《ひつよう》のないリスクだ。失敗《しっぱい》すれば。)

「失敗《しっぱい》したら、ライフゲームが終《お》わってあたしの負《ま》けだよね。クジャさんに手番譲《てばんゆず》るのがいちばん効率《こうりつ》いいっていうのはわかってる。」

でもさ、と早緑《さみどり》は舌《した》なめずりした。

「言《い》ったじゃん。勝《か》つのはあたしだって。」

(こいつ、それだけのために……！)

衿持《きょうじ》。自分《じぶん》のほうが俺《おれ》たちより優《すぐ》れているという衿持《きょうじ》のために、あえて危険《きけん》な橋《はし》を渡《わた》る。

この土壇場《どたんば》で、なおも弱《よわ》みを見《み》せない。

「……いいよ。手番《てばん》、キツネちゃんに譲《ゆず》る。できればミスってほしいな。」

早緑《さみどり》は先《さき》ほどの俺《おれ》と同《おな》じように、前傾姿勢《ぜんけいしせい》のまま静止《せいし》した。

俺《おれ》と山吹《やまぶき》はいっさい妨害《ぼうがい》せず、彼女《かのじょ》の時《とき》が再始動《さいしどう》するのを待《ま》つ。

――そして、その時《とき》は来《き》た。

「伯爵《はくしゃく》。答《こた》えるよ。」

顔《かお》を上《あ》げた早緑《さみどり》の髪《かみ》から、汗《あせ》の粒《つぶ》が散《ち》る。

「『カナリア』。」

『……有効《ゆうこう》な解答《かいとう》と認《みと》めよう。』

「……マジ？」

（ここまで食《く》らいつくか……！）

狼陣営《おおかみじんえい》に与《あた》えられるのは地雷《じらい》のリストであって、正答《せいとう》のリストではない。半日《はんにち》ほど早《はや》くテーマを知《し》ったとはいえ、俺《おれ》の解答《かいとう》を読《よ》み切《き》れなかった以上《いじょう》、彼女《かのじょ》もまた敗北《はいぼく》の断崖《だんがい》ぎりぎりに立《た》っていたはず。

「クジャさんの番《ばん》だよ。」

早緑《さみどり》が服《ふく》の袖《そで》で額《ひたい》の汗《あせ》をぬぐった。

「踏《ふ》まずにすむと思《おも》う？　地雷《じらい》。」

「さあね。ただ、オレはもう何言《なにい》うか決《き》めてるんだよね。」

「何《なに》……？」

協力《きょうりょく》しようと考《かんが》えていた俺《おれ》は面食《めんく》らった。

「地雷《じらい》さえ踏《ふ》まなければいいんなら、身近《みぢか》にそういう鳥《とり》がいるんだよね。」

「それは……。……。」

もしや、と考《かんが》える。

「すごーく身近《みぢか》な鳥《とり》だよ。オレにとってね。」

山吹《やまぶき》がウインクした。俺《おれ》は解答《かいとう》が何《なに》かを悟《さと》った。

確《たし》かにその鳥《とり》は非常《ひじょう》に目立《めだ》つ特徴《とくちょう》を持《も》つが、それが「なぜ」とはだれも考《かんが》えない。求愛《きゅうあい》のためにそういう姿《すがた》をしているのだと、多《おお》くの者《もの》が知《し》っているからだ。

よって、伯爵《はくしゃく》のリスト入《い》りはありえない。

そして早緑《さみどり》が指定《してい》している可能性《かのうせい》も低《ひく》い。もし地雷《じらい》に指定《してい》しているのなら、さっきの俺《おれ》とのやりとりのどこかで提示《ていじ》しなければならないからだ。その鳥《とり》の存在《そんざい》に言及《げんきゅう》していない俺《おれ》は、それが地雷《じらい》だったとき、決《けっ》して選《えら》ばないのだから。

「……！」

早緑《さみどり》が両手《りょうて》で顔《かお》を覆《おお》い、そのままうなだれた。

敗北《はいぼく》を悟《さと》ったのだろう。

「伯爵《はくしゃく》。解答《かいとう》するよ。……。」

俺《おれ》はほんのかすかな違和感《いわかん》を覚《おぼ》え、山吹《やまぶき》に目《め》を向《む》けず、早緑《さみどり》を凝視《ぎょうし》する。

顔《かお》を覆《おお》う手《て》の隙間《すきま》からその顔《かお》が見《み》えた。

早緑《さみどり》は――笑《わら》っていた。

「っ！　山《やま》ぶ。」


「『ハヤブサ』。」


真《ま》っ白《しろ》な時間《じかん》が数秒《すうびょう》続《つづ》いた。

『その解答《かいとう》は……残念《ざんねん》ながら有効《ゆうこう》ではない。ライフゲームは失敗《しっぱい》だ。』

伯爵《はくしゃく》の宣言《せんげん》は静《しず》かな車両《しゃりょう》によく響《ひび》いた。

『なお、地雷《じらい》に指定《してい》されてもいないよ。これにてライフゲームは終了《しゅうりょう》だ。』

「ふー……終《お》わった……。」

山吹《やまぶき》がソファからずり落《お》ちる間《あいだ》、俺《おれ》と早緑《さみどり》は呆然《ぼうぜん》としていた。

歓喜《かんき》も敗北感《はいぼくかん》もなく、不可解《ふかかい》さだけがあった。

「なんで……。」

先《さき》に口《くち》を開《ひら》いたのは早緑《さみどり》だった。

「なんで言《い》わなかったの。『クジャク』って……。」

山吹《やまぶき》はだらしない姿勢《しせい》のまま、力《ちから》なくウインクする。

「オレ、脇役《わきやく》で輝《かがや》くタイプだからね。」


そして、投票時間《とうひょうじかん》がやってきた。

最多得票者《さいたとくひょうしゃ》となった早緑《さみどり》キツネは潔《いさぎよ》く電車《でんしゃ》を降《お》り、墓地《ぼち》に消《き》えた。

月《つき》に照《て》らされた墓地《ぼち》に狼《おおかみ》の遠吠《とおぼ》えが響《ひび》き、伯爵《はくしゃく》がゲームの終《お》わりを告《つ》げた。

10

ただ憧《あこが》れを知《し》る者《もの》のみが

《役職一覧《やくしょくいちらん》》

・氷霜院《ひょうそういん》リュウオウ：村人《むらびと》
・闇夜院《やみよいん》メイリュウ：霊媒師《れいばいし》
・灰払《はいばら》ヒョウ：村人《むらびと》
・早緑《さみどり》キツネ：始祖狼《ダイアウルフ》
・銀条《ぎんじょう》シャチ：村人《むらびと》
・山吹《やまぶき》クジャク：騎士《きし》
・血霞《ちがすみ》ラブカ：暴君狼《マーナガルム》
・真珠《しんじゅ》ケ《が》淵《ふち》マシラ：共犯者《きょうはんしゃ》
・御影《みかげ》コウモリ：占《うらな》い師《し》

《狼《おおかみ》が指定《してい》した地雷《じらい》》
・1日目《にちめ》（テーマ：寿命《じゅみょう》）：ジャガー
・2日目《ふつかめ》（テーマ：1度《ど》の出産《しゅっさん》・産卵数《さんらんすう》）：マス（トラウト）
・3日目《みっかめ》（テーマ：直近《ちょっきん》10年《ねん》で人《ひと》の命《いのち》を奪《うば》った数《かず》）：カバ
・4日目《よっかめ》（テーマ：視力《しりょく》）：ミミズク
・5日目《いつかめ》（テーマ：睡眠時間《すいみんじかん》）：アシカ
・6日目《むいかめ》（テーマ：声《こえ》の高《たか》さ）：ガン

「リュウオウ。メイリュウ。」

御影《みかげ》の声《こえ》は、生還《せいかん》した参加者《さんかしゃ》の歓談《かんだん》をすり抜《ぬ》け、俺《おれ》の耳《みみ》に届《とど》いた。

「自分《じぶん》の意思《いし》でゲームに出《で》てるだろ。」

その瞬間《しゅんかん》、ぴたりと話《はな》し声《ごえ》がやんだ。俺《おれ》も役職一覧《やくしょくいちらん》の書《か》かれた紙《かみ》をたたむ。

「だれにも何《なに》も言《い》わずに、願《ねが》いを叶《かな》えるつもりじゃないよな。」

「……そうだよって言《い》ったら、カゲちゃんはどうする？」

「全力《ぜんりょく》で阻止《そし》する。」

御影《みかげ》は冷《さ》めた目《め》を返《かえ》した。

「内容《ないよう》がわからないならそうするしかない。伯爵《はくしゃく》の味方《みかた》をするとか、参加者《さんかしゃ》のだれかに危害《きがい》を加《くわ》えるとか、そういう願《ねが》いかもしれないから。」

「そう。……もともと話《はな》すつもりだったから、にらまなくてもいいよ。」

闇夜院《やみよいん》は他《ほか》の参加者《さんかしゃ》をじろりと見回《みまわ》した。

「メイが伯爵《はくしゃく》を討《う》ったときに叶《かな》える願《ねが》いは、ゲームの終《お》わりじゃない。……『ヒトとまったく同《おな》じ生理機能《せいりきのう》を持《も》った、人造人間《ホムンクルス》の創出《そうしゅつ》』。」

御影《みかげ》の顔《かお》に困惑《こんわく》が浮《う》かぶ。

「ホムン……クルス？」

「ホムンクルス。ヒトと同《おな》じ姿《すがた》かたちをしていて、生理機能《せいりきのう》も完全《かんぜん》に同《おな》じ生命体《せいめいたい》。」

ただし、と闇夜院《やみよいん》はつけ加《くわ》える。

「ただし、いっさいの人権《じんけん》を与《あた》えられない。そういう生命体《せいめいたい》を伯爵《はくしゃく》の力《ちから》で創出《そうしゅつ》して、今《いま》の人間社会《にんげんしゃかい》に組《く》みこむ。」

闇夜院家《やみよいんけ》の事業《じぎょう》について多少《たしょう》の知識《ちしき》がある俺《おれ》は、他《ほか》のメンバーより少《すこ》しだけ早《はや》く、彼女《かのじょ》の真意《しんい》を悟《さと》った。

戦慄《せんりつ》すべき発想《はっそう》だった。現代社会《げんだいしゃかい》でそれが実現《じつげん》することは、決《けっ》してないだろう。

（……それが君《きみ》の虹《にじ》か。）

闇夜院《やみよいん》が俺《おれ》に視線《しせん》をよこした。俺《おれ》はただうなずいた。

「マジで言《い》ってる？」

灰払《はいばら》の口元《くちもと》から笑《え》みが消《き》えかけていた。

「人権《じんけん》がないって、そいつらの生存権《せいぞんけん》とかどうするんだよ。」

「どうするも何《なに》も、いっさい保障《ほしょう》されない。生存《せいぞん》、自由《じゆう》、平等《びょうどう》といった、いわゆる基本的《きほんてき》人権《じんけん》もホムンクルスには保障《ほしょう》されない。この世《よ》のあらゆる法《ほう》が彼《かれ》らを守《まも》らない。」

「……闇《やみ》の字《じ》。そのホムンクルスを生《う》み出《だ》して、どうするつもりですか。」

「臓器《ぞうき》や骨髄《こつずい》の予備《スペア》にする。それと、臨床試験《りんしょうしけん》……人体実験《じんたいじっけん》に使《つか》う。」

無駄《むだ》を排《はい》した言葉《ことば》で、ようやく参加者《さんかしゃ》が事態《じたい》を半分《はんぶん》ほどのみこんだ。

「な、なんでそんなこと……。」

「何《なん》でって、足《た》りないから。」

闇夜院《やみよいん》はじろりと参加者《さんかしゃ》を見渡《みわた》した。

「お前《まえ》たちの親《おや》とか保護者《ほごしゃ》は、骨髄《こつずい》のドナー登録《とうろく》してる？　臓器提供《ぞうきていきょう》の意思《いし》は？　……別《べつ》に答《こた》えなくていいよ。知《し》らないし、知《し》ろうともしなかったでしょ。」

闇夜院《やみよいん》の声《こえ》はさほど大《おお》きくないが、はっきり聞《き》こえるほど車両《しゃりょう》は静《しず》まり返《かえ》っている。

「一人一人《ひとりひとり》が協力《きょうりょく》すれば助《たす》かる命《いのち》が山《やま》ほどあるのに、なぜか大多数《だいたすう》の人《ひと》はそうしない。面《めん》倒《どう》だからとか、忙《いそが》しいとか、その程度《ていど》の理由《りゆう》で、お前《まえ》たち庶民《しょみん》は助《たす》け合《あ》いを拒《こば》む。」

グラスを水滴《すいてき》が伝《つた》う音《おと》すら聞《き》こえるようだった。

「足《た》りないの。骨髄《こつずい》も、臓器《ぞうき》も。だから予備《スペア》が要《い》る。」

「人体実験《じんたいじっけん》……っていうのは？」

「……医学《いがく》はまだ万能《ばんのう》じゃない。」

闇夜院《やみよいん》は物憂《ものう》げな表情《ひょうじょう》を宙《ちゅう》へ向《む》けた。

「アルツハイマー病《びょう》、パーキンソン病《びょう》、筋萎縮性側索硬化症《きんいしゅくせいそくさくこうかしょう》（ALS《エーエルエス》）、脊髄小脳変性症《せきずいしょうのうへんせいしょう》

（SCD《エスシーディー》）といった神経疾患《しんけいしっかん》。免疫疾患《めんえきしっかん》。筋《きん》ジストロフィー。狂犬病《きょうけんびょう》、小児《しょうに》がん……。」

単語《たんご》を連《つら》ねるたびに、闇夜院《やみよいん》の表情《ひょうじょう》が翳《かげ》っていく。

「原因不明《げんいんふめい》で、予防《よぼう》すらできない病気《びょうき》だって存在《そんざい》する。今《いま》この瞬間《しゅんかん》にも、何《なに》も悪《わる》いことなんてしてないのに、理不尽《りふじん》に苦《くる》しめられ、失《うしな》われていく命《いのち》がある。」

そこで、闇夜院《やみよいん》は話《はな》すテンポをわずかに落《お》とす。

「医学《いがく》は確《たし》かに進歩《しんぽ》してる。再生医療《さいせいいりょう》も遠《とお》からず実用化《じつようか》される。もしかすると、ホムンクルスなんて必要《ひつよう》なくなるのかもしれない。でも、再生医療《さいせいいりょう》だけですべての病魔《びょうま》を討《う》ちとることはできない。必要《ひつよう》なのは医学《いがく》そのものの大《おお》きな発展《はってん》。そしてそのためには、人体《じんたい》を用《もち》いた臨床試験《りんしょうしけん》が絶対《ぜったい》に必要《ひつよう》。……でも。」

何《なに》か巨大《きょだい》な物体《ぶったい》が車両《しゃりょう》に影《かげ》を落《お》とし、闇夜院《やみよいん》をのみこむ。

「人権《じんけん》と呼《よ》ばれるものが邪魔《じゃま》をしている。」

彼女《かのじょ》の声《こえ》が低《ひく》く、暗《くら》くなる。

「すべての人間《にんげん》に生《い》きる権利《けんり》が認《みと》められているから、臨床試験《りんしょうしけん》ができない。死刑囚《しけいしゅう》にすらそれは保障《ほしょう》されている。」

影《かげ》が去《さ》り、闇夜院《やみよいん》は日向《ひなた》へ戻《もど》る。

「神経《しんけい》の仕組《しく》み。免疫《めんえき》の仕組《しく》み。遺伝子《いでんし》。ゲノム。その変異《へんい》と改変《かいへん》の可能性《かのうせい》。調整《ちょうせい》の可《か》否《ひ》。求《もと》められる技術《ぎじゅつ》と精度《せいど》。いまだに残《のこ》されている人体《じんたい》の神秘《しんぴ》の領域《りょういき》を解《と》き明《あ》かさない限《かぎ》り、今日《きょう》もどこかで、だれかが、命《いのち》を全《まっと》うできないまま消《き》えていってしまう。……だから、ホムンクルスが必要《ひつよう》なの。いっさいの人権《じんけん》を持《も》たず、法的《ほうてき》に保護《ほご》されず、ヒトと同《おな》じ生理機能《せいりきのう》を持《も》つ生命体《せいめいたい》が。わかった？」

わからない者《もの》はいないようだ。——のみこめない者《もの》がほとんどのようだが。

「闇夜院《やみよいん》。それだと説明《せつめい》が半分《はんぶん》だろう。真摯《しんし》な願《ねが》いなら、きちんとすべてを説明《せつめい》すべきだ。」

「もともとそのつもりだよ。」

「それはすまなかった。」

闇夜院《やみよいん》は飲《の》み物《もの》で唇《くちびる》を濡《ぬ》らし、声《こえ》の調子《ちょうし》を変《か》える。

「ホムンクルスの創出《そうしゅつ》には、副次的《ふくじてき》な効果《こうか》も見《み》こまれる。それは、人間社会《にんげんしゃかい》における新《あら》たなヒエラルキーの形成《けいせい》。」

「ヒエラルキー……？」

「ピラミッド型《がた》の階級制度《かいきゅうせいど》だ。」

「そう。ホムンクルスという、『自分《じぶん》たちより劣《おと》った存在《そんざい》』を用意《ようい》すれば、人類同士《じんるいどうし》の差《さ》別《べつ》やいじめは緩和《かんわ》される。」

ひくっとだれかが反応《はんのう》した。

「いじめはなくならない、という言説《げんせつ》がある。当然《とうぜん》メイはこれを否定《ひてい》するけど、人類《じんるい》はそもそもいじめや差別《さべつ》に快感《かいかん》を覚《おぼ》えるようにできている。仲間《なかま》を作《つく》ることでオキシトシンが分泌《ぶんぴつ》され、仲間《なかま》でないものを攻撃《こうげき》することでドーパミンが分泌《ぶんぴつ》される。その両方《りょうほう》を摂取《せっしゅ》すると気分《きぶん》がいいから、人《ひと》はすぐ徒党《ととう》を組《く》んで、仲間外《なかまはず》れをしたがる。」

だれかが強《つよ》く握《にぎ》ったのか、ソファがきしむ音《おと》がした。

「つまり、いじめというのはアルコールや違法薬物《いほうやくぶつ》の中毒《ちゅうどく》に近《ちか》い。一度《いちど》やったら病《や》みつきになるし、いけないと思《おも》っていても繰《く》り返《かえ》しやってしまう。学校《がっこう》や会社《かいしゃ》といった空間《くうかん》、共《きょう》同体《どうたい》における最適解《さいてきかい》は、だれかをいじめた者《もの》を隔離《かくり》し、治療《ちりょう》すること。羊《ひつじ》の群《む》れに、羊《ひつじ》の肉《にく》の味《あじ》を覚《おぼ》えた個体《こたい》はいてはならないから。」

闇夜院《やみよいん》は淀《よど》みなく続《つづ》けた。

「差別《さべつ》も本質的《ほんしつてき》には同《おな》じ。徒党《ととう》を組《く》み、あいつは仲間《なかま》じゃないと指《ゆび》さす行為《こうい》だから。でも、人類《じんるい》はいつまで経《た》ってもそれを克服《こくふく》できない。差別《さべつ》を行《おこな》う者《もの》は多《おお》すぎて、隔離《かくり》と治療《ちりょう》ができる規模《きぼ》でもない。なら。」

「ホムンクルスをサンドバッグにすればいい、ってことですか……。」

銀条《ぎんじょう》が表情《ひょうじょう》をゆがめ、苦《くる》し気《げ》に言《い》った。

「そう。そのためにも、ホムンクルスには人権《じんけん》を与《あた》えない。」

「いじめられて、差別《さべつ》されてもいいように……？」

「そう。それで、少《すく》なくとも人類同士《じんるいどうし》の差別《さべつ》は緩和《かんわ》される。人間《にんげん》とホムンクルスの違《ちが》いに比《くら》べれば、肌《はだ》や目《め》の色《いろ》、髪《かみ》の色《いろ》、性別《せいべつ》、思想《しそう》、信条《しんじょう》、顔《かお》や体《からだ》の造《つく》り、生《う》まれた土地《とち》といった要素《ようそ》は誤差《ごさ》にすぎないから。そういう理由《りゆう》で争《あらそ》う事例《じれい》はおそらく減《へ》る。」

「その、ホムンクルスたちの気持《きも》ちはどうなるんですか……！」

「すぐ予備《よび》パーツとして出荷《しゅっか》されるから、気持《きも》ちなんて考慮《こうりょ》しなくていい。」

つまり、闇夜院《やみよいん》の言《い》う『ホムンクルス』とは、「人間《にんげん》と家畜《かちく》の中間《ちゅうかん》の生命体《せいめいたい》」だ。

ヒトでありながら牛《うし》や豚《ぶた》と同《おな》じ扱《あつか》いを受《う》け、かつそれが当然《とうぜん》とされる生命《せいめい》の創出《そうしゅつ》。伯爵《はくしゃく》が叶《かな》えない限《かぎ》り、決《けっ》して実現《じつげん》しない願《ねが》いだろう。それどころか、口《くち》にしただけで社《しゃ》会《かい》からつまはじきにされかねない危険思想《きけんしそう》だ。

「そんな願《ねが》い、叶《かな》えちゃいけませんよ……！」

銀条《ぎんじょう》が闇夜院《やみよいん》の肩《かた》をつかんだ。

「どうして？」

「人《ひと》を傷《きず》つけることを正当化《せいとうか》してるだけだからだ。」

御影《みかげ》が横《よこ》から口《くち》をはさんだ。

「いじめや差別《さべつ》はなくしづらいから、いじめても差別《さべつ》してもいいヤツを用意《ようい》しますって、どう考《かんが》えてもおかしいだろ。」

「それはついでの話《はなし》だよ。ホムンクルスを創出《そうしゅつ》する意味《いみ》はそこじゃない。人権《じんけん》を持《も》たない存在《そんざい》を生《う》み出《だ》し、医学《いがく》の発展《はってん》に役立《やくだ》てること。そこに反論《はんろん》は？」

御影《みかげ》は口《くち》をつぐんだ。

人権《じんけん》を持《も》たせないという前提《ぜんてい》がある以上《いじょう》、ホムンクルスへの危害《きがい》を防《ふせ》ぐ手段《しゅだん》はない。牛《うし》や豚《ぶた》と同《おな》じで、「かわいそうだから」という感情論《かんじょうろん》に帰結《きけつ》する。

「あの、メイリュウちゃんはかわいそうとか、思《おも》わないの？」

「思《おも》わない。お前《まえ》たちも牛《うし》や豚《ぶた》に感謝《かんしゃ》はしても同情《どうじょう》はしないでしょ。」

灰払《はいばら》と真珠《しんじゅ》ヶ淵《がぶち》、血霞《ちがすみ》は何《なに》も言《い》わず、山吹《やまぶき》はなぜかバーカウンターへ向《む》かっている。

「ダメですよ。」

闇夜院《やみよいん》の肩《かた》をつかんだ銀条《ぎんじょう》だけが食《く》い下《さ》がった。

「そのホムンクルス、だれがどう管理《かんり》するんですか。」

「最初《さいしょ》はメイが跡継《あとつ》ぎになる竜興《りゅうこう》バイオテックで管理《かんり》する。人体《じんたい》の予備《よび》としての各種処理《かくしゅしょり》も、メイたちが責任《せきにん》を持《も》って。」

「そんなことしたら、医学《いがく》が発達《はったつ》するより先《さき》に、メイリュウさんが耐《た》えられなくなります。」

「……！」

「権利《けんり》以外《いがい》はヒトと同《おな》じって、それってヒトじゃないですか。絶対《ぜったい》に恨《うら》まれたり、憎《にく》まれたりしますよ。人権《じんけん》がないからっていう理屈《りくつ》は通《とお》りますけど、実際《じっさい》に臓器《ぞうき》をとったり人体《じんたい》実験《じっけん》なんか始《はじ》めたら、ホムンクルスは嫌《いや》がりますし、命乞《いのちご》いしますし、お互《たが》いをかばい合《あ》ったりするはずです。そのことにいちばん苦《くる》しむのは、メイリュウさんです……！」

「……メイが直接手《ちょくせつて》を下《くだ》すわけじゃない。いちばん苦《くる》しむという根拠《こんきょ》は？」

「あなたはやさしい人《ひと》だからです……！」

その瞬間《しゅんかん》、闇夜院《やみよいん》が苦《くる》しそうにうめく。

「だから……何《なに》？　代案《だいあん》はあるの？」

銀条《ぎんじょう》は首《くび》を振《ふ》ったが、肩《かた》をつかんだ手《て》は離《はな》さなかった。

「メイが……苦《くる》しむとか、お前《まえ》たちには関係《かんけい》ないでしょ。どうせこのゲームが終《お》わったら、責任《せきにん》も道徳《どうとく》も何《なに》も考《かんが》えずに、毎日《まいにち》、毎日《まいにち》、惰性《だせい》で生《い》きていくだけのくせに……！　何《なに》も知《し》らず、聞《き》かず、変《か》えようともしないくせに、人《ひと》のやることに文句《もんく》ばっかりつけて……！」

闇夜院《やみよいん》は銀条《ぎんじょう》の手《て》を振《ふ》りほどいた。

「メイは……私《わたし》は、人類《じんるい》に対《たい》して責任《せきにん》を負《お》ってる……！　その覚悟《かくご》もある……！　エリートであるっていうのは、そういうことなの……！　庶民《しょみん》のくせに、憐《あわ》れみなんか。」

「はい、ストップ。」

山吹《やまぶき》がカクテルグラスを差《さ》し出《だ》した。

「落《お》ち着《つ》きなよ、メイリュウちゃん。だれも君《きみ》が間違《まちが》ってるとは言《い》ってないじゃん。」

山吹《やまぶき》は闇夜院《やみよいん》の手《て》を包《つつ》むようにしてカクテルグラスをつかませた。

「賛成《さんせい》しないとも言《い》ってないし、邪魔《じゃま》するとも言《い》ってない。さっきまでの議論《ぎろん》と同《おな》じだよ。メイリュウちゃんが何《なに》か言《い》ったから、パッと意見《いけん》が出《で》ただけだって。まだ怒《おこ》るようなところじゃないよ。」

闇夜院《やみよいん》は不服《ふふく》そうにしていたが、グラスを手《て》に黙《だま》りこんだ。

「で、王様《おうさま》は？　どんなろくでもないこと考《かんが》えてるんだ？」

「……俺《おれ》の願《ねが》いは。」

──人類《じんるい》を不老不傷不死《ふろうふしょうふし》の存在《そんざい》に変《か》えること。

今《いま》、地球《ちきゅう》の汚染《おせん》は深刻化《しんこくか》しつつあり、富者《ふしゃ》の欲望《よくぼう》が格差《かくさ》と無秩序《むちつじょ》を拡大《かくだい》させている。

そして、「死《し》」というシステムがある限《かぎ》り、人《ひと》の身勝手《みがって》さに歯止《はど》めをかけることはできない。死《し》ねばすべてが終《お》わる以上《いじょう》、社会《しゃかい》や地球《ちきゅう》に責任《せきにん》を負《お》う生《い》き方《かた》を選《えら》ぶより、わがまま勝手《かって》に生《い》きるほうが幸福《こうふく》だからだ。

なら、人類《じんるい》から「死《し》」を奪《うば》えばいい。

不老不死《ふろうふし》になっても、地球《ちきゅう》という惑星《わくせい》はいずれ死《し》ぬ。死《し》ねない身体《からだ》で真空《しんくう》の宇宙空間《うちゅうくうかん》に放《ほう》り出《だ》される恐怖《きょうふ》を突《つ》きつければ、人類《じんるい》は必《かなら》ず行状《ぎょうじょう》を改《あらた》める。

もちろん、貧者《ひんじゃ》や病人《びょうにん》にそれを強《し》いるつもりはない。地位《ちい》や資産《しさん》に正比例《せいひれい》する形《かたち》で、人々《ひとびと》に責任《せきにん》を付《ふ》し、それを全《まっと》うした者《もの》はこの世《よ》からの退場《たいじょう》を許可《きょか》する。

その世界《せかい》において、死《し》は万人《ばんにん》に平等《びょうどう》に訪《おとず》れる「終焉《しゅうえん》」ではなく、社会的使命《しゃかいてきしめい》・責任《せきにん》を全《まっと》うした者《もの》にのみ与《あた》えられる「報酬《ほうしゅう》」となる。

人類《じんるい》がこれ以上堕落《いじょうだらく》の坂《さか》を転《ころ》がり落《お》ちていかないよう、この世《よ》に不幸《ふこう》と恐怖《きょうふ》を敷《し》く。

それが俺《おれ》の大願《たいがん》だ。

「な、んてはた迷惑《めいわく》な……。」

語《かた》り終《お》えると、真珠《しんじゅ》ヶ淵《がふち》があきれ顔《がお》を向《む》けた。

「お前《まえ》、それが正《ただ》しいと本気《ほんき》で思《おも》っているのですか……？」

「間違《まちが》っているさ。だが、もはや『正《ただ》しさ』では遅《おそ》すぎる。」

「……言《い》いたいことはわかるけどさ。」

「ヒョウくん、わかるの⁉」

「まー、ちょっとだけな。でも……。」

灰払《はいばら》の髪《かみ》の隙間《すきま》から、真剣《しんけん》な目《め》がのぞいた。

「わかるだろ？　王様《おうさま》。それって人《ひと》を変《か》えるんじゃなくて、脅《おど》して従《したが》わせてるだけだぞ。」

「…………。」

「俺《おれ》が世界《せかい》の王様《おうさま》になる、って話《はなし》なら別《べつ》に止《と》めないけどさ。王様《おうさま》の話《はなし》はなーんか。」

「極端《きょくたん》だし、欲張《よくば》りすぎてる。」

闇夜院《やみよいん》のときと違《ちが》い、御影《みかげ》は明確《めいかく》に否定《ひてい》の意《い》を示《しめ》した。

「世《よ》の中《なか》を思《おも》いどおりにし。」

「はくしゃく。もうおわりでいいでしょ。でんしゃとめて。」

血霞《ちがすみ》の言葉《ことば》を受《う》け、電車《でんしゃ》が速度《そくど》を落《お》としはじめる。

その一方的《いっぽうてき》な行動《こうどう》に、非難《ひなん》を含《ふく》んだまなざしが向《む》けられた。

「……血霞《ちがすみ》。君《きみ》は何《なに》も感《かん》じないのか？　富《と》める者《もの》と老人《ろうじん》のエゴが、人類全体《じんるいぜんたい》を振《ふ》り回《まわ》し続《つづ》けていることに。」

「おもってることはいろいろあるけど、かくしんはんとはなすことはない。」

血霞《ちがすみ》は俺《おれ》たちに背《せ》を向《む》けた。

「じんるいぜんたいをふりまわすにんげんが、おまえにかわるだけじゃん、としかおもわない。メイリュウのほうは……まあ、すきにすれば。」

岩礁《がんしょう》へ逃《に》げこむ魚《さかな》のなめらかさで、白衣《はくい》の背中《せなか》は俺《おれ》たちの前《まえ》から消《き》えた。

「……氷霜院《ひょうそういん》サン。オレ、ファンレターをよくもらうんですよ。」

山吹《やまぶき》がソファに深《ふか》く腰《こし》かけた。

「好《す》きです、楽《たの》しいです、ってだけの手紙《てがみ》もあるんですけど、親《おや》が自分勝手《じぶんかって》すぎる、塾《じゅく》がつらい、先生《せんせい》がすぐキレる、グループに入《はい》れない、入《はい》ってもイヤイヤ付《つ》き合《あ》いをしなきゃいけない、勉強《べんきょう》が追《お》いつかない、将来《しょうらい》のことなんて何《なに》も思《おも》いつかないのに、みんな夢夢《ゆめゆめ》うるさい……みたいな内容《ないよう》も多《おお》くて。で、そんなときにオレの配信《はいしん》見《み》ると気持《きも》ちが楽《らく》になるって。」

山吹《やまぶき》は苦笑《くしょう》を浮《う》かべた。

「みんな毎日大変《まいにちたいへん》で、そこそこ不幸《ふこう》なんですよ。槍玉《やりだま》に挙《あ》げられてる親《おや》とか先生《せんせい》も、やっぱりちょっとずつ不幸《ふこう》で、それがあふれて、まわりに飛《と》び散《ち》ってるんじゃないかなって。」

山吹《やまぶき》の声《こえ》が、諭《さと》すような色《いろ》を帯《お》びた。

「これ以上《いじょう》、世《よ》の中《なか》に不幸《ふこう》を広《ひろ》げる必要《ひつよう》なんてないでしょ。」

「………」

「人《ひと》を幸《しあわ》せにできる力《ちから》がある人《ひと》は、そっちのほうに力《ちから》を尽《つ》くしたほうがいいですよ。氷霜《ひょうそう》院《いん》サンのやり方《かた》だと、奮起《ふんき》する人《ひと》より、病《や》んでく人《ひと》のほうが多《おお》くなりますよ、たぶん。」

俺《おれ》は言葉《ことば》を見失《みうしな》っていた。

(何《なに》を……言《い》ってるんだ？)

みんな毎日大変《まいにちたいへん》で、そこそこ不幸《ふこう》？

家族《かぞく》に養《やしな》われている未成年《みせいねん》の生活《せいかつ》の、どこがどう大変《たいへん》なんだ？

親《おや》と話《はなし》が合《あ》わなければ、合《あ》うまで話《はな》し合《あ》うか、合《あ》わないまま折《お》り合《あ》いをつけるしかない。

塾《じゅく》が嫌《いや》ならやめればいい。教師《きょうし》や同級生《どうきゅうせい》と気《き》が合《あ》わないなら、合《あ》うようにとりつくろうか、学校《がっこう》を変《か》えればいい。将来《しょうらい》のことが思《おも》いつかないのなら、目《め》の前《まえ》の学業《がくぎょう》に集中《しゅうちゅう》すればいい。

確《たし》かに、人生《じんせい》に障害《しょうがい》はつきものだ。

だが、道《みち》を岩《いわ》がふさいでいるのなら、避《よ》けるか割《わ》るか、別《べつ》の道《みち》を探《さが》せばいい。

なぜ、山吹《やまぶき》の配信《はいしん》とやらを見《み》る必要《ひつよう》がある？

そこまで考《かんが》えたところで、俺《おれ》は気《き》づいた。

（……。そういうことか。）

自分《じぶん》の人生《じんせい》に困難《こんなん》や障害《しょうがい》が立《た》ちふさがったとき、多《おお》くの人間《にんげん》は具体的《ぐたいてき》な解決策《かいけつさく》を探《さぐ》るのではなく、現実逃避《げんじつとうひ》をしてしまうのか。

どこへどう逃《に》げても、困難《こんなん》は弱《よわ》まらず、障害《しょうがい》が立《た》ち退《の》いてはくれないというのに。

俺《おれ》が思《おも》っている以上《いじょう》に、人《ひと》の意思《いし》は弱《よわ》く、心《こころ》は疲《つか》れやすいのか。

（だが、だとしたら――――。）

現実《げんじつ》から逃《に》げる子《こ》どもは、現実《げんじつ》から逃《に》げる大人《おとな》になるんじゃないのか。

手《て》に負《お》えない問題《もんだい》に直面《ちょくめん》したとき、全力《ぜんりょく》で解決策《かいけつさく》を探《さぐ》るのではなく、時《とき》の流《なが》れに任《まか》せ、それが後《のち》の世代《せだい》にのしかかっても平然《へいぜん》としているような大人《おとな》に。

彼《かれ》らの未来《みらい》の姿《すがた》は、今《いま》の老人《ろうじん》の姿《すがた》じゃないのか。

そこまで考《かんが》えたとき、俺《おれ》は再《ふたた》び思考《しこう》の暗闇《くらやみ》に落《お》ちていた。

「──、──？」

早緑《さみどり》と山吹《やまぶき》が何《なに》かを話《はな》している。──笑《わら》い声《ごえ》が交《ま》じっている。

俺《おれ》を人生《じんせい》で最《もっと》も追《お》い詰《つ》めた早緑《さみどり》ですら、ゲームが終《お》わったら緊張《きんちょう》を解《と》き、無関係《むかんけい》な話《はなし》を始《はじ》めている。現実《げんじつ》に帰還《きかん》したらあれをする、これをする、といった話《はなし》をしているようだ。

──何《なに》を言《い》っているんだ？

確《たし》かにこれはゲームだが、夢《ゆめ》ではない。現実《げんじつ》と地続《じつづ》きじゃないか。

君《きみ》たちほどの人間《にんげん》が束《たば》になれば、まわりの人間《にんげん》を変《か》えることも、世《よ》の中《なか》をより良《よ》くすることも簡単《かんたん》ではないのか。

なぜ君《きみ》たちは、このゲームに挑《いど》むのと同《おな》じ熱量《ねつりょう》で社会《しゃかい》に立《た》ち向《む》かわないんだ。

「──」

御影《みかげ》が俺《おれ》に何《なに》か話《はな》しかけている。

人《ひと》は話《はな》し合《あ》いで未来《みらい》を決《き》めるべきだ、とか。人間《にんげん》1人《ひとり》のエゴなんかにまわりを巻《ま》きこむな、といった内容《ないよう》のようだ。

そのとおりだ。話《はな》し合《あ》いは大事《だいじ》だ。俺《おれ》の独断専行《どくだんせんこう》は間違《まちが》っている。

だが話《はな》し合《あ》いとは、同《おな》じ責任感《せきにんかん》で、同《おな》じ現実《げんじつ》に立《た》ち向《む》かう者《もの》が集《あつ》まって初《はじ》めて意味《いみ》があるものだ。無責任《むせきにん》な者《もの》、易《やす》きに流《なが》れる者《もの》、怠惰《たいだ》な者《もの》、愚《おろ》かな者《もの》がいれば、その価値《かち》は失《うしな》われてしまう。

(それに……。)

ゲームの途中《とちゅう》で思《おも》いついた、不埒《ふらち》な考《かんが》えが再《ふたた》び脳裏《のうり》に浮《う》かぶ。

(本当《ほんとう》に、話《はな》し合《あ》いをすれば正《ただ》しい道《みち》が見《み》つかるのか?)

この人狼《じんろう》サバイバルもそうだったのではないのか。

参加者《さんかしゃ》の話《はな》し合《あ》いと団結《だんけつ》が、狼《おおかみ》を見破《みやぶ》る結果《けっか》につながったのか?

――俺《おれ》の知《し》る限《かぎ》り、そうではなかった。

この人狼《じんろう》サバイバルで困難《こんなん》を打《う》ち破《やぶ》ったのは、束《たば》ねられた「みんな」の力《ちから》ではなく、卓《たく》越《えつ》した個人《こじん》の閃《ひらめ》きや発想力《はっそうりょく》だった。

（だったら……。）


だったら初《はじ》めから、話《はな》し合《あ》いなんて必要《ひつよう》ないのではないか。

力《ちから》ある者《もの》がすべてを支配《しはい》したほうがいいのではないのか。


「オウくん。」

闇夜院《やみよいん》の声《こえ》で我《われ》に返《かえ》る。

気《き》づけば、飴色《あめいろ》の夕陽《ゆうひ》が車両《しゃりょう》を照《て》らしていた。

──あたりにはだれもいない。


「……みんなは？」

「帰《かえ》した。オウくんがずーっと考《かんが》えこんでるから。」

「そうか。それはすまない。」

「あれが庶民《しょみん》だよ。そして普通《ふつう》の人《ひと》たち。」

闇夜院《やみよいん》が俺《おれ》の向《む》かいにちょこんと座《すわ》った。

「オウくん、今《いま》、プライベートレッスンは何時《なんじ》から何時《なんじ》？」

「朝《あさ》6時《じ》から夜《よる》21時《じ》だ。途中《とちゅう》、運動《うんどう》と午睡《ごすい》をはさむが。」

「大変《たいへん》？」

「まさか。充実《じゅうじつ》している。」

自《みずか》らを高《たか》め、見識《けんしき》を深《ふか》める。これに勝《まさ》る喜《よろこ》びはない。

「普通《ふつう》の人《ひと》は、そんな長時間《ちょうじかん》の勉学《べんがく》に耐《た》えられない。心《こころ》も、身体《からだ》も。そうしなければならないっていう使命感《しめいかん》や責任感《せきにんかん》もない。そういうものを授《さず》けられてないから。」

俺《おれ》は彼女《かのじょ》の言《い》わんとすることを悟《さと》った。

「俺《おれ》は……俺《おれ》たちは『普通《ふつう》』の感覚《かんかく》がわからないのか。」

「たぶん、そう。だからいくら話《はな》し合《あ》いをしても平行線《へいこうせん》に終《お》わる。」

資産《しさん》が違《ちが》い、環境《かんきょう》が違《ちが》う。ゆえに能力《のうりょく》も違《ちが》い、考《かんが》え方《かた》も違《ちが》う。

思《おも》えば簡単《かんたん》な話《はなし》ではあった。

「だから。」

「だから、やはり何《なん》とかしなければならないな。俺《おれ》たちが。」

「……？」

頭《あたま》の中《なか》で、歯車《はぐるま》がぱちんとかみ合《あ》うような感覚《かんかく》があった。

人《ひと》は弱《よわ》い。すぐに現実《げんじつ》から逃避《とうひ》する。

話《はな》し合《あ》いは信頼《しんらい》できない。能力《のうりょく》のばらついた「みんな」は、突出《とっしゅつ》した個人《こじん》に劣《おと》る。

――だが、人《ひと》は変《か》わることができる。

この人狼《じんろう》サバイバルをきっかけに変《か》わった、灰払《はいばら》とその親《おや》のように。

狼《おおかみ》になることで秘《ひ》めた力《ちから》を発揮《はっき》した早緑《さみどり》のように。それを迎撃《げいげき》できた俺《おれ》のように。

人間《にんげん》を諦《あきら》めてはならない。今《いま》は身勝手《みがって》に振《ふ》る舞《ま》う人間《にんげん》も、適切《てきせつ》な環境《かんきょう》に置《お》くことで大《おお》きく成長《せいちょう》し、行状《ぎょうじょう》を改《あらた》めることができる。

「必要《ひつよう》なのは……やはり恐怖《きょうふ》だ。」

この人狼《じんろう》サバイバルそのものが証明《しょうめい》しているのだ。人類《じんるい》の希望《きぼう》と、可能性《かのうせい》を。

絶体絶命《ぜったいぜつめい》の危機《きき》において、人間《にんげん》は大《おお》きく成長《せいちょう》する。

それは命《いのち》がけのゲームである必要《ひつよう》はない。不老不傷不死《ふろうふしょうふし》の檻《おり》もまた、絶体絶命《ぜったいぜつめい》の危機《きき》として十分《じゅうぶん》に機能《きのう》するはずだ。

成長《せいちょう》し終《お》えた人々《ひとびと》は現実《げんじつ》からの逃避《とうひ》をやめるだろう。彼《かれ》らの力《ちから》を束《たば》ねれば、この地球《ちきゅう》を慈《いつく》しみ、社会《しゃかい》をより良《よ》くする大《おお》きなうねりが生《う》まれるはずだ。

今回《こんかい》のゲームで、俺《おれ》は人《ひと》の弱《よわ》さを再確認《さいかくにん》できた。世間一般《せけんいっぱん》とのギャップも把握《はあく》できた。これは間違《まちが》いなく前進《ぜんしん》だ。

少《すこ》し考《かんが》えがぐらついてしまったが、俺《おれ》の大願《たいがん》に変更《へんこう》はない。

「後《あと》は行動《こうどう》あるのみだな。……伯爵《はくしゃく》。」

『何《なに》かな、氷霜院《ひょうそういん》リュウオウくん。』

「もうしばらくここにいたいのだが、構《かま》わないか？」

『それは構《かま》わないよ。』

「時間《じかん》も止《と》めるか、周囲《しゅうい》の人間《にんげん》の認識《にんしき》も変《か》えておいてほしい。ゲーム中《ちゅう》のように。」

「オウくん……？」

「過去《かこ》のゲームの映像《えいぞう》をすべて見《み》たい。今《いま》、ここで。」

ゲームから解放《かいほう》された後《あと》で、そんなことをしている時間《じかん》はない。俺《おれ》たちの一日《いちにち》は厳密《げんみつ》に管理《かんり》されており、伯爵《はくしゃく》のゲームのために割《さ》く時間《じかん》などない。

「戦《たたか》いを決《き》めるのは準備《じゅんび》だ。そして俺《おれ》はまだ甘《あま》かった。」

先入観《せんにゅうかん》をおそれるあまり、早緑《さみどり》のようなダークホースも、灰払《はいばら》のような人間《にんげん》も知《し》らず、無策《むさく》でゲームに挑《いど》んでしまっていた。これでは勝《か》てるものも勝《か》てない。

俺《おれ》は再《ふたた》び伯爵《はくしゃく》を見《み》る。

「この前《まえ》のゲームはイレギュラーだろう？　本来《ほんらい》の参戦回数《さんせんかいすう》を数《かぞ》えると、俺《おれ》と闇夜院《やみよいん》と紫《し》
電院《でんいん》は、そろそろお前《まえ》と戦《たたか》う条件《じょうけん》を満《み》たすはずだ。」

『確《たし》かに、君《きみ》たちは多《おお》くのゲームに参加《さんか》しているね。』

「言質《げんち》をとるつもりはない。俺《おれ》たちは決戦《けっせん》の準備《じゅんび》をするだけだ。」

「……だったら、ライくんも呼《よ》んで。準備《じゅんび》、いっしょにしよう。」

「そうだな。伯爵《はくしゃく》。それも頼《たの》めるか？」

『構《かま》わないよ。本人《ほんにん》の意思《いし》は確認《かくにん》させてもらうけれど。』

俺《おれ》はソファに身《み》を預《あず》け、闇夜院《やみよいん》はバーカウンターへ向《む》かった。


しばらくしてドアが開《ひら》き、法服《ほうふく》に似《に》た衣装《いしょう》の中学生《ちゅうがくせい》が現《あらわ》れる。

俺《おれ》は闇夜院《やみよいん》と彼《かれ》の会話《かいわ》を聞《き》きながら、窓《まど》のむこうを見《み》ていた。

走《はし》り出《だ》した電車《でんしゃ》が、手元《てもと》しか見《み》ていない人々《ひとびと》の間《あいだ》を潜《くぐ》り抜《ぬ》けていく。

自分《じぶん》の人生《じんせい》に閉《と》じこもり、色彩《しきさい》を持《も》たない通行人《つうこうにん》のフリをする、山《やま》ほどの人々《ひとびと》。
（待《ま》っていろ、人類《じんるい》。）
身《み》も凍《こお》るほどの恐怖《きょうふ》と、支配《しはい》で。
――全員《ぜんいん》、竜《りゅう》にしてやる。

〈了《りょう》〉

あとがき

はじめまして。（すでに別《べつ》の巻《かん》をお読《よ》みの方《かた》は）お久《ひさ》しぶりです。

甘雪こおりです。甘雪は「あまゆき」と読《よ》みます。

この度《たび》は『人狼《じんろう》サバイバル』をお手《て》に取《と》っていただきありがとうございます。

最後《さいご》までお楽《たの》しみいただけたら嬉《うれ》しいです。

（最後《さいご》まで読《よ》まずにここをご覧《らん》でしたらごめんなさい。結末《けつまつ》に関《かか》わる記述《きじゅつ》はありませんのでご安心《あんしん》ください）


今巻《こんかん》では「特定《とくてい》の数値《すうち》が低《ひく》い順《じゅん》に生物《せいぶつ》の名前《なまえ》を挙《あ》げていく」ゲームが登場《とうじょう》します。

本編《ほんぺん》では「特定《とくてい》の数値《すうち》を決《き》める要素《ようそ》」（＝テーマ）として、●●や●●●●や●●●●●●などが指定《してい》されました。
※本編《ほんぺん》の内容《ないよう》に関《かか》わるので伏字《ふせじ》にしています。
今回《こんかい》は採用《さいよう》しませんでしたが、「最高速度《さいこうそくど》」というテーマ案《あん》もありました。対象《たいしょう》をすべ

ての生物《せいぶつ》に広《ひろ》げると収拾《しゅうしゅう》がつかなくなるので、「鳥類《ちょうるい》」という条件付《じょうけんつ》きでした。

最速《さいそく》はご存《ぞん》じ「ハヤブサ」……だと思《おも》っていたのですが、調《しら》べてみると「グンカンドリ」という海鳥《うみどり》がハヤブサを超《こ》える最高速度《さいこうそくど》を持《も》つらしい、という噂《うわさ》が出《で》てきました。グンカンドリの最高速度《さいこうそくど》は時速《じそく》４００㎞《キロメートル》を超《こ》えるとか。本当《ほんとう》ならすごいですね。
※飼育個体《しいくこたい》で検証《けんしょう》できるハヤブサと違《ちが》い、グンカンドリは未確定《みかくてい》のようです。
ちなみに、ハヤブサやグンカンドリの最高速度《さいこうそくど》は急降下《きゅうこうか》するときのもので、水平飛行《すいへいひこう》で最速《さいそく》を誇《ほこ》るのは別《べつ》の鳥《とり》です。興味《きょうみ》がある方《かた》はぜひ調《しら》べてみてください。


さて、今巻《こんかん》もhimesuz《ひめすず》先生《せんせい》が素敵《すてき》なイラストを添《そ》えてくださいました。

変《か》わったメンバーの集《あつ》まりで、これまでにもましてさまざまな関係性《かんけいせい》が結《むす》ばれたり、結《むす》ばれなかったりした巻《かん》となっています。

参加者《さんかしゃ》の見《み》せる表情《ひょうじょう》だけでなく、その奥《おく》にある機微《きび》もイラストから感《かん》じとっていただけたら幸《さいわ》いです。

それでは、また次《つぎ》のお話《はなし》でお逢《あ》い出来《でき》たら幸《さいわ》いです。

＊著者紹介

甘雪《あまゆき》こおり

みずがめ座のO型。趣味は映画鑑賞とウォーキング。
飲み物はルイボスティーが好き。

＊画家紹介

himesuz《ひめすず》

岐阜県出身のイラストレーター。おひつじ座のB型。ライトノベルを中心にイラストを描いている。おもな作品に『航宙軍士官、冒険者になる』『覇剣の皇姫アルティーナ』『ゆとりガジェット』などがある。

この作品は書き下ろしです。

読者のみなさまからのお便りをお待ちしています。
下のあて先まで送ってくださいね。
いただいたお便りは、編集部から著者へおわたしいたします。
〒112-8001 東京都文京区音羽2-12-21 講談社 青い鳥文庫編集部

講談社 青い鳥文庫

人狼《じんろう》サバイバル
大胆不敵《だいたんふてき》！　遊覧列車《ゆうらんれっしゃ》の人狼《じんろう》ゲーム
甘雪《あまゆき》こおり

2025年3月15日　第1刷発行

（定価はカバーに表示してあります。）
発行者　安永尚人
発行所　株式会社講談社
東京都文京区音羽2-12-21　郵便番号112-8001
電話　編集（03）5395-3536
販売（03）5395-3625
業務（03）5395-3615
N.D.C.913　282p　18cm
装　丁　大岡喜直（next door design）
久住和代
印　刷　TOPPANクロレ株式会社
製　本　TOPPANクロレ株式会社
本文データ制作　講談社デジタル製作
KODANSHA

ISBN978-4-06-538682-8

大人気シリーズ!!

『星《ほし》カフェ シリーズ』

倉橋燿子《くらはしようこ》／作　たま／絵

・・・・・・・・・ ストーリー ・・・・・・・・・

ココは、明るく運動神経バツグンの双子の姉・ルルとくらべられてばかり。でも、ルルの友だちの男の子との出会いをきっかけに、毎日が少しずつ変わりはじめて。内気なココの、恋と友情を描く！

新しい
自分を
見つけたい！

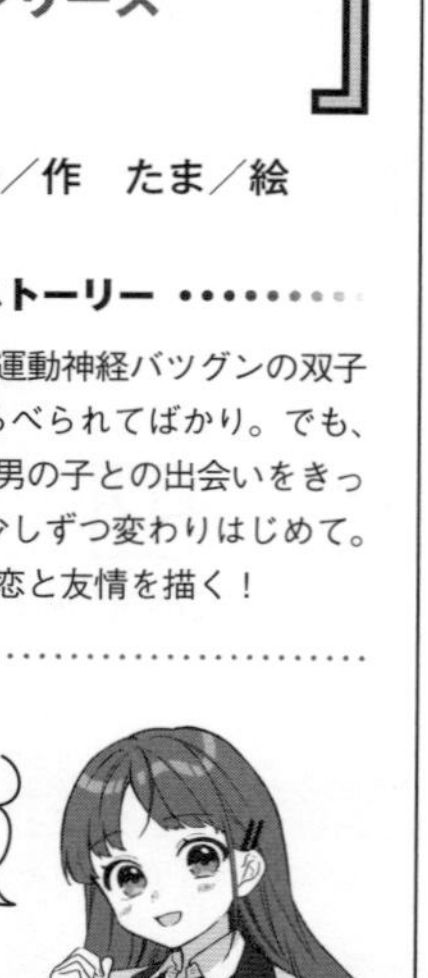

主人公

水庭湖々《みずにわここ》

『小説《しょうせつ》 ゆずのどうぶつカルテ シリーズ』

伊藤《いとう》みんご／原作・絵　辻《つじ》みゆき／文
日本《にっぽん》コロムビア／原案協力

・・・・・・・・・ ストーリー ・・・・・・・・・

小学５年生の森野柚は、お母さんが病気で入院したため、獣医をしている秋仁《あきひと》叔父さんと「青空町わんニャンどうぶつ病院」で暮らすことに。 柚の獣医見習いの日々を描く、感動ストーリー！

動物ニガテ
なんですけ
ど〜〜〜!!

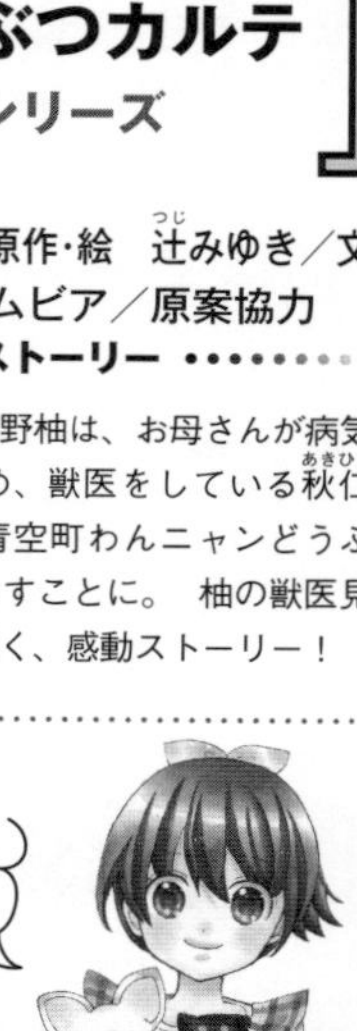

主人公

森野《もりの》 柚《ゆず》

『ひなたとひかり
シリーズ』

高杉六花《たかすぎりっか》／作　万冬《まふゆ》しま／絵

・・・・・・・・ ストーリー ・・・・・・・・

平凡女子中学生の日向は、人気アイドルで双子の姉の光莉《ひかり》をピンチから救うため、光莉と入れ替わることに!!　華やかな世界へと飛びこんだ日向は、やさしくほほ笑む王子様と出会った……けど!?

入れ替わる
なんて
どうしよう！

主人公
相沢日向《あいざわひなた》

『黒魔女《くろまじょ》さんが通《とお》る!!
&
6年《ねん》1組《くみ》 黒魔女《くろまじょ》さんが通《とお》る!!
シリーズ』

石崎洋司《いしざきひろし》／作
藤田《ふじた》 香《かおり》&亜沙美《あさみ》／絵

・・・・・・・・ ストーリー ・・・・・・・・

魔界から来たギュービッドのもとで黒魔女修行中のチョコ。「のんびりまったり」が大好きなのに、家ではギュービッドのしごき、学校では超・個性的なクラスメイトの相手、と苦労が絶えない毎日！

早くふつうの
女の子に
もどりたい。

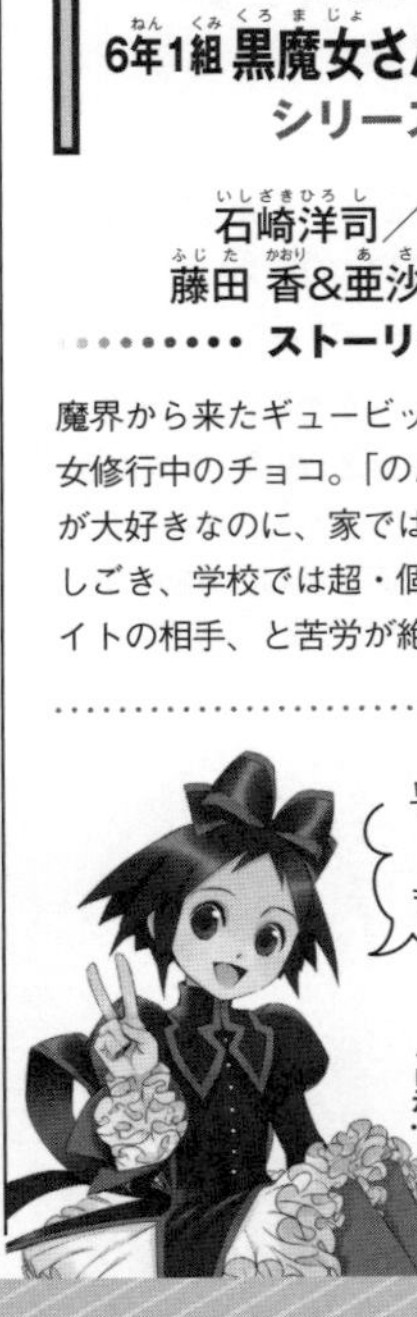

主人公
黒鳥千代子《くろとりちよこ》
（チョコ）

青い鳥文庫

『怪盗《かいとう》クイーン シリーズ』

はやみねかおる／作　K2商会《ケーツーしょうかい》／絵

ストーリー

超巨大飛行船《トルバドゥール》で世界中を飛びまわり、ねらうは「怪盗の美学」にかなうもの。そんな誇り高きクイーンの行く手に、個性ゆたかな敵がつぎつぎとあらわれる。超ド級の戦いから目がはなせない！

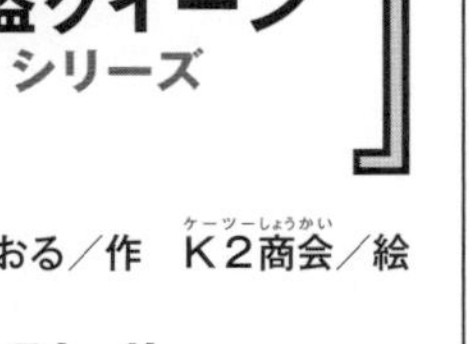

主人公
クイーン

『トモダチデスゲーム シリーズ』

もえぎ 桃《もも》／作　久我山《くがやま》ぼん／絵

ストーリー

久遠永遠は、訳あってお金持ち学校に入れられた、ぼっち上等、ケンカ最強の女の子。夏休みに学校で行われた「特別授業」は、友だちの数を競いあうサバイバルゲーム!?『ぼっちは削除だ！』

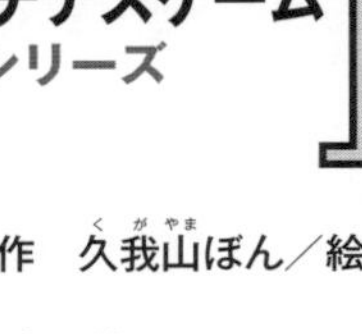

主人公
久遠永遠《くどうとわ》

「講談社《こうだんしゃ》 青《あお》い鳥文庫《とりぶんこ》」刊行《かんこう》のことば

太陽《たいよう》と水《みず》と土《つち》のめぐみをうけて、葉《は》をしげらせ、花《はな》をさかせ、実《み》をむすんでいる森《もり》。小《こ》鳥《とり》や、けものや、こん虫《ちゅう》たちが、春《はる》・夏《なつ》・秋《あき》・冬《ふゆ》の生活《せいかつ》のリズムに合《あ》わせてくらしている森《もり》。森《もり》には、かぎりない自然《しぜん》の力《ちから》と、いのちのかがやきがあります。

本《ほん》の世界《せかい》も森《もり》と同《おな》じです。そこには、人間《にんげん》の理想《りそう》や知恵《ちえ》、夢《ゆめ》や楽《たの》しさがいっぱいつまっています。

本《ほん》の森《もり》をおとずれると、チルチルとミチルが「青《あお》い鳥《とり》」を追《お》い求《もと》めた旅《たび》で、さまざまな体験《たいけん》を得《え》たように、みなさんも思《おも》いがけないすばらしい世界《せかい》にめぐりあえて、心《こころ》をゆたかにするにちがいありません。

「講談社《こうだんしゃ》 青《あお》い鳥文庫《とりぶんこ》」は、七十年《ねん》の歴史《れきし》を持《も》つ講談社《こうだんしゃ》が、一人《ひとり》でも多《おお》くの人《ひと》のために、すぐれた作品《さくひん》をよりすぐり、安《やす》い定価《ていか》でおおくりする本《ほん》の森《もり》です。その一さつ一さつが、みなさんにとって、青《あお》い鳥《とり》であることをいのって出版《しゅっぱん》していきます。この森《もり》が美《うつく》しいみどりの葉《は》をしげらせ、あざやかな花《はな》を開《ひら》き、明日《あす》をになうみなさんの心《こころ》のふるさととして、大《おお》きく育《そだ》つよう、応援《おうえん》を願《ねが》っています。

昭和《しょうわ》五十五年《ねん》十一月《がつ》

講談社